中国上古神话演义 之二

三祖归一

什方子 著

河北出版传媒集团
河北教育出版社

图书在版编目（CIP）数据

中国上古神话演义之二三祖归一 / 什方子著. -- 石家庄：河北教育出版社，2018.7（2022.10 重印）

ISBN 978-7-5545-4499-0

Ⅰ.①中… Ⅱ.①什… Ⅲ.①长篇小说－中国－当代 Ⅳ.①I247.5

中国版本图书馆CIP数据核字(2018)第147373号

书　　名	中国上古神话演义之二 三祖归一
作　　者	什方子
策　　划	刘相美
责任编辑	赵莉薇
封面插图	李　楠
装帧设计	于　越
出版发行	河北出版传媒集团
	河北教育出版社　http://www.hbep.com
	（石家庄市联盟路705号，050061）
印　　制	保定市铭泰达印刷有限公司
开　　本	787mm×1092mm　1/16
印　　张	15.5
字　　数	200千字
版　　次	2018年7月第1版
印　　次	2022年10月第4次印刷
书　　号	ISBN 978-7-5545-4499-0
定　　价	30.00元

版权所有，翻印必究

序

◎尧山壁

  我有一个习惯,就是每天就寝时总要拥被看上一段文字才能入睡,只是这些年来,已经很少认真读过一部长篇小说了。但作者拿来的这部书稿,却让我不知不觉看了两遍,仍觉意犹未尽。

  这部作品的题材,选自小说界乃至文学界很少有人涉足的上古时代。打开之后,眼前忽然出现了一个新的视野,过去似乎听说过但十分模糊的一些人物和事件,一个个相继蹦出来亮相,让你不得不继续看下去。中国最古老的神话故事,大都是没有时代背景、互无关联的碎片,像蝴蝶一样在人们眼前飘来飘去。作者把它们捕捉起来,通过巧妙的艺术构思,将这些散乱的彩蝶编织在五千年前文明之初的时代大幕上,一个个变得有血有肉,羽翼丰满,也颇具玩味。作者对那段传说史的描述,可能会遇到许多争议,但他讲的故事却值得一读。我们不妨沿着他开凿的这条时空隧道巡游一遭,去探寻属于自己的发现。故事所依据的史料是神话传说,而神话传说本身是扑朔迷离、神秘莫测的,这使得作者的想象力有了更大的发挥空间。书中那些出人意料的情节、离奇的战斗场景和古朴苍凉的情爱故事,都具有神话逻辑的合理性,令人耳目一新,也大大增强了作品的可读性。这是一部拓荒上古的书,可以毫不夸张地说,这部皇皇巨著,在有关上古传说史的文学作品中,将奠定它开创性的地位。

  中国人最敬重的是祖先。祖先是人,传来传去,就罩上了神秘的光环,变成了神。小说是写人物的,为把这些亦人亦神的人物特点刻画出来,作者颇费了一番心思。这部"中国上古神话演义"共分四部，在前两部《雄起洪荒》和《三祖归一》中，神农炎帝的仁爱情怀，轩辕黄帝的豁达睿智、宽宏厚重，蚩尤的竞进不息、侠肝义胆，以及刑天死而不屈的战斗精神，都给人留下了深刻的印象。后两部《尧舜禅让》《鲧禹治水》中的主要人物，如尧、舜、禹、鲧、羿、嫦娥等，人们早已熟悉，但他们的形象一直停留在概念化、脸谱化阶段，如今作者把他们放在特定的历史场景中来描写，感觉就活起来了。

值得提出的是，作者是通过对故事情节的扩展及细节的描写刻画不同人物性格的，使一百几十位人物个个活灵活现，栩栩如生，跃然纸上，一幅流动的上古画面鲜活地呈现在读者面前。读者还会发现，作者着力讴歌的，还有先民身上那种守信用、重承诺的古朴品行。我曾经认为，作者大概是借此抒发他对时弊的批判；但他告诉我，诚信本来就是先民们普遍遵守的行为准则。因为上古社会没有文字，没有合同、协议等文字形式的契约，全凭口头交流，如果人人说话不算数，社交活动就无法进行了，原始社会也就无法运转了。

在我担任河北省作家协会主席的时候，就和作者有了交往，至今已有二十多年的时间了。他喜爱读书，涉猎颇广，对问题常有独到见解。从这两部书中我们不难看出，作者认真汲取了当代学者的研究成果，并通过对神话传说、考古发现和民俗研究等材料的分析印证，勾勒出上古时代的风情画卷和三皇五帝的传承脉络，并对中华五千年文明的源头进行了有益的探讨，也可算作一家之言。这对于一位业余研究者来说，实属不易。据我所知，作者以往并没有发表过文学作品。使我颇感意外的是，他在作品中有时会熟练地运用半文半白的语言，文字精练而流畅，颇有韵味，且不乏幽默之处，同样令人赏心悦目。这说明，作者具备一定的古典文学修养。对文章结构的处理，《雄起洪荒》开头一章稍嫌散乱，但通篇看来，脉络还是清晰的，与《三祖归一》前后呼应，整个故事是和谐完整的。《尧舜禅让》和《鲧禹治水》就更好一些。

这部书汇集了大量材料,像是一棵冬天的落叶树,满眼的枝枝权权。书中多了一些对事物的研究,少了一些对景物和人物心理活动的细腻描写,有些本该拓展的情节也没有展开。不过,他的这部处女作,给有志撰写上古史诗和影视大作的作者,提供了足够多的借鉴和营养。

2017 年 5 月于石家庄
(作者系著名作家、河北省作家协会原主席)

自 序

◎什方子

  本书讲的是史前三皇五帝的事儿。"三皇"有几种说法，较普遍的组合是伏羲、女娲和炎帝；"五帝"也有多种组合，以《史记·五帝本纪》中的说法流传较广，即黄帝、颛顼、帝喾、帝尧和帝舜。三皇五帝时间跨度很长，为了缩短篇幅，使作品更具可读性和趣味性，我选择了神话传说资料密集的两个时段，也是中华民族形成中的两个重要时期，历时十一年写成"中国上古神话演义"四部书稿。

  史前的时空不是空白，但没有文字记载，只留下一些支离破碎的神话和传说。神话是历史的影子，它传递着某种信息，是远古社会的密码。我们现在即使不能破译，也不应把它们忘却或任其淹没在信息爆炸的现代社会里。正是抱着这种心态，我参考学者们的研究成果和考古发现，把散落于古籍中的神话传说编撰成故事，保持其原汁原味，奉献给读者，并试图以此勾勒出传说史的大致脉络。古今学者对三皇五帝时代众说纷纭，对神话传说的解释也多有歧义。在梳理这些不同见解的过程中，我也不免浮想联翩，对某些重大事件，如涿鹿大战和鲧、禹治水等事件和人物，都在书中融入了一些自己的看法，正所谓"愚者千虑，必有一得"是也。如果说这部书中所描写的事件和人物都与历史相符合，那就太过奢望了，因为它所依据的资料毕竟是神话和传说。但我希望这些故事能令读者感兴趣，在你匆匆赶路时，驻足回望一眼人类来路的尽头，了解一下那里可能发生的事情，不无益处。须知，现实总是定位在历史的长河中，向后看得越远，向前看得也就更远。

  书中涉及的重要人物及事件的出处，有的作了注解，可供读者查阅研究。另外，我还选择了几篇写作随笔附在书后，希望能与有兴趣的人士磋商。我辈不是专家，有所见解不敢妄称一家之言；但作为一己之见，总是无大妨碍的。很多东方人对自己的祖先都有着宗教般的信仰，我们进入神话传说世界去追寻祖先的踪迹，一睹其圣德和风采，也算是一场虔诚的朝圣之旅吧！

书中离奇的情节、曲折的故事，并不是作者的"玄幻"功夫，而是神话传说本身固有的精彩。神话传说言简意赅，涉及面广，涵盖了中华文明各个领域的萌芽阶段、初始状态。本人自知学识浅而欠博，很难说把这些神话给读懂了，因此，书中的错误是在所难免的，恳切希望读者给予指正。

（什方子，本名田占坤，中国作家协会会员，1944年出生于山东冠县，早年就读于西安交通大学，酷好文史，多年来致力于中国上古时期历史文化的研究，历时10年撰写"中国上古神话演义"系列小说，包括《雄起洪荒》《三祖归一》《尧舜禅让》《鲧禹治水》四部，为中国人修复自己的神话谱系。）

目 录
CONTENTS

嫫母寻嫁 / 001

双龙会 / 009

帝女桑 / 017

马师皇 / 024

方相救驾 / 031

冰封轩辕丘 / 037

峚山玉膏 / 043

肃慎国 / 048

阪泉决战 / 055

朱明之死 / 062

羲和国 / 069

昆吾之争 / 074

倒霉的太岁 / 079

九天玄女 / 086

女娃惊浪 / 091

威震诸侯 / 098

天雨粟,鬼夜哭 / 104

混沌帝鸿 / 110

俞冈归天 / 117

刑天请愿 / 123

嫘祖魂 / 132

洚水之战 / 136

恒山蛇率然 / 143

八阵图 / 149

应龙蓄水 / 156

大风雨 / 162

雨师妾 / 169
指南车 / 175
夔皮鼓 / 181
女魃鼓瑟 / 187
刑天舞干戚 / 195
天弩绝唱 / 202

精卫填海 / 207
蚩尤平叛 / 214
尾声 / 219

附录 / 225

嫫母[1]寻嫁

叔均在西周国推行牛耕技术,声名远扬,前往学习取经的百姓不绝于途,令他好不忙活,也好不快活。一晃十几年过去了,远近原野的农田里,耕牛遍地,五谷飘香。叔均感到北上的路走对了,大慰自己平生之志。唯一遗憾的是,他要找的那位女郎至今杳无音信。每到夜深人静,那只玳瑁手镯都要显现荧光,一闪一闪的,似在呼唤它的主人,更勾起他万般思绪。但天下攘攘,到哪里去寻找她呢?

一日,叔均听说,轩辕已在北方筑城建国,开疆拓土,除牧马放羊之外,也着手开发农桑事业。他想,总在这里守株待兔也不是个办法,还是要主动找一找,看能不能得到一点儿消息。主意一定,叔均便告别依依不舍的乡亲,让大老黄驮上犁具种子,一路走去。

龙门山壁立千仞,似一道天然屏障,阻隔河水南泻去路。叔均登上龙门山,北望孟门,只见山高谷深,大河蜿蜒。脚下有一洞穴,导水穿透山体,从山阳喷薄而出,飞瀑直下万丈深壑,传来沉闷的轰鸣声,这就是龙门瀑布。瀑布下面,形成一条不大的湍流,奔突而下,冲向南方,与西来渭水会合。当时龙门未开,叔均翻越龙门山,在沟壑纵横的黄土高原上行走。

这天,叔均面前豁然开朗,一片广袤的平原伸向远山,河水在它的怀抱中静静地流淌,宛若温柔可爱的少女;嫩草黄花在春风中摇曳,似是欢迎这个远道而来的贵客。

叔均大喜过望,啧啧连声。天下竟有如此美妙的田园,不用来

---

[1]《雕玉集》卷十四《丑人篇》:"嫫母,黄帝时极丑女也。……而但有德,黄帝纳之,使训后宫。"(录自袁珂《中国神话传说词典》)

播种五谷，岂不可惜！他也不找嫘姑了，也不寻女郎了，索性支起犁，套上牛，就地开起荒来。

正当叔均自得其乐地扶犁喝牛时，从右面的山沟里转出一个大汉，光脚赤臂，一溜烟地跑向河滩，还不时扭头向叔均所在的方向张望。几乎同时，从左边山坡的层林中冲出一位女郎，衣襟斜披，酥胸半露，迈开长腿大脚，奔向河滩。两人也不答话，一碰头就战作一团。叔均奇怪，赶紧扬鞭催牛，靠拢战场，以便就近观察。

大汉身高丈余，筋骨发达，目光深邃，长相不敢恭维，犹如无常亮相，令人望而胆寒。他手使一把枣木作柄、白玉为铲的特大号耒耜，舞动如风。叔均一看就知道，这是一位种田好手，单从他手里的家什来看，干起活来，十个人也不顶他一个。不过，比起自己的牛犁来，效率是要差些。再看那位女士，黄发黑面，颧高鼻低，大嘴巴，小眼睛，活灵活现的一个丑八怪。她手中的兵器黑不溜秋、七弯八叉，像是一根拨火棍。两人功夫相当，战有多时，不分高下。

叔均正想上前劝架，那汉子忽然开口：“嫫姑娘，我要接待贵客，权且寄下今日比赛，明日补足，请告退。"别看他貌似凶神恶煞，说起话来倒是彬彬有礼。只听那丑女说：“鬼郎君，准你请假，但不许赖账，今晚烛火夜战，不到者以认输论处。"说罢扬长而去。

"如果我没有猜错的话，先生定是叔均无疑。因一时不得脱身，有失远迎。在下鬼臾区，若先生不弃，请到我处小酌，以尽地主之谊。"自称鬼臾区的汉子径直走过来，向叔均抱拳致意。

叔均笑道：“我正想和你比比看谁翻地快呢，只好遵命了。"

"咱们不用比赛。第一眼看见你的牛和犁，我就认输了。你倒是应该出个主意，帮我摆平眼下这场没完没了的赛事。"鬼臾区无奈地说。

鬼臾区住在渭水下游，以农为主，兼事渔猎。近些年水患频仍，耕地屡屡被淹，谋生艰难。前些时，共工氏句龙欲沿渭水西进，与鬼臾区一见如故，结为兄弟。据句龙讲，他的部队在东夷和祝融氏联合攻击下,不得已离开九土,败走汾河流域,投在轩辕之子骆明部下。当时轩辕正在同钟山氏打仗,不能前来会面,于是指示骆明从汾河下游的千里草场撤出来,让给句龙,或耕或牧,由他自便。骆明赠给句龙几千匹白马,作为他游牧立身的资本,被称为白马氏。句龙不愿长期寄人篱下,更不愿与相邻的农耕部落产生摩擦,于是带领子弟和马匹,向西部游牧,实现他考察上游水系、调查水患由来的心愿。他的另一部分人员去了中条山投奔术器,在那里新建了一个共工国。句龙告诉鬼臾区,汾河流域地势高而平坦,水患少,很适合开垦农田;并开玩笑说,如果鬼臾区在那里开发立国,当有一天他流浪回来时,不要忘了赏给他一块地种。

鬼臾区利用自己的威望传檄渭水两岸,为句龙开通西行之路后,便带领族属来到汾河弯。不料这里已被嫫氏占领,成了牧场。双方发生几次械斗,各有伤亡,但实力相当,谁也赶不走谁。嫫氏部族的首领就是那位女士,虽然还是个黄花闺女,却人人都呼她为嫫母。她有个好听的名字,叫作好如,却是少有人叫起。一天,好如只身来到鬼臾区驻地,点名向他挑战。当两人打到无人处,她忽然停下来说:"我今天把你约出来,是要和你本人直接谈判。嫫氏是个游牧为主、兼营农耕的族群,汾河两岸曾经是我们的农田和冬季牧场,八年前被北方来的骆明挤占,族人只好分散到各地另寻出路。如今北狄撤走,自然应该重归故主。我看你千里迢迢地来到这里,拖老带幼的,也不好再回去,这样吧,你答应我个条件,我把这千里沃土全让给你播种谷黍。"鬼臾区大感意外,问:"什么条件?""你娶我为妻。"好如一字一句地说。

鬼臾区盯了她好一会儿,一脸歉意地说:"对不起,在下实在没有这方面的考虑。"停一下,又接着说:"如果您顾怜我的族人,可以以河为界,让一半给我耕种,我和我的族人都会感谢姑娘的恩德。如果您不嫌弃,鬼臾区可认你做妹子。"

"我需要有个男人,哥哥有无都可。"嫫母坚决地说,"你我各持己见，只有通过武力取舍。为避免伤及他人，双方都要劝止群殴械斗，自明日起，咱们在河滩见面。"两人立下君子协定：失败一方要遵从得胜方的意见。

"我俩打了七七四十九天。每天自日出到日落，风雨无阻，雷打不动，但至今只有雌雄，没有胜负。眼看春暖燕回，播种季节来临，如此旷日持久，将贻误农时。请老兄帮我出个主意。"叙完前因，鬼臾区苦笑着对叔均说。

叔均感到很有趣，笑眯眯地打量着鬼臾区，轻松地说："这事好办。我看你俩挺般配，娶个媳妇还带来一分贵重的嫁妆，何乐而不为！"

鬼臾区道："我也考虑过这种选择，但都被本能地否决了。本人已是形象不佳，如果再有个嫫母在身边，那真是一门丑类了，岂不成了人们闲谈的资料？况且，为获取好处而违心地行事，出卖自尊，岂是大丈夫所为！如果搭配一件东西过来还好处理，那可是个老婆，不能随意打发的，老祖宗伏羲那个时候就有说法。老兄，你要是没有别的办法，我只好祭出最后一招把她打败。让祖宗原谅我吧！"

翌日，叔均观战一天。鬼、嫫二人从南打到北，从河里打到山岗，依然没有结果。叔均暗自盼望鬼臾区取胜。他心里盘算，若是这片沃土交到鬼氏手中，自己帮他全部开垦成良田，定是个天下粮仓，能解决许多黎民的吃饭问题。他担心鬼臾区使出所谓的"最后一招"，紧盯着他不放。

太阳落山那一刻，鬼臾区突然从腰间抽出一条短绳，顺手抛向空中。叔均惊呼："不好！好如注意！"他的话音未落，四周已被罩在一张恢恢天网之下，包括他自己。也就是在同时，从嫫母手中飞出一个绳套，化作无数绳圈，在头顶飞舞。只听"唰唰"两声响过，眼前的景象把叔均惊得目瞪口呆：鬼臾区双手拖着一面大网，网里没有鱼，却有一只大如车轮的龟龙，正在挣扎着寻找出路；嫫母紧紧拽着一条套马绳，一匹金睛长尾白马兀自蹦跳嘶鸣。叔均脑袋里灵光一闪，脱口而出："吉量！轩辕？"

叔均猜得不错，来者正是轩辕。由于炎帝集团闹内讧，逐渐失去对诸侯的控制，天下争讼械斗事件迭起，各部落纷纷请日益强盛的轩辕出面主持公道。句龙投奔骆明时，轩辕正在追剿钟山神的儿子钟山鼓。钟山神名叫烛阴[1]，称雄一方，生有人的脸面，赤链蛇一般的身形蜿蜒千里。他不吃不睡，睁开眼就是白天，合上眼就是黑夜；吹阵寒风冬天就会降临，呼口气就能迎来暑气蒸人的夏日。烛阴的两个儿子鼓和钦丕依仗其父势力，横行地方，无恶不作，人们敢怒而不敢言。最近，钟山鼓与钦丕合谋，跑到昆仑山南面杀死了无达氏祖江，并抢走了人家的女儿和牛羊，引起公愤，激怒了轩辕。

鼓生就的人面龙身，十分凶猛；钦丕人面猪身，蛇尾八足，也是一位恶神。二人联袂，神鬼皆惧。轩辕手持天鼋剑，大战钟山二子，搅得天昏地暗，日月无光，战况异常激烈。其他各国首领胆战心惊，只作壁上观。鼓和钦丕终于不敌天鼋剑的正气神威，败回钟山。烛阴屡受天帝告诫，害怕被追究纵子行凶的罪名，更不敢与天鼋神剑为敌，自取其辱，只好眼睁睁地看着儿子被戮于钟山东面的瑶崖。但他爱子心切，还是运用法力使他们复活了，并改换了头面。钦丕化为大鹗，形状像雕，但它的头是白色的，身上披着黑色的斑纹，赤喙虎爪，不失威武；鼓变成一只鹞鹰，白脑袋，黄斑纹，声若鸿鹄。经过一番脱胎换骨的改造，鼓和钦丕并没有从此洗心革面、改邪归正。钦丕飞到哪里，哪里就发生战乱；而钟山鼓经过的地方，总要发生旱灾。

轩辕除掉钟山二子后，召骆明帮助风后处理善后，自己带领少数亲兵驰马南来。他要亲自会见句龙，并为他做出满意的安排。由于轩辕会友心切，龙驹吉量奔走如风，把随从们远远抛在后面，当来到汾河弯时，只剩下单枪匹马了。轩辕见一男一女鏖战正酣，叔

---

[1] 《山海经·海外北经》："钟山之神，名曰烛阴，视为昼，瞑为夜，吹为冬，呼为夏。不饮，不食，不息，息为风，身长千里。……其为物，人面，蛇身，赤色，居钟山下。"

均一个人袖手旁观，敌友难辨，不知该帮谁的忙，便隐身在树丛里观察动静。当叔均发出警告时，轩辕应声冲到阵前，快如闪电，倒令鬼臾区和嫫母大吃一惊。

轩辕自恃天鼋剑在身，不知厉害。他哪里晓得，鬼臾区和嫫母手中的玩意儿也大有来头。当年，伏羲从蜘蛛结网捕虫中受到启发，发明网罟，在渭水教民众捕鱼，丰富了先民们的食物来源。鬼臾区那张网，就是伏羲自用的第一张网，名叫罟瀚。罟瀚是伏羲役使亿万蜘蛛吐丝结成，丝细而孔大，小鱼易漏，大鱼难逃，收起来一把抓，能束在腰间，撒开可网三江。嫫母的绳套是前世圣贤用于结绳记事的工具，上面有九千九百九十九个结节，暗含着百世风云变幻，被后人用来做了套马绳，纵在万马奔腾中，抓获一匹野马也易如探囊取物。当这个古老的套马绳传到嫫母手上时，她给它起了个好听的名字，叫作勿忘我。

轩辕仓促间撞上罟瀚和勿忘我，自是难逃晦气，一时灵魂出窍，法身显现。不过，只有旁观者叔均才有幸惊鸿一瞥，当他眨一下眼再看时，场景已经大变，他甚至怀疑自己的眼睛出了毛病。

轩辕立马扬剑，天鼋剑直刺青天，寒光闪闪；嫫母和鬼臾区各退七步，跌坐在地，望着轩辕发呆，以为碰上了天神。他们自认为出手必胜的传世宝贝，遇见天降神器便溜之大吉，藏在主人身上再也不敢出头。轩辕跳下马，径直走到还没有回过神来的叔均面前，双手摇着他的肩膀叫道："三郎，三郎！没想到在这里碰上你！"

叔均好像刚从梦里醒来一般，喃喃地说："我这才相信，龟蛇斗的那段传说原来是真的。"他指的是在灵山天梯上，轩辕和危那场殊死决斗。对于自己变龟龙的过程，轩辕从来就没有任何觉察，他晃着叔均叫道："三郎，我是轩辕，你忘了？"

"对，你是天鼋，没错，的确是天鼋！我大姐姐嫁了个天鼋！"叔均像发现了新大陆，高兴地喊着，同轩辕热烈地拥抱在一起。

轩辕说："三郎，你手里那只手镯不是嫘姑的，是十巫之一，一个叫巫真的姑娘送你的,是她救了你的命。巫真姑娘热情大方,人也漂亮,后来我还见到过她。"

"大哥,现在我彻底明白了,只有你才配得上我大姐姐……我一直在等着这位送手镯的姑娘,不知何时才能找到她。"叔均说,眼睛里流露出一丝伤感。

"你这个牛痴,没想到还是个情痴。"轩辕说。

"哎呀,咱还是把他俩的事解决了再叙旧吧!"叔均说道。接着他简略地介绍了嫫母和鬼臾区打架的由来,并对二人说:"这就是赫赫有名的轩辕,你俩的争端,就请他给摆平吧!"

鬼臾区见轩辕出手制胜,肃然起敬,抱拳说:"在下鬼臾区,久闻轩辕主持公道,抑强扶弱,乃当今盖世英雄,今日相见,大慰平生。您东征西伐,整治天下,已是劳累有加,就不劳您为我们这点儿事儿分心了吧?"

轩辕笑道:"是啊,只需鬼先生点头,娶下这位姑娘,不就皆大欢喜了吗?哪里还用我做说客呢?"

鬼臾区的脸一下拉得老长,说:"如果您也持这种意见,就请免开尊口,鬼臾区实难遵命!"

"好个固执的硬汉子!不过那不是我的意见,而是我这位老弟三郎的主意,他总想把汾河两岸都种上庄稼。"

"您的意见是……"鬼臾区迫不及待地问。

"如果可能的话,我还是希望留下一半做牧场,好让我的草原子弟经常到这里观观光。"轩辕漫不经心地说。

嫫母忽地站起来,指着轩辕说:"照你这么说,我就不嫁人啦?"

"这和你嫁人有什么关系?"轩辕明知故问,一本正经。

"我和这位鬼相公打了四十九天,争的就是带着整块土地嫁给他。你留下一半做草场,我拿什么做嫁妆?他不就更有理由不答应这门亲事了!"嫫母越说越有气。

"天下男子尽有,你何必非嫁给他不可呢?"轩辕好奇地问。

嫫母叹口气说:"我家就住在附近的人祖山,我是人祖女娲百代后裔。本族是母系氏族,遵从女不外嫁的古制。本人承袭族长之位,本来也没有嫁人的打算,可如今世道变了,流行起女人外嫁来,嫁不出去的姑娘总是遭人耻笑。自己长得丑,就想嫁给个不嫌弃自己的男人。鬼相公这副尊容,天下再难寻觅,真是我理想中的男子汉,于是想带上所有的东西嫁给他。没想到被他一口拒绝,令我太伤自尊了。我和他斗,争的就是这口气。"说完,朝她的冤家瞪了几眼。

这位姑娘胸怀坦白,承认自己长得丑,她的婚姻理念又颇为独特,使轩辕大感兴趣,就接着安慰了一句:"对自己的相貌也不要过于自卑了,对婚姻还是要有信心。"

"深眼窝,大嘴巴,黑面皮,黄头发,我这些显眼的部位一个比一个不争气,而你们男人首先挑的又是长相,我有信心顶什么用?不过,这次和鬼相公签下君子协定,我有信心用武力实现自己的心愿。"

轩辕一听,女方也要把门关死,调解将要搁浅,忙说:"嫫姑娘,你听我说,你的面相并不是每个男人都认为是毛病。深眼窝里面隐藏着聪明睿智;大嘴巴象征着食物来源丰富;脸面黑是太阳的恩赐,表明你贴近自然,是健美的标志;至于黄头发嘛……那是和黄土地一样的色调。黄土地厚重载物、仁德宽宏,是人类和世间一切生灵的母亲,我对她有着深深的眷恋之情……"轩辕一开始还有点儿调侃的味道,当扯到黄土地的时候,真的动了感情,以至陷入自我陶醉之中,已经忘记了是在劝导嫫母。

"那我嫁给你算啦!"轩辕声情并茂,令嫫母大受感动,不觉脱口说道,"我这副头面,世上大概只有你一个人能够欣赏。女为悦己者容,这辈子我就为你一个人梳妆打扮吧。还有句话,叫作士为知己者死,今后,我为你赴汤蹈火也在所不辞!"

在场的人都愣住了,轩辕更是如闻炸雷,从梦中惊醒。嫫母后面的几句话近乎悲壮,让他无论如何也难于说出拒绝的话,只是吃惊地看着她。

泪珠在嫫母的眼眶里滚动。

好久，叔均打破了沉默："他可是有妻室的人，而且不止一个老婆，你嫁过去，当不上老三就得排个老四。"

"我能够自食其力，不和她们争吃喝，多几个姐妹更好玩，热闹。"嫫母咯咯地笑起来，竟也增添了几分妩媚。

轩辕还是没有说话。叔均说："你就答应下来吧，大姐姐的工作我来做。不过咱先把话说在头里，这片土地不能作为牧场，要全部送给鬼兄弟和我种庄稼。"

轩辕"扑哧"笑了："我就知道三郎怀里揣着小算盘。你极力撺掇，还不是为了开荒种地？那我就送一千头黄牛来，让你好好过把瘾。"又郑重地对嫫母说："短暂的接触，你让我体味到对女性的另一种感觉，那是光鲜的外表无法传递的。既然你乐意，大家都高兴，我何乐而不为呢！告诉你的部族，愿意种地的，由鬼兄弟和三郎收留；习惯放牧的，和咱们一起到北方草原去。其实，我对神农炎帝的事业非常向往，对播种五谷、植桑养蚕有着浓厚的兴趣。"

双龙会

共工氏句龙带着人马西进，人们称他们为白马氏。他们毕竟是种地出身，不习惯居无定所的游牧生活，战士们怨声载道。一日，经过一个叫作姒的地方，这里居住着一个鯀氏部落，据说是共工氏的一个分支，至今还处于母系社会。句龙发现这里土地肥沃，水源丰富，人民朴实热情，便决定定居下来。好在战士们手使的兵器中，有不少本来就是种地的家什，如今又派上了用场，一个轰轰烈烈的农业生产运动开展起来。句龙鼓励小伙子们入乡随俗，就地婚配生子，安家立业。因为鲧就是共工的急读音，子弟们感到又回归了本氏族。从此，所谓的白马氏又变生出鲧。

　　大西北天高地阔、山远水长，让句龙大开眼界。把子弟安顿下来后，他带上少数随从，开始探察山川走势，河流源头。一日，句龙来到弱水河畔，但见雷鸣电闪，浊浪滔天，原来是一场恶斗正在进行。水面上有一乌衣少年，他的一只脚被水中的怪物咬住，无法挣脱。那怪物龙头蛇身，身长数丈，凶狠异常。空中还有一黑一白两条龙上下盘旋，交替俯冲，对少年进行猛烈攻击。

　　少年身受强敌夹攻，处境险恶，依然镇定自若。只见他双手左右开弓，频频发出万钧雷霆，使黑白二龙无法近前，只是急切之下难于脱身。句龙见状，决定助少年一臂之力。他大吼一声，忽现人面蛇身法相，方便铲暴长数丈，直击水中怪物。怪物没有提防，惊慌失措，放开少年，仓皇逃入水底。那少年快如闪电，腾空而起。句龙抬头望去，空中多了一条神龙：背生双翼，犄角如戟，在云层中若隐若现。一见飞龙升空，黑龙早已抱头鼠窜；白龙见独木难支，也要溜之大吉。但已经晚了。云层里伸出一只龙爪，拽住白龙的尾巴，将它掼下地来。

　　这时句龙已经恢复本貌，持铲立在当地，眼看着白龙就地一滚，变作一位白衣人。白衣人怒目圆睁，向着句龙嚷道："句龙，你被人赶出国门，跑到这儿逞什么能！你当我是谁？老子是河伯冰夷！这一下，你把我的大事给搅黄了，我和你没完！"

　　听说是河伯，句龙肃然起敬，他可是万里长河的霸主，和共工氏的关系源远流长。于是上前深深一揖道："句龙眼拙，不知老伯在此，多有得罪。敢问何事与人争斗？那少年又是何人？"

　　"说来话长。"冰夷刚开口，就见飞龙降落，重又变作乌衣少年，只是右耳上挂了一条黑蛇。他见河伯正在同句龙讲话，不便打扰，只是向句龙抱拳致意，便静静地站在那儿等候。河伯对少年怒目而视,随后平静地对句龙说:"我乃一介草民,渡河时适值河水暴涨,溺水死亡。我一缕阴魂不散,站在阳纡山上大骂天帝昏庸无能,不能管制河水,草菅人命。天帝没有问罪,反而让我借尸还魂,命我监管河水,封为河伯,居住在极渊。每年汛季,自昆仑南麓的大河源头,到龙门瀑布、华山、砥柱,一路巡视水情,向天帝报告。近几年,西海经常发生海啸,恶浪排空,海水翻过日月山,涌入河床,形成几丈高的洪峰,给沿河地区带来灾难。西海岛神崦兹告诉我,这是恶龙带来的。十几年前,一条应龙从天而降,横行西海,兴风作浪。后来,我到弱水做客,从窦窳口中得知,西海应龙原来出身于一条弱水小蛇,行不义之举,抢食了十巫给窦窳送来的灵山不死药,变成头上长角、背生双翼的飞天应龙。而天神窦窳却再也无法升天,只有困居弱水,客死他乡。窦窳处心积虑想生吞应龙,用他的血使自己复活,恢复体能,重新上天。我和黑水龙王应邀加盟,设计活捉应龙。今日功败垂成,都坏在你句龙手里。恶龙不除,水患不已。我河伯固然该受天责,你共工氏也难逃振涛洪水的罪名,遭百姓唾弃,遗臭万年!"冰夷显然已把生死置之度外,说到后来,已是义愤填膺、破口大骂,当年的脾气一点儿没改。就为脾气不好,几百年后冰夷吃了个大亏,被后羿用彤弓素矢射瞎一只眼,成了一条名副其实的独眼龙。这是后话。

不过这次句龙却没有恼,他佩服河伯的骨气。句龙正想说什么,应龙上前一揖到地,说:"在下应龙,多谢先生出手相助,容当厚报。"他转过头向怒气未消的河伯点点头,"原来这位是河伯。关于我的出身,你说的不错,我就免了自报家门了。不过有一点需要解释一下:弱水贫瘠,谋生不易,争抢食物是习以为常的事,不独是那条小蛇。当时它饥饿难耐,冒着生命危险龙口夺食,也算是一种英雄行为吧?没想到这一举动获得了意外收获,它得到的竟是天帝的不死药,变成了飞龙。这只能说小蛇有个好运气,而不能给它扣上不仁不义之类的帽子。"

"这也罢了，那就算窦窊活该倒霉。"水伯说，"你吃了天帝的不死药，变成天神，本事大了，就应该修些天神的德行，不能再像一条草蛇那样阴暗狭隘、喜怒无常了，为什么动不动就卖弄本事翻江倒海呢？"

"那是误会。"应龙说，"我请教过西王母，她告诉我，西海周边陆地坐落在一条大鱼背上。大鱼几千年一翻身，上次翻身时天翻地覆、沧海横流，几乎造成人类灭绝。那景象是她亲身经历过的，至今记忆犹新。眼下又临近大鱼翻身周期，西海海啸说明它已经睡醒，开始活动身体。再加上近年来天气变暖，雪山冰雪消融加速，西海水位见涨，据西王母推算，少则二三百年，多则三四百年，灾难就会再次降临人间。"

"你没问她如何预防吗？"河伯与句龙几乎同时发问。刚才的恩怨仿佛被风吹跑了，他们开始讨论涉及人类命运的问题。

"导水入东海，降低西海水位。"不知是他个人的意见，还是西王母的看法，应龙肯定地说，"没有别的好办法。"

大家一阵沉默。良久，河伯说："西水东调，按最省力的路线，也要开通积石山、金门山，拓宽龙门、太华、砥柱等多处水道，难度很大，工程浩繁，不仅需要大量人力，还得借助神力，这要看共工氏的号召力了。"

句龙长叹一口气，道："句龙有志光大共工氏治水事业，无奈生不逢时。如今各部落筑城为国，各施其政；炎帝号为天子，天下共尊，实际上略无约束。但愿百年之后，江山一统，那时政通人和，万众齐心，方能完成如此大业。"他略停一停，自信地说："能够领导治水的，非共工氏莫属。哦，对了，还有一支称作鲧的部族，也是共工氏后代，到时还请二位多加关照，鼎力相助。"河伯和句龙同声说："那是自然。"

河伯指着应龙耳朵上那条黑蛇说："他是我请来帮忙的黑水龙王，你放了他吧。"应龙一听，脸色大变，急忙将黑蛇托在掌中，咬破中指，向它的口中滴入一滴鲜血，轻轻放下。黑蛇落地，忽地变成一位黑衣黑髯的中年人，身上还不住地战栗。应龙倒地叩首，说："小龙无礼，让老伯受惊了。"黑衣人受宠若惊，忙扶他起来，说："死而复苏，该我谢你才是，不打不相识嘛！"句龙与河伯哈哈大笑。

句龙和应龙相约探察西海水系山川，同行多日，成了莫逆之交。一日，句龙忽然问道："有一事我想不明白，你对黑水龙王为什么前倨后恭，而且有点儿诚惶诚恐的味道呢？"

应龙犹豫一下，说："有件感情上的事，与黑水龙王的女儿有关，本来不愿示人；大哥既然动问，我也正好请教请教。我爱上一位少女，又不敢找她谈，怕被当面拒绝。六年来，就一直这么暗暗地追随着她。年龄大了，心情愈加迫切，不知如何是好。"

"这好办，把她抢来不就得了！"句龙不加思索，脱口说出他的习惯做法。

"使不得，万万使不得！"应龙连连摇头说，"如果她不同意，抢过来也不会愉快。何况，作为西王国的女子，她是不能外嫁的，这是西王母铁定的规矩。如今的难题是怎样才能得到她的邀请，前去赴约。"

"那就应该时时关心她，让她感到你是一个有情趣、有责任心的男子汉，然后再亲近她，启动她的情欲。"句龙搬出情场经典，谆谆教诲。

"每当她表现出烦闷、焦躁的时候，我都会及时送去一阵清风霖雨，她的心情马上就会好起来，看得出，她是乐意接受的。只是当我有意接近时，她却视而不见，每每令我望而却步。唉，真是愁煞人！"应龙说。

看来，应龙已经深深地陷入了暗恋情网，无法宣泄，不能自拔，还真该帮他一把。句龙分析道："对你有好感而故意回避，她是不是另有所爱，而且爱得很深呢？"

"是的，她和一个叫蚩尤的人一见如故，打得火热。"

"蚩尤？他是你的情敌？"句龙十分惊讶，又不无担心地说，"你遇上了真正的对手。"

见句龙面色有异，应龙问："怎么，大哥认识他？"

"何止认识，他把我撵得妻离子散，有国难回，是我的死敌。不过，蚩尤的确是天下第一好汉，难有匹敌，也很有魅力。你最好不要为一个女子与他结怨，最后落到我这种地步，还是继续你的暗恋算啦！"

不知句龙是真心劝他知难而退，还是故意激将，应龙勃然大怒："今生得不到女魃，誓不为人！"

句龙这时才知道，那位令应龙神魂颠倒的女子叫女魃，不过，他对蚩尤的消息更感兴趣。"现在蚩尤和女魃在一起吗？"等应龙冷静下来，他打问道。

应龙说："蚩尤已有好多天没来西王国了，听说女魃请大鸟希有带着她到处寻找，也没有发现踪迹。这些日子，女魃整天坐在玉山顶上弹琴，郁郁寡欢。我想安慰她，又不敢贸然上前，正琢磨着请她的母亲出面说合。"

"她母亲是谁？"

"黑水素女。"

"哦，西王国的交际花，黑水龙王的女儿。"句龙恍然大悟。

一日，句龙二人路经积石山。他忽然想起，祭祀炎帝祖神火凤凰的琅玕，就是从这里采摘的。句龙想，自己不论走到哪里，都是炎帝族裔；今年祭天祭祖的日子临近，不如摘几枝琅玕，在新居住地举行一次祭祀大典，让鲧部落不忘记自己的根系。当他们正要寻路上山时，几只露犬狂吠着扑来。应龙将身迎上，只见一位三头人已站在面前，把犬拦住，嘴里还吆喝着："去，去！有我在这儿，你们一边儿待着！"露犬很听话，乖乖地向别处走去。

"二位何处去？若去西海，请走山左；若入巴蜀，请绕道右行。这里是积石山，直行无路。"经常在外走动，离珠也学会了礼貌待人，说话客气多了。因最近炎帝取琅玕的使者要来，他向昌意报告了丢失颛顼的经过，便匆匆赶回积石山。行前，离珠曾向昌意保证，见到炎帝使者，无论如何要辞去职务，专心致志去寻找颛顼，将功补过。

句龙估计这位就是琅玕总管三头离珠，上前抱拳致意，说："我们既不上西海，也不下巴蜀，是专程前来拜见离珠先生的。"

"咱们素不相识，大老远跑来见我做甚？是雇我去当差吗？你怎么知道我要辞职？对不起，我已经接受别人的预约了。"

句龙觉得离珠憨直得可爱，差点儿笑出声来，说："你是炎帝命官，谁能随便雇你打工呢！我是来向你讨要几颗琅玕的。"

"不行！不行！不行！"刚才是一个脑袋说话，这回是三个脑袋车轮般地回答，一连抛出三个硬邦邦的"不行"，斩钉截铁，还派出一位代表阐述了理由："早年炎帝有训，琅玕是祖神火凤凰的专用祭祀品，既不赠人，也不能拿来易货。明抢暗偷者，越关走私者，一律格杀勿论。"

句龙拦住正要发火的应龙，笑道："离珠忠于职守，果然名不虚传。我是炎帝的水正大臣句龙，想在本族祭祀大典上献上琅玕，以飨火凤凰，先生不能给个面子吗？"

"不行！不行！不行！"三个脑袋依次表决，还分别发表了下述意见：只有炎帝和火正朱明有资格主持大祭，只有见到火正的使者才能发放琅玕，共工氏从来就没有资格祭祀火凤凰。

句龙脸色陡变，怒火中烧，正要发作，忽听山上霹雳连声，震得脚下大地也在颤动。离珠回头一看，大惊失色，撇下句龙就往山上跑。句龙迈步跟进，却被一人伸手拽住："不必了，你拿这玩意儿回去孝敬火凤凰吧，他们谁也祭不成啦！"原来是应龙，他摇晃着手里的琅玕枝，得意地笑着。

句龙的头"轰"地胀大了，他预感大事不妙。果不其然，只见离珠正往回跑，老远就气急败坏地叫骂："你个天杀的孬种，砸毁了琼枝树，叫我怎么向炎帝交代？我和你拼啦！"说着三个脑袋齐头并进，向应龙冲来。应龙腾空，他身后的岩石被撞个粉碎。离珠爬起来抬头一看，一条飞龙正在头顶上盘旋，神气活现。他哪里肯饶？两脚蹬地，三头抱团，像离弦的箭一般向飞龙射去。飞龙口中喷出一束水柱，离珠顿觉泰山压顶，跌落在石壁脚下。飞龙不依不饶，紧跟着俯冲下来，伸出铁臂钢爪，抓向离珠。

"手下留情！"句龙大声惊呼，方便铲随即出手，硬生生扎进石壁三尺，挡在离珠上方；龙爪抓在铲柄上，迸出耀眼的火花。

飞龙翻身落地，依然变作乌衣少年，指着离珠恶狠狠地说："若不是大哥阻拦，你早已粉身碎骨，那就是你骂我的代价！"离珠揉着跌痛的屁股说："我今天打不过你，但今后不会放过你。琼枝树有啥过错，你把它打得这么惨？那是天下至宝，人人都会珍惜它。我要去找轩辕，把天鼋剑借来和你决一死战。你打死了他送我的露犬王，他肯定会借剑给我，给狗报仇，你等着瞧！"

"什么？那两只恶犬是轩辕送来的？"应龙警惕地问。刚才他到琼枝树上摘取琅玕，遭到两只露犬的偷袭，他甩出两个霹雳将它们打翻在地，随即又有一大群露犬赶来群起而攻之。应龙一怒之下，喷出一阵暴风骤雨，夹杂着鹅卵石大小的冰雹，没头没脑地砸下来。十几只露犬不幸以身殉职，其中就有那两只露犬王。殃及池鱼的就是琼枝树，连枝叶带琅玕统统砸了个稀巴烂。

离珠回答："那还有假！我俩有十几年的交情了，他还邀请我去帮忙呢……"离珠话没说完，应龙的脸已开始由白变红、由红变紫，两手变作龙爪，突然伸出。离珠感到不妙，立时倒地，躲过致命的一击。应龙正要起飞，忽然被句龙紧紧抱住。情急之下，句龙变作人面蛇身，把应龙人体紧紧缠住，使他无法化龙飞空，重击离珠。离珠趁机溜之大吉。

等句龙回过神来，恢复人形，应龙解开他的双手，叹口气说："大哥，你误了我的大事。也是他的死期未到，在你的帮助下逃过了这一劫。"

句龙说："你毁了琼枝树，已经铸成大错。离珠受人之托，忠人之事，是个义人，又何必再伤害他？难道你是惧怕天鼋剑吗？"

"天鼋剑倒是能对付。我刚出道时，天神危持天鼋剑与我对阵，也只是打了个平手，在一个凡人手中，它能有多大威力？"他忧心忡忡地说，"不过，你可听说过，轩辕是黑水素女的最后一个情人，他承认女魃是他的女儿。"

句龙茅塞顿开，吃惊地说："你是怕离珠向轩辕告状后，影响到你对女魃的追求，所以要杀人灭口，是吧？"

"无毒不丈夫！"应龙阴阴地说。

句龙望着那张还有些稚气的脸，平静地问："你的这种想法是什么时候产生的？"

"也就是最近吧。"应龙回忆似的说，"我刚到西海时，岛神崦兹不容我落脚，被我教训了一顿，再也不敢找碴儿。没想到他背地里散布谣言，说海啸是我制造的，你知道，这是那天从河伯嘴里说出来的。还有就是窫窳。我成龙后，看到它的可怜样，忽然产生恻隐之心，于是定期从西海搬运食物投放弱水，使它能够维持生命，等待救援。没想到救蛇反被蛇咬，不小心着了他的道儿，若不是你出手相救，我几乎葬身弱水，想起来就有点儿后怕。大丈夫有恩报恩，虽肝脑涂地而不悔；有怨报怨，除恶务尽而后快。"

帝女桑[1]

祝融氏朱明长期摄政，觊觎炎帝之位已久。尽管俞罔早就表示要禅让，只因句龙带头反对，诸侯不服，一直没能得逞。首阳山一战，朱明借助东夷的攻势，赶走句龙，尽收其地，一时声威大振。他再

---

[1]《太平御览》九二一引《广异记》："南方赤帝女学道得仙，居南阳愕山桑树上……或作白雀，或女人……（赤帝）以火焚之，女即升天，因名帝女桑。"

也不耐烦当个摄政王,于是决定在大祭之日完成禅让仪式。此议一出,司天官大桡进言:"神农炎帝乃天帝之子,天下至尊;若要禅让,须上应天心,下合万邦民意。我夜观星象,见神农氏主星虽趋暗弱,但光芒犹存,众星拱卫;祝融氏主星光亮耀眼,然闪烁不定。况且宝鼎得而复失,亦非吉兆。"

大桡是老夸父的徒弟,老夸父死后,他就是天文界权威,究竟谁是天帝之子,他的意见是很有影响力的。朱明一向对他很是客气,但今天朱明主意已定,不能再受他的干扰,于是驳斥道:"我曾经说过,关于星象对应人间事物的学说,古来未有;当今之世,也只是你一家之言,拿来作为依据未免太不成熟。至于宝鼎的得失,更不能视为天意,伏羲和神农时代,并不曾有什么宝鼎,不一样累世作为天子吗?这话请你不要再说了。关于民意,我倒要听听你还有什么说法。"

"东夷和北狄虽然各有自己的部落联盟,但仍然承认神农氏炎帝的天子地位,不敢贸然称帝与炎帝齐肩。若祝融氏代替神农氏,怕海内外难以服膺。就炎帝族团内部而言,句龙虽去,其部族犹在;夸父国曾多次表示,他们只拥戴神农氏为帝,否则便自立天子。这些人心向背情况,不得不察。"大桡直言,侃侃而谈,最后又补充说:"欲立为国母的阿珠,最近突然失踪,恐怕与禅让之事不无关系。"

对于大桡的发难,朱明似乎早已胸有成竹,只是说到阿珠时,眉头皱了一下。他态度平和但语气坚定地说:"我只做炎帝族落联盟的首领,无意号召东夷和北狄诸国,不在乎他们承认不承认。至于夸父国,老夸父尚且自不量力,追日而死,他的孙子小夸父有何作为?由他口出狂言、随意动作好了!"阿珠在这个当口失踪,着实令朱明恼火,为了争取更多诸侯的支持,他需要保持与神农氏的联姻关系,于是当即下令:"继续寻找阿珠下落。听说俞罔有两个女儿,不知住在哪里,是否已经嫁人,你们可以打听一下。"

阿珠没有下落，却在姑瑶山发现了俞罔少女瑶姬的踪迹。朱明亲自带领人马来到姑瑶山麓。这里山高林密，云蒸雾绕，人迹罕至。朱明正不知何处寻找，忽然惊起一只雀鸟，长尾红冠，周身雪白。朱明弯弓放箭，正中鸟翼，雀鸟哀鸣着向林海深处飞去。朱明驾起火龙尾随追赶，发现雀鸟投入一棵树冠中。

这是一株万年古桑，树干高入云天，遮阴十里方圆。朱明绕树徐徐飞行，但见枝繁叶茂，桑葚大如谷穗，哪里去寻雀巢？这时，耳边忽然响起一位女子的问话声，倒把他吓了一跳："来者可是当今摄政祝融氏？我是俞罔少女瑶姬。你不去治国安邦、操劳民事，跑到深山老林来干什么？飞鸟何罪，遭尔如此荼毒？"

朱明望去，见自称瑶姬的女子立在桑枝间，腰束桑叶短裙，雪白的脖颈上装饰着桑葚串就的圆环，肩膀上插着自己射出的那支箭，一只手捂住箭头，鲜血透过指缝，一滴滴落下地来。他想，糟糕，自己闯下大祸了！连忙抱拳作揖说："在下朱明，久慕姑娘大名，今日特来造访，不意误伤贵体，真是罪不容赦，罪该万死！任由姑娘挞伐惩治，以赎此过。"一边说，一边趋上前去。

一波波异香扑面而来，令朱明心旌摇动，不能自制。此时的朱明已是神情恍惚，目色迷离，望着魅力四射的美人，恨不得一把揽在怀里。他迫不及待地接着说："炎帝要把帝位禅让给在下，朱明想请姑娘屈就国母，万望不要推辞。"说着，驱动火龙凑近桑枝，只要一伸手，就能把她拉上龙背。不过，朱明强忍着内心的冲动，没有行此非礼之举。

瑶姬粉面飞红，柳眉倒竖，说："朱明，神农氏把帝位让给你，还把我的堂姐阿珠嫁给你，江山美人都让你占全了，还要贪心不足吗？阿珠姐国色天姿，你都不好好照顾她，现在又来打姑奶奶的主意，真是痴人说梦！"说罢，忽地化作白雀，消失在密密麻麻的枝杈间。

如果说朱明的初衷是为了找个政治夫人，那么此时已经发生了变化，他彻底被瑶姬的魅力所征服了。她那忽而女子、忽而雀鸟的神秘，她那夺人心魄的体香，甚至她那嬉笑怒骂的神情，都令他着迷，令他陶醉。

朱明呼唤着瑶姬的名字，绕着古桑转了一匝又一匝，三天三夜没有停止。而瑶姬再也没有露面，一点儿声息也没有。朱明的随从饱受风餐露宿之苦，再也没有耐心，齐声叫唤："帝姑出来吧！再不出来就放火烧树啦！"他们也就是随意喊喊，不想提醒了朱明。他想，瑶姬已经受伤，不能飞翔；如果放起火来，烟呛火燎，使她无处藏身，定会从树冠里逃出来。于是吩咐众人放火烧山。这可是祝融氏的拿手好戏，不一时，钻天古桑就湮没在烈火浓烟火之中。

朱明乘龙在大树上下巡弋，耳边尽是哔哔剥剥枝叶燃烧声，呼呼啦啦的风火声，却听不见瑶姬的呼救声，更瞧不见她的身影。他后悔了。这样一位金枝玉叶之体，这样一位冰清玉洁的奇女子，就这样眼睁睁地葬身火海了？朱明生平第一次感到自己干了一件愚蠢的事。

瑶姬是女娲的孪生姐妹，她的相貌和身上那股香味，都和女娲一模一样，只是性格大相径庭。女娲温柔婉约，使人怜爱有加；而瑶姬却是刚毅孤傲，机敏冷艳。蚩尤在漳河树巢遭遇的那位裸游女郎，不是女娲，而是瑶姬；蚩尤到如今还蒙在鼓里，还在误会着。瑶姬自幼拜炎帝雨师赤松子[1]为师，采用服食冰玉的方法修炼仙术。八年过去了，她已经吃完了规定的九十九葫芦冰玉，按照下一个程序，需要入火自烧，方能得道成仙。当朱明命令点火烧树时，瑶姬暗自庆幸，以为是天遣朱明前来举火，帮自己修炼成功。

火势异常猛烈，瑶姬一时手忙脚乱，不知如何处置，处境非常危险。正在这时，导师赤松子及时赶到，抓住她的头发跳上树梢，

---

[1]《列仙传》卷上："赤松子者，神农时雨师也，服水玉以教神农，能入火自烧。往往至昆仑山上，长止西王母石室中，随风雨上下。炎帝少女追之，亦得仙俱去。"

在火海中上下起伏，如在江河中游泳沐浴一般。瑶姬身上的污秽，脑袋里的杂念，里里外外被火苗舔食殆尽，顿觉身轻似烟，吐气若风，飘飘欲仙。赤松子见大功告成，随即降下一阵倾盆大雨，将山火浇灭，师徒二仙各自踩着一片彩云，消失在天际。

由于烟火弥漫，遮天蔽日，朱明等人并没有看到瑶姬羽化登仙那幕壮观的场景，而是认为她必定葬身火海无疑。大雨刚过，众人呼啦一下冲到树下，在灰烬中寻找瑶姬的尸体。一点儿蛛丝马迹都没有。只发现朱明那支羽箭倒插在地，箭杆已经烧焦。在箭的周围，新冒出一种从未见过的草，绿叶层叠，黄花烂漫，香气袭人。朱明闻那花香，正是瑶姬的气息，一样夺人心魄。他潸然泪下，以为这就是瑶姬的精魂所化，于是将它命名为瑶草。朱明选一棵最大的瑶草，同那支箭合在一起，代替瑶姬的尸骨葬在巫山之阳，并把那棵万年古桑命名为帝女桑，以寄托他的哀思。

朱明的误会，引起了后人的误会。战国时屈原的弟子宋玉为讽喻楚襄王，写了一篇脍炙人口的《高唐赋》，把瑶姬说成是善于媚人的巫山神女，令后代文人们大嚼其味，这是一误再误了。

朱明回到王城，懊恼不已。这时亲信慌忙来报："仓颉在神农洞刻下八个字画。"

"他是史官，大事必书，有何大惊小怪！"朱明斥道。

"这八个字画有碍摄政王声誉。"来人说。

"什么字画？"

"炎帝摄政火烧帝女。"

朱明的脑袋"轰"地胀大了，把手一挥，果断地说："铲去'摄政'二字，封闭神农洞。"

上次轩辕逃走后，特别是得知句龙窃听神农洞以后，朱明亲自检查了神农洞的密闭状况，发现了句龙经常出入的那条蛇洞。他断定轩辕就是从这里秘密出逃的。从洞口石壁断口看，很像是仓颉的杰作，怀疑是他放走了轩辕。仓颉今天的举动，让朱明坚信了自己的推断。听人说，仓颉的四只眼不仅能隔山透物，而且可以望断时空，前瞻千年，后顾千年，他的意见往往被人们奉为金科玉律。朱明想，如果烧死瑶姬的事传出去，不仅会影响眼下的禅让，还会使后人对禅让的真实性产生怀疑，给自己留下千古骂名。何况，仓颉既已心属轩辕，说不定还会做出有损祝融氏的举动，还是及早将他逐出神农洞为好。

一想到轩辕，朱明不由得不寒而栗。近来下面不断报告，因控制不力，边远部落已纷纷投靠轩辕。就在朝廷大员中，司天官大桡早就放出话说，天下只有一个天子，接替神农氏天子之位的人不在南方，而在北方；听说，最近他又到夸父山观星台去验证自己的预言。药师岐伯是轩辕的朋友，也躲出王城去追随俞罔……

朱明不敢再想下去，但有一个念头挥之不去：阿珠的出走是不是也和轩辕有关呢？她是否已被轩辕劫走了呢？这是一个不祥的预兆。来自北方的威胁已迫近家门，国恨家仇涌上心头。

摘取琅玕的使者倍伐求见朱明。他没有取来琅玕，只献上一幅画在树皮上的画，是他从刮过皮的琼枝树树干上临摹下来的。画上有一条飞龙，正把急雨和冰雹射向琼枝树；树旁还有一个人面红发蛇身的怪物，一看就知道是句龙。画的右上角有个三头人，正在走向一辆大车。倍伐说，琼枝树下一片狼藉，一个完整的琅玕也拣不出来，只有拳头大的冰雹还没有融化。看来，至少千年之内长不出火凤凰的专享贡品了。他分析，肯定是轩辕派一条飞龙伙同句龙作的案，说不定还有离珠做内应，因为离珠刚到北边走了一趟。

朱明静静地听着，不由得插了一句话："离珠是个义人，不会吃里爬外，监守自盗。"

"那么句龙肯定是少不了的，我进行过跟踪调查。"倍伐说，"句龙战败后，带领残军流窜到西部，加入鲧部落。有一部子弟不习惯那里的气候，准备迁回故地，句龙拿出一枝琅玕，让他们带给在汾水畔开荒播种的鬼臾区。鬼臾区把他们留下来，并和发明牛耕的叔均商议举行祭天活动,庆祝丰收。与他们相邻的部落都受到邀请。听说有琅玕祭祀火凤凰,有不少部落打算参加。"

"那鬼臾区和叔均都属炎帝族裔,像祭天这样的大事,怎么不来打个招呼?"朱明问。

倍伐说:"他们早就和轩辕打得火热,和我们倒是没什么来往。听说轩辕本人还要来参加他们的祭典,有些部落得到过轩辕的帮助,这次也是冲着他去的。"

倍伐以为朱明会发火,他的脾气本来是很暴躁的,谁知朱明竟然哈哈大笑,说:"你这个消息很好,很及时。你赶快派人把吴回和赤冀请来。"倍伐莫名其妙,又不好再问,起身去了。

吴回还是个少年,已充任祝融部落的军事首领。在炎帝集团中,除共工、夸父外,只有祝融国组建了训练有素的战斗团队,平时务农,战时召之能战,是朱明作为摄政王的依靠力量。炎帝族群还有若干大大小小的保护神,称作十二支神,或山或水,各居一处,听调不听宣。赤冀是十二支神之首。因赤冀出身于祝融氏,朱明找他议事比较方便。看过那张图,又听了倍伐声情并茂的讲述,吴回立时火冒三丈、义愤填膺,说:"轩辕乌龟王八蛋,欺人太甚!国家的大事,莫过于祭祖祈天。小国之间仇杀械斗,尚不毁人宗庙,辱及祖宗;大国联盟间纵有不解之怨,尽可决战沙场,以定输赢。岂可阻人祭祀,夺人信仰?大哥,我再也咽不下这口气,这就出兵北伐,擒获轩辕和那两条恶龙,斩首示众,血祭琼枝树!"说完,拍拍屁股就走。

朱明拦住他,只听赤冀说:"轩辕祖上与我们祖上同出少典,本是兄弟。自神农氏称帝以来,他们一直承认炎帝的天子地位。后来,牧民和耕农之间虽然不断发生摩擦,只不过是一些草场和耕地使用权的局部纷争,尚未引起过大的战事。究竟什么原因使轩辕下如此毒手?事情如果真的如倍伐所讲,必将引起我族人神共怒,同仇敌忾。"

朱明说："我与轩辕打过交道。此人野心勃勃，自称是天鼋星君下凡，仗天赐神剑来到人间，要接替神农氏炎帝而为天子。他不守游牧本分，在涿鹿围城建都，植桑种田；他开疆拓土，统一北方，建立强大的轩辕国；他不断向南扩展势力，用各种手段拉拢、蚕食炎帝属下农耕部族。轩辕来势汹汹，已严重威胁到我族安全；如不及早铲除，炎帝族团迟早会亡在他的剑下。"

朱明的一番话火上浇油，吴回、赤冀再也忍耐不住，齐声说："大哥，你发话吧，我们马上召集人马，传檄诸神，把北狄赶回大漠！"

"上策是擒贼先擒王，只要除掉轩辕，就能遏止住北狄南下势头。眼下有个机会，需要我们分头秘密行动……"朱明如此这般，一一道来，吴回、赤冀频频点头。

马师皇 [1]

汾水两岸又是一个丰收年。星罗棋布的打谷场上，堆起秸秆和准备晾晒的稷黍谷粱。一个小山似的秸秆垛突兀而起，那是就地取材搭起的临时祭坛。祭坛前面的鸟形陶器上，插着那枝最后的琅玕，格外令人瞩目。琅玕的旁边拴着一头黄牛，它也许知道，自己马上要作为祭品光荣牺牲，但依然神情自若，视死如归。黄昏时分，叔均居中，轩辕和鬼臾区左右相陪，三人登上祭坛。

作为主祭，叔均唱道："人非土不立，非粟不食。天降阳光雨露，地养百谷百蔬。赖祖神保佑，子孙代代蕃昌。天地祖宗，吾敬吾仰，

[1]《列仙传》卷上："马师皇者，黄帝时马医也。知马形生死之诊，治之辄愈。后有龙下，向之垂耳张口。皇曰：'此龙有病，知我能治。'乃针其唇下口中，以甘草汤饮之而愈。后数数有病龙出其波，告而求治之。一旦，龙负皇而去。"

吾食吾飨。"然后用牛血遍洒祭坛一周。

各氏族的队伍开始活动。他们弹起琴瑟，敲响木鼓，穿戴着各式各样的用秸秆编织的面具和衣帽，舞动用青藤、松枝扎制的虎、猫、枭、乌鸦等益兽益鸟模型，登场表演。人们在农耕活动中饱受虫害之苦，同时他们也结识了害虫的天敌。虎追杀野猪，猫和枭捕捉田鼠，乌鸦啄食蝗虫……借祭天、祭神的机会，他们用隆重的仪式迎接动物朋友，感谢它们的帮助。这比祭天、祭祖好像更实惠一些。

站在高处，轩辕被眼前宏大的活动场景所震撼，他完全陶醉在丰富多彩的农耕文化中，不时手舞足蹈、鼓掌喝彩。

上空传来一阵风声。轩辕抬头一看，发现一串火球已飞临头顶。他迅即拔剑上击，火球接二连三地爆开，漫天火花飘落在地，引燃草垛。像是预先约好的信号，庆祝队伍中忽然发生骚动，冒出一群似人非人、似猴非猴的怪物来。它们口中喷火，点燃从身上脱下的衣帽、面具，掷向祭坛和周围的草垛，并大声叫喊："大家赶紧躲开，不要走了轩辕！"突如其来的灾变使人们惊慌失措，众人哭叫着四散奔逃。

叔均大叫："不好，我去救牛！"耕牛圈在西面的牛栏里，四周布满草垛，一旦火势蔓延过去，定会葬身火海。鬼臾区随后跳下，冲到河里，捞起一张湿淋淋的大网，扑向北面拦阻火头，那里堆满了新打下的谷物。

轩辕马上意识到，这是祝融氏朱明针对自己发动的偷袭。他把空中的火龙和地面的火兵引到开阔地带，挥动天鼋剑，沉着应战。朱明忌惮天鼋剑的威力，只在上空投掷火球，不敢迫近；他那些口中喷火的亲兵，将轩辕围在核心，一阵紧似一阵地施放火箭，却没人敢碰他的剑锋。

包围圈外传来吉量的咆哮嘶鸣。轩辕忽然想起，嫘姑他们还没有脱离险地，于是高叫："嫘姑快走，不要管我！"当时嫘姑正在闹病，头晕目眩，无法走动。听到喊声，嫫母和丁零急忙把她扶上吉量，打马就走。但吉量的四条腿像钉在地上一般，任你鞭挞，它只是一动不动。嫫母见情况紧急，只好背起嫘姑，迈开大步，一溜烟冲出火海。这时吉量突然一声长啸，纵身冲入重围。丁零无奈，只好去追赶嫘姑和嫫母。

轩辕见吉量冲进来，又惊又喜，立时翻身上马，闯出火阵。他发现嫘姑等人已经离开，正想跃马飞奔，朱明已经赶来，一个火球在马前爆炸，吉量一声咆哮，然后扑身倒地。当时厌火兵还没有形成合围，轩辕完全有机会逃脱。但他丢不下这匹义马，它是为救自己而受伤的，他要尽力把爱马吉量救出去。轩辕使出天鼋剑的保守战法，让剑影织成一张密密的网，把吉量和自己保护起来；但究竟能支撑多久，他心里也没有底。

"炼日"大法失败后，十巫心灰意冷，大家吃过最后的晚餐，便礼貌地告别，各自云游天下，去寻找自己的路。巫咸想找个清静所在，反省反省登陆以来的体验，于是想起东海五神山来，不知还能否找到其中一座。巫真不愿意孤身走动，就主动要求和这位大哥做伴，去享受一番故国重游的乐趣。当他们驾云飞越涿光山时，发现地面上一片火海，滚滚热浪扑面。巫真忽然感到手腕灼热难忍，如同火炙。巫咸掐指一算，说："不好！天鼋蒙难，事在危急。"立即念动咒语，向诸神求援。

汾水女神名叫台骀，是少昊氏的后裔，她的弟弟允格是大泽水神。此时台骀正在大泽做客，收到巫咸的信号后，她风风火火地赶回自己的属地，祭起汾水，一股脑儿泼了下去。

厌火兵被水一浇，个个口吐白沫，不能再战。朱明急忙收兵，退到一个山岗上扎营。经过这场火攻大战，他们消耗体能太多，需要休养生息一段时间，才能重新具备喷火的作战能力。朱明捉拿轩辕的偷袭行动没有成功，只好等待后续部队上来，再作计议。

经雨水一激，宝马吉量忽然站了起来，只是还不能吃草，更不能奔跑。轩辕拢着马头缓缓移动。巫咸落下云头，上前与轩辕相见。此时轩辕已经意识到是他帮的忙，连忙表示感谢。

鬼臾区跑了过来。他的身后跟着男女老少一大群，拿着各式各样的应手家什，叉把扫帚、船槁渔网、锅碗瓢盆，应有尽有。鬼臾区就是带领这支队伍，遏止住火势蔓延，保全了丰收果实。轩辕暗暗点头：这是一位难得的将才。

丁零旋风似的跑来，报告两个消息：嫘姑被嬷母安置在莫氏家族，安然无恙；风后派骆明前来接应，人马尚在十里开外。轩辕环顾四周，不见叔均的身影，巫咸也不知何时丢掉了巫真，忙派丁零去找。

原来，巫真凭借手腕疼痛程度的变化，一路搜寻，来到一个牛栏。牛栏栅门大开，里面空无一牛，却发现一个人趴在地上。他的后背和臀部被火烧伤，两只手紧握着，插在泥土里。巫真把他翻过身来，发现竟是叔均，鼻孔里还有最后的一丝游息。她大吃一惊，一面呼叫着三郎，一面把他的两手掰开，准备施救。这时从叔均手中掉出一物，正是她的那只玳瑁手镯！这只手镯，是用大人国占卜后的万年玳瑁甲壳制作的，很有些灵气。它在巫真手腕上附着千年，感情极深；今遭火焚，感应到巫真身上，把她引来。

此景此情，让巫真再也控制不住自己的感情，眼泪像山泉一样喷出，浇在叔均的脸上。他是个牛痴，为了救牛不顾自己死活；他还是个情痴，面临绝境还不忘保护一个姑娘赠送的物品！但愿他不知道，当时那位姑娘本是无意的。

巫真把海一样的深情熔融在眼泪中，用手镯沾着泪水，一遍又一遍地擦拭叔均的全身。看样子，只要眼泪流不干，她就永远不会停下来。

精诚所至，金石为开，奇迹终于出现了。叔均的烧伤渐渐愈合，喉咙发出咕噜咕噜的声响。巫真把他抱在怀里，不停地哭喊："三郎，三郎，你醒醒！"

叔均用微弱的梦呓般的声音说:"大姐姐,三郎又惹你哭泣啦?……不、不要紧,没事了,牛都跑出去了。"说完,无力地倒在巫真的身上。

　　巫真凑近他的耳朵,从心底发出无限深情的声音:"三郎,三郎,是我,我……"

　　"大姊姊,我知道是你,只有你疼我……你给我找到她了吗?"叔均说着,搓搓两掌,又划拉着像是要找什么东西。巫真忙把自己的手腕放在他手中,手腕上带着那只手镯。

　　叔均睁开眼睛,吃惊地望着眼前的姑娘:"你、你不是……"当他看到她玉臂上的手镯时,改口问道:"手镯是你的?"

　　巫真点点头,两粒泪珠滴在他惊愕的脸上。

　　叔均忽然起身抱住她,放声大哭,声震云天,浑身的伤痛一下全都跑光了。他边哭边数落:"你咋才来呀?我等了你十几年,人都等老了,眼看都抱不上儿孙了,以后谁来接替我驯牛耕田哪?"

　　巫真心里一阵酸楚,吻着他的脸安慰说:"咱们不哭了,不哭了,今后我一步也不离开你,给你生一大群娃娃,都叫他们跟你去种地,好了吧?"

　　骆明用大车围下五个军营,左边是虎、豹营,右边是熊、罴营,中间是马步兵营。轩辕就住在骆明的中军大营里。丁零向轩辕汇报了叔均获救的经过,说:"我来时叔均表示,他们打算赶着牛群到山里去度蜜月,躲一躲战火,明春下山耕田。巫真特意让我捎话给巫咸大师,以后她哪儿也不打算去了,就在这地儿陪叔均做农妇了。"说完,告辞出帐去遛马。吉量吃了巫咸配制的药石,病情已大见好转。

　　丁零走后,轩辕唏嘘不已,说:"我这个三郎老弟,性情太痴,不知变通,他认准的事,撞上南墙也不回头。要不是姻缘巧合,他等到死也不会找别的姑娘。巫真姑娘有情有义,人也漂亮,也不枉他等这十几年。这叫作有情人终成眷属,也是三郎祖上积德,本人有福。"

"巫真出身于寒荒国，自幼得遇异人，修炼成仙。她一心向道，又始终保持着少女的纯真，很招人喜欢。人间仙界，不知有多少风流才子、得意仙人追求过她，她都没有动心。大概也只有叔均这样的痴情，才会征服她的心。"巫咸说，"这也叫返璞归真，算是修仙者的一种至善的归宿吧！我祝福她。"

丁零又来报告："吉量的病像是痊愈了，但速度和耐力还没有恢复。以往是我拽着它的尾巴跑，现在它赶不上我，跑上一程就大汗淋漓，气喘不休。"巫咸说："我只给人医病，从未给牲畜疗过疾。况且吉量又是龙驹，要让它恢复神力，看来我是无能为力了。这样吧，我有个朋友叫马师皇，医马有术，请他来试试吧。"说罢，变掌成剑指，望空书画一通，然后击掌三下，算是完成了召唤人的动作。巫咸重新坐下，趁等人的工夫，给轩辕讲述了马师皇的故事。

马师皇是个兽医，专攻医马。他对马的感情，像叔均对牛的感情一样，尚有过之而无不及。他无妻无家，成年累月混在马群里，马病了，他不分白天黑夜守护在跟前；马死后，他要解剖尸体，验明病理，琢磨医治方法。马师皇终于练就了精湛的医马技术，各种疑难杂症，几乎都能手到病除。他的医术也远近闻名。一天深夜，雷电交加，风雨大作，从帐外忽然伸进来一只龙头，目光熠熠，犄角如戟，马师皇魂飞魄散，毛骨悚然。只见那龙垂下耳朵，连连张口，似有哀求之意。马师皇定下神来，心想：这条龙得了病，知道我能治，特来求医。于是在龙的舌根扎了一针，并熬了一陶釜甘草汤，让它趁热喝下。那条龙很快痊愈了。后来又不断有病龙找上门来问医，马师皇成了名副其实的龙医，名气更大了，慕名而来者络绎不绝。忽然有一天，人们发现人去屋空，马师皇不见了，目击者说，是一条龙把他背走了。

巫咸讲完后，又说："一次我在空中和他邂逅，他似有急事，匆忙间抛给我一片衣襟，上面画着联系符号，便擦肩而过。我还没有使用过，今日一试，不知是否灵验。"这时只听一个声音说道："天庭专用明码传呼，自然奥妙无穷，岂有不灵之理！"原来马师皇已到门口。巫咸忙拉轩辕一起迎上。

眼前的马师皇头顶上多出一只眼，显然是开了天目，据说能上观三十三天，令终生修道的巫咸羡慕不已。丁零说："马皇爷一到就先奔马厩，给吉量用完药才过来。"轩辕抱拳说："失迎，失迎，刚才巫师说你是马痴，只此可见一斑。"

马师皇说："你这匹马非同一般，是神龙与骏马交配的结晶，可载入龙籍。我是持有天庭颁发的行医证的龙医，天上和江河湖海中的龙，包括身长八尺以上的马，都是我的服务对象。我给你留个传呼符咒，以后就不要再找朋友走后门了。"说完，朝巫咸笑笑。

轩辕见马师皇道骨仙风，仪态轩然，说："我有一事请教，马先生能够乘龙飞升，是修炼的哪家道术？"

"说来可怜，除靠医马糊口之外，本人百无一能，"马师皇苦笑说，"不要说修炼，就连飞天的妄想都不曾有过。我的底细巫兄是知道的。"

轩辕似乎有些迷惑，转向巫咸说："难道飞天就没有一套修炼方法，全靠人的运气不成？"

这一下触到了巫咸的心事，他幽幽地说："希望登天的修炼家千千万万，包括那些花妖树精、兽魔禽怪；所用的法门如汗牛充栋，无奇不有，其中成功者闻所未闻。倒是有几位像马先生这样不事修仙、专营俗务的人，反而一步登天，在天庭找到个位子，让修仙的人妒慕不已，这也有点儿太不公平了。"

轩辕说："有意栽花花不发，无心插柳柳成荫，此话不差。天庭是什么样子？比人间好吗？"

空中传来龙吟。马师皇说："一句话说不清楚，我该走了。这么说吧，地上的人都想上天，只恨上天无路；天上的神却争着要下来，总是抱怨得不到批准。我是个外籍自由职业者，不受约束。就我个人感觉说，这样上上下下地走动最好。"出了门又嘱咐道："吉量眼下不能用力过度,一个月后方可恢复如初。"说罢,飘飘升起,跨龙而去。轩辕久久地仰望天空,无限神往,直到巫咸向他告辞时,才醒过神来。

方相[1]救驾

轩辕和骆明在商议进退,丁零跑来报告说,一彪兵马向大营杀来。骆明率兵迎敌,临行,轩辕把天鼋剑递给他说:"吉量暂不能上阵,我拿着这把剑无用,你带上它,危急时或许用得着。"骆明用惯了自己的箫管,就把剑背在身后。

南面来的是祝融氏吴回的兵马。看看两军接近,吴回命前队弓箭手施放火箭。那些箭杆上涂有油脂,一旦点燃,立即火焰升腾,引燃枯草干柴,空中地面,织成一片火网。这种战法,是吴回先发制人的拿手好戏,往往会使敌人心惊胆寒、手足无措,他会趁机率军上前,冲垮敌阵。

但这次出现了意外。当吴回令火箭手撤下,亲率大刀队上前准备擒敌时,却迎面撞上从烟火里冲出的敌兵,个个雪白耀眼,端着长矛,雄赳赳压过阵来。南军战士应变迅速,立刻从腰间拔出火筒,三尺火舌直舔敌面。要知道,祝融氏人人是刀耕火种的行家,砍刀和火种交替使用,从不离身。但北军勇士不避不闪,挺枪刺来。这一下倒给南兵来了个措手不及,急忙抛下火筒,拔刀对敌,已是落了下风。

原来,骆明手下有一支蹈火营,战士身上裹着火浣布,只露出

---

[1]《周礼·夏官·方相氏》:"方相氏掌蒙熊皮,黄金四目,玄衣朱裳,执戈扬盾,帅百隶而时难(傩),以索室驱疫。"

鼻孔和眼睛，入火不仅不烧，竟像鱼儿入水一样自如。火浣布得来很是不易，它的产地在天地之首、昆仑之虚，那里是天帝的下都，外有渊水环绕，内有焰火山作为屏障。焰火山终年烈火熊熊，但山上花草树木、飞禽走兽样样齐全，火越旺越繁盛，只是不能见水，水一浇即死。用焰火山上的兽毛、禽羽和树皮织成的布坚韧耐用，沾上污垢后投入火中烧成红色，然后拿出来迎风一抖，即变得皓然似雪，因此被称作火浣布。焰火山上有一种火鼠，也叫火光鼠，重有千斤，身上毛长三尺。火光鼠的毛织品薄如蝉翼，是火浣布中的极品。骆明那位不愿透露姓名的师傅，给他送来一批火浣布装备了这个蹈火营，成了祝融氏的克星。

　　吴回见敌兵不畏火烧，心下大惊，此时急忙甩出一对流星锤，绕着他旋转。流星锤起初呈暗红色，随后越旋越快，越快越亮，吴回周身上下变成一个大火球，光芒耀眼，在两军阵上滚动。北兵虽然不畏火烤，但被火球的光芒刺得睁不开眼睛，如果撞上火球，非死即伤。

　　正在观敌督阵的骆明见敌方主将出战，立即催动坐骑灌疏，迎上前去。那灌疏是只避火兽，视烟火为猎物，见偌大个火球滚来滚去，大感刺激，放开四蹄，追逐不舍。流星锤不断撞上骆明的兵器箫管，发出叮叮当当的响声。在灌疏的威逼下，火球的光焰也开始减弱。骆明的士兵重又振作精神，双方展开一场大战。

　　祝融兵渐渐不支。吴回见状，立即抛起流星锤，一道火光划破天空。这是撤退的信号。阵地上突然杀声震天，祝融兵奋力一击之后，扭头便逃。北兵略一愣神，随即提矛追赶。

　　一阵嗡嗡声由远而近，震耳欲聋。骆明抬头一看，惊出一身冷汗！上空飞来一团团蜜蜂，黑压压遮天蔽日，个个大似葫芦，赶着人蜇杀。火浣布被蜂针一刺就破，毒液注入人体，痛痒难忍。蹈火营全线溃败，战士们抱头鼠窜；有的干脆趴在残火中避难。骆明挥动箫管不停地扑打，灌疏也甩开长尾左遮右护，才勉强躲过蜇刑之苦。

这些蜜蜂是平逢山山神放出来的。他的名字叫骄虫,形状像人,长着两个脑袋。骄虫是一切蜇虫的首领,也是包括蜜蜂在内的众蜂栖息的庐舍。接到赤翼的传檄后,骄虫乘风赶来,正遇吴回败阵奔逃,随即放蜂迎敌。

南来巨蜂成群结队地飞来,引起了北军熊罴两营的骚动。群兽们咆哮着拱开大车,突破营垒,朝着巨蜂飞来的方向狂奔,依仗着皮厚毛密,被蜇个三五下也满不在乎。驯兽师们急忙阻挡,怎奈它们像吞了过量的兴奋剂一般,情绪亢奋,再也约束不住。虎、豹、熊、罴是骆明训练的战兽,每两只野兽配一名驯兽师。上阵时,驯兽师身披兽皮,手持短剑和皮鞭,杂在兽群中对敌作战,并操纵猛兽的进退。他们是真正的勇士,个个孔武有力,搏杀虎豹犹如儿戏。平时,这些猛兽对它们的教师爷服服帖帖,敬畏有加,今天不知出了什么邪门。

原来这些猛兽,都是从原始森林里捕捉来的野生动物。那里的食物丰富多彩,而盗吃蜂蜜又是它们最喜欢最刺激的传统活动。从军后,军营里伙食单调,又不管饱,早就想外出打打牙祭。今天飞来这么多蜜蜂,又这么大个儿,蜂巢里肯定储藏着吃不完的蜂蜜。求食的愿望重新勾起了它们的野性,这些熊罴不约而同地发作起来,制造了这次集体越营逃跑事件。值得庆幸的是,正是它们的违纪活动,拯救了骆明和蹈火营。

骄虫变成一株古树,两个脑壳变成一对大蜂窝,头颅上的七窍都成了出入门户。巨蜂蜇人后,便失去了战斗力,只好飞回蜂巢充当蜂王和同类们的美餐。这是骄虫保持战斗力永不衰竭的秘诀。此时,骄虫正在调兵遣将,准备发动新一轮袭击,突然发现漫山遍野的黑熊涌了过来。他还没有弄明白它们的目的,就发现有几只熊已经开始往树上爬,脚后跟也被啃下一块皮来。骄虫大惊,急忙化作一阵清风逃之夭夭。

由于目标忽然消失,熊罴们莫名其妙,茫然地在这一带瞎转悠。

这时，远处传来阵阵杂沓声响，大地颤悠悠地震动，熊罴们本能地感到大难临头，号叫着奔向大营，对驯兽师的吆喝仍然置之不理。

骆明出兵后，轩辕一直站在高处观敌瞭阵。南军阵上奇兵异将频出，令人匪夷所思。此时他见漫天飞虫突然消失，熊罴表现异常，正不知又发生了什么变故，地平线上忽然出现一道红浪，滚滚向前推进，恰似海潮一般，其势不可阻挡，不过不像是水，而是火！如果等它延烧过来，必将玉石俱焚，人马尽葬火海。轩辕观察周围地形后，立即下令把虎豹赶下汾水，由驯兽师引过河东岸；命中军卸下车轮，把大车拖到水中，架起数座浮桥，驱兵渡河躲避火灾。

骆明和蹈火营的战士自恃不怕火烧，一直留在河西，准备扑打火头，阻滞火势蔓延，掩护大队转移。等火浪临近他们才看清楚，袭来的不是普通的火，而是成群结队、齐头并进的怪兽！这些巨兽体大如象，形似蚂蚁，浑身是火，力大无穷。骆明的熊罴大军早已吓破了胆，纷纷跳到河里求生，那些躲不及的，就被大蚂蚁在行进中抛来抛去地耍玩，等烧个半熟，就被分而食之。骆明见状，惊得魂飞魄散，带着他的兵丁撒丫子就跑。

这种怪兽叫作赤蚁，杂食百味，豺狼虎豹是它们的美味佳肴。赤蚁追到河边，见猎物大都逃到对岸，有的还在浮桥上奔跑，密密麻麻，十分丰盛，早已馋涎欲滴。它们喳喳地叫着，纷纷跳到河里去追捕。赤蚁是游泳能手，区区汾水岂在话下，只是它们身上的火见水即熄，只剩下黑乎乎的庞然大物了。因为赤蚁身上没有了熊熊烈火，熊罴虎豹不再恐惧，在驯兽师的带领下，展开了激烈的岸边阻击战，拒赤蚁于流水中。

在一只赤蚁上端坐一人，他紫面虬髯，头戴鸟形冠，身披大红袍，手持一根捣米用的杵，威风凛凛，状若天神。他就是位居炎帝十二支神首座的赤冀[1]。赤冀发明了杵臼，让人们吃上了不带谷皮的白米

---

[1]《吕氏春秋·勿躬》："赤冀作臼。"另《路史·后记三》注云："赤冀……炎帝之臣，与摄提、诸稽、元嚣皆十二支神。"

饭，修德成神。说起他的神通，除了那横扫千军、摧枯拉朽的赤蚁阵，就数着手中这根百冲杵了。他用这根杵和身后那个不破臼相配合，捣起米来，一人能抵百人之劳。他的坐骑叫蚁螟，比其他赤蚁略显瘦小，但奔跑迅速，背上还贴着一对透明的薄翼，虽不能飞翔，紧急时也能派上用场，是众赤蚁的首领。这时，赤冀见他的蚁阵登陆受阻，一时难于成功，于是仔细观察敌阵，寻找突破口。

有一个人进入赤冀的视线。只见他头戴山形冠，身披赭黄袍，座下黄骠马"咴儿咴儿"嘶鸣，手中玉剑闪闪耀眼，眼观六路，指挥若定。赤冀猜测，此人可能就是轩辕。抓住他，正是这次出兵的目的。他当即连敲几杵，那蚁螟加速助跑，腾空而起，舒展双翼，向对岸俯冲下去。

轩辕见怪兽不肯退却，且久斗不疲，忙把战斗员编成前后两队，交替上前，轮番作战，以作持久打算；并命令严防死守，不管发生什么情况，都不得放一只怪兽上岸。刚安排完毕，轩辕忽见一团火球朝自己飞来，急忙拍马沿河飞奔。赤冀落地紧追。此前，吉量被丁零送到嫘氏居地养病，待痊愈后，直接载嫘姑和好如回轩辕丘。轩辕又选了匹黄骠马乘坐。那黄骠马虽非神骥，倒也是百里挑一的骏马；怎奈蚁螟天生神兽，奔跑起来迅疾异常，它那长长的触角，不时触到马尾，险情连连发生。

赤冀追上一个山丘，道路变窄，左边河岸陡峭，右手荆棘丛生。黄骠马不敢放开奔跑，又被赤蚁赶上。赤冀正打算伸手去拽马尾，冷不丁从侧面冲出一根檩条粗的棍头，朝蚁螟右眼戳来。蚁螟吃了一惊，急忙躲开，虽然保住了眼睛，却早已六脚蹬空，跌下河去。赤冀一个空翻，跳在山坡上；还没等他站稳，就见一根大棍夹带着阴风，搂头盖脑地砸下来。赤冀的百冲杵也不含糊，"咚咚咚！"一阵紧似一阵地撞向大棍。

轩辕勒马观看，见一大汉身高一丈五六，四只眼睛闪着金光，手中大棍有瓦罐粗细，长有两丈出头，巍巍然活像一尊金刚，大棍砸下，如泰山压顶。轩辕大喜过望，心想，有此君在道，他人都要退避两厢了，干脆跳下地来，倚马观战，让大汗淋漓的黄骠马休息一会儿。

轩辕如此放心，是因为他深知此人的来历和功底。东海桃都山上有棵大桃树，名曰盘木，枝杈盘曲交错，扩展千里之广。盘木的东北方位设有鬼门，万鬼从此出入，统由二位神将神荼、郁垒看管。凡有恶煞害人之鬼，都被他们拿下，用芦苇编的绳索捆起来，投食给老虎。神荼和郁垒分别收了个徒弟，是济水方雷氏的一对双胞胎，哥哥叫方雷，弟弟叫方相。兄弟俩学成回家时，师傅们从盘木上各摘下一根桃枝，送给他们做了兵器。十年前，轩辕路经济水，娶方雷氏长女为第二房妻室，从此结识了方雷、方相这两个内弟；没想到在他遭人追杀，正当穷途末路的当口，方相跑出来解了围。

方相和赤冀正是棋逢对手，直杀得昏天黑地、云雾惨惨。赤冀感到对手的桃木棍阴气逼人，分量极重，还夹杂着鬼魅号叫，一时难于取胜。他惦记着自己的队伍和蚁螟，不敢恋战，于是运动神力祭起百冲杵。顿时，千百个杵头捣蒜般地砸向方相。方相大吼一声，桃木棍变成枝杈纵横、绿叶繁茂的树枝子，狂扫一通。这时赤冀已跳出圈外，退至河岸，见蚁螟在河中等候，赶紧跳到它的背上，顺流而下。赤冀见赤蚁大军还在不屈不挠地抢滩登陆，但已是徒劳无益，只好长叹一声，收兵去矣。

方相还要沿河追赶，被轩辕拉住，说：“赶也赶不上，让他去吧。老二，怎么就你一个人来啦？老大呢？”

"我在这里观望多时了，后面还有一大群呢！"答话的是方雷，他已经出现在山丘上，他的背后竟然是二八神！他们连臂踏步，齐声呼着口号："今日践约，重新做人！今日践约，重新做人！……"

冰封轩辕丘[1]

前面说到，二八神没有守住彤鱼氏阿珠，失信于轩辕，自觉没脸做人，化作幽魂回到位于南海中的一个岛国，那里是他们的老家。时日一长，二八们越来越感到寂寞枯燥，便鼓动野仲、游光，十六人结伙重返大陆，伺机恢复名誉。此时正当朱明攻打共工国，放松了对阿珠的监管，二八神趁夜间潜入荥泽小岛，把阿珠劫持到船上。当阿珠得知是送她见轩辕时，一时兴奋竟昏迷过去。她醒来时，小船已顺济水漂流到少昊国境内。野仲见方向不对，招呼靠岸登陆，找一辆驴车让阿珠坐，寻路往轩辕国方向行进。他们刚走不远，与一支送丧的队伍狭路相逢，各不相让。送丧队伍的先导就是方相。他学成归来没有合适的事干，就干起了这个行当，桃木大棍权作哭丧棒，指天戳地，鬼魅避之唯恐不及，人人呼作险道神。

方相见二八们人不人鬼不鬼，正合桃木棍的胃口，话不上两句，大棍子就朝野仲头上砸来。那二八岂是善茬？他们本是厉鬼，虽已修炼成神，不害人就已经是美德了，怎受得别人欺负？于是连臂大呼，忽分忽合，忽生忽灭，与方相直杀得阴风呼啸，日色惨然。

方雷为人谦和，是办喜事送新娘的先导。他怕弟弟惹是生非，常常伴他外出。今日见双方不问青红皂白便打了起来，急忙跑上前去。一辆木轮带篷的驴车停在道上，车上坐着一位夫人，一问才知道是彤鱼氏阿珠，是去投奔轩辕的。方雷不及细问，赶忙提起桃木棍冲到方相面前，架住他的哭丧棒，大声叫道："不要打了，都是自己人！"

方相正杀得性起，睁着怪眼嚷道："它们都是鬼，不是人！"

---

[1]〔汉〕司马迁《史记·五帝本纪》："黄帝居轩辕之丘。"

二八停止打斗，依旧连臂，齐声高呼："做鬼是鬼，做人是人；一旦为人，胜似他人！"方雷说："回家再说。"

听野仲诉说了来龙去脉，方雷、方相大喜，忙把姐姐女节请来与彤鱼氏阿珠相见。方雷当即决定，与阿珠结伴送姐姐去轩辕国，择日起程，并派人骑快马前去报信。当行至潞池时，听快马报说，轩辕已去汾水，不在轩辕丘；于是送亲队伍掉头西进，穿越太行山去寻找轩辕，正好帮他击退了赤冀的追杀。

轩辕收集残兵，依山结营，安排好眷属和伤员，准备召开军事会议，商议下一步的行止。这时，空中传来凤鸣，风后飘然而降。她直截了当地说："要立即北撤。我从空中侦察了一下，南方各部落的战斗队源源不绝地拥来，时有风雨，火光闪电，似有十二支神的队伍赶来增援。我方主力力牧兵团远在大咸山与肃慎国对峙，急切难下；大鸿到西部召集各族落战斗队，也一时难以成军。只有昌意部正在赶来接应，但兵微将寡。于今之计，只有速退。"轩辕点头，立即命骆明领兵断后，其余众将保护伤员、眷属，连夜起程。风后也跨凤升空，去联络昌意部队。

尽管俞冈久不就帝位，但在农耕部族人们的心目中，神农氏的天子地位是神圣不可侵犯的。正因为如此，朱明觊觎帝位多年，始终不敢贸然行事，只能称作炎帝摄政。倍氓是个演说家，他到各部落去游说，说轩辕要代替神农称天子，已经捣毁了琼枝树，断了祖神贡果来源，眼下正在驱兵南侵，走到哪里，就跑马圈田，把庄稼地变成牧场，杀死男人，抢走妇女……有时他还会鼓动说："轩辕国遍地都是牛羊，出征一趟，户户都会用上耕牛了。"就这样，倍氓所到之处，群情激昂，青壮男子纷纷拿起兵器，背上干粮，满怀保卫炎帝、保卫家园的壮烈豪情，也抱着发财的梦想，奔上战场。

朱明的大营热气腾腾，一片繁忙。他把各个方国的人员归并成上、中、下三军，还成立一个后备营，随时招收新兵。稍有头绪，便调兵遣将，命吴回率上军攻打头阵。吴回很快攻进敌营，却发现是空寨，轩辕丢下大车和其他辎重，早已逃走了。

朱明和众将计议，是追击还是收兵。吴回说："如今既然已经组织成军，士气高昂，且我众敌寡，就该一鼓作气擒获轩辕，征服轩辕国，以免后患。"

"轩辕轻兵远遁，我军路途不熟，难以追及。轩辕国远在千里之外，大兵运动起来，人吃马喂，兵仗器械等物资需求庞大，输送不易。天气渐冷，如不能速战速决，更会遇到意想不到的困难。还是要慎重考虑。"赤冀说。

"等我去侦察一下再定。"朱明说。

一支队伍在河谷行进。大车上载着伤员和受伤的战兽，还有两辆篷车，其中一辆木轮竹盘，赭黄革顶，朱明看上去很是眼熟。轩辕跨马提剑跟在篷车后。他似乎已经发现了朱明，连忙约住人马，背靠岩壁站定。战士们亮出兵刃，弯弓搭箭，注视着天空。这时，朱明发现二八神冒了出来，八人连臂，护卫在篷车周围。二八神习惯晚上巡夜，白天潜伏，遇有紧急情况才白昼现身。

朱明忽然明白了，那辆黄顶篷车就是阿珠的专车，原来是二八神受轩辕指使劫持了她！朱明火冒三丈，驾着火龙就要俯冲过去，但理智终于使他没有和天鼍剑接火，火龙打了个旋就急急忙忙飞走了。一回大营，朱明就立即命令吴回率先遣队北上追击，即使不能歼敌，也要死死咬住目标不放，他随后指挥各路人马源源跟进。

吴回赶到一个三岔路口，这里四面环山，前面有两个谷口。他命人马停下，察看敌人逃跑的途径。这时，从山坡丛林里突然冲出一彪骑兵，飞马弯弓，羽箭飞蝗般射来，前排战士猝不及防，纷纷中箭倒地。等吴回手下兵丁举起盾牌舞着刀剑冲上前来迎敌时，飞骑已旋风般地奔向东山口，还不时扭身左右开弓，箭无虚发。看得出，他们个个是弓马娴熟的神射手。

吴回催开坐骑，率先冲进谷口。这里山势平缓，峡谷宽阔，像是一条大道。两厢棕木成林，野草漫坡，不时有小股敌骑从林中钻出来，乱射一通就跑。吴回仗着人多势众，大队人马在后接应，并不担心敌人的埋伏，一路紧追不舍。朱明驱动大军，也沿着吴回行进的方向长驱直入。

在朱明领导的联合大军中，有一位叫白阜的人，是怪义氏之子，平生喜游名山大川，熟知天下地理，曾为炎帝图画地形，以疏通水道。白阜加入本族战斗队，编在后军，随队行走。此时，他发现队伍正在穿越太行山，已经偏离了去轩辕国的方向，于是在衣襟上画了一幅草图，跑上前去献给朱明。朱明大惊，知道中计上当，误入歧途，当即亲自把白阜送到先头部队，作为向导，向轩辕国进发。

这是风后的主意。她让昌意牵着朱明的牛鼻子绕到太行山东，使轩辕摆脱追袭，沿漯水从容归国，并抓紧时间进行了战备。当朱明大军赶来时，轩辕丘已是深壑高墙，严阵以待。

叶落霜白，寒风乍起，冬天就要来临了。朱明不敢耽误，立即组织攻城。一位神人名叫元嚣，是炎帝十二支神之一。他双手晃动一只竹筒，一团团赤豆抛向空中。赤豆见风孵化，变作千百只火鸭，尾后冒烟，口中喷火，越过城墙，嘎嘎地叫着向轩辕城中飞落。轩辕深知祝融联军擅长火攻，一回城就命令把城壕加宽加深，城中遍挖沟渠，全都灌满水，家家户户把盛满水的锅碗瓢盆摆在半地下室的房顶上。听到警报，男女老少齐上阵，望着满天的火鸭，没命地只顾往上泼，城的上空一时织成水的保护网。有的火鸭强行着陆，遇水就还原为赤豆；有的在半空盘旋，不久就烧尽消失。

元嚣竹筒里的赤豆无穷无尽，火鸭飞来一拨又一拨。城中储备的水渐渐耗光，水源供给不足，致使水网支离破碎，开始到处起火。朱明指挥围城大军向城墙上施放火箭，掩护登城。第一批登城的，是来自小次山的队伍，它们的名字唤作朱厌，白首赤足，状若猿猴。朱厌是好战一族，哪里发生战乱，它们就会跑到哪里凑热闹。攀缘登高是它们的强项，因此自告奋勇要求抢先登城。朱明见火箭在城墙上燃烧,却不见有人扑救,以为时机已到,于是命令开始行动。朱厌们把长长的竹竿横在护城河上,三蹦两跳蹿近城脚,再把竹竿搭靠城墙,顺竿上爬。

蹈火营的战士全数伏在城墙上。轩辕正打算抽掉一部分下城参与救火,忽见天边飘来一片赤云,转眼间已到上空。原来是风后引来一群怪鸟,形似喜鹊,通身红黑,两个头,四只脚,有名叫作鬼鸟,产在西方的翠山。鬼鸟喜欢扑火,它看那火鸭,原来是一颗颗烤熟的嫩豆,食起来口味极佳,而且鬼鸟胃口很大,来者不拒,多多益善。元嚣见碰上了火鸭的天敌,取胜无望,又怕伤了宝贝的元气,急急收起竹筒,揣进怀里,招呼也不打,就匆匆离去。

朱明见火鸭收兵,局势不利,幸好朱厌动作迅捷,眼看就要得手,于是挥动大军向前逼近。就在这时,蹈火营的战士突然从火中站起,把成堆的还在燃烧的火箭推下城来。大火天降,正在爬城的朱厌们躲闪不及,毛发尽燃,纷纷惨叫着跳进护城河里;城上飞矢随即骤雨般射下,把围城士兵逼退。

一旁恼了十二支神首座赤冀。他催动坐骑,一跃过河,冒矢强行登城。轩辕急忙赶来,用天鼋剑抵住百冲杵的猛烈撞击。赤蚁军团见主帅出阵,争先恐后奋勇向前。前面的赤蚁掉进护城河里,干脆就做了蚁桥,任后队踏着脊背前进。赤蚁体形庞大,触角细长,向墙上爬行几步,触角就伸到了城上,和守城士兵的长矛大戟对打起来。朱明驱动大军攻到城下,各路健卒蜂拥而上。此时喊声动地,鼓角连天,羽箭上下对射,密密匝匝,遮天蔽日,眼见得热血抛洒如雨,好一场攻守大战!

这时惊动了一位天神。他人面鸟身,耳朵上挂着两条青蛇,脚下踩着两条红蛇,名叫禺京,是东海海神禺号的儿子。经禺号的推荐,天帝派禺京做了北海海神。北海是钟山神烛阴的势力范围,他一直在谋求海神这个职务。怎奈他的两个儿子鼓和钦丕为非作歹,四邻神祇告他监管不力,且有纵子行凶之嫌,因此得不到天帝的信任。强龙难压地头蛇,烛阴根本不把这位太子党放在眼里,经常给禺京眼色看,鼓和钦丕更是禺京管区的麻烦制造者。禺京当时的感受是,烛阴父子总是在制造事端,一心想把他挤出北海,取而代之。轩辕除掉鼓和钦丕,震慑了烛阴,令禺京十分佩服,也帮了他的大忙。今见轩辕被困,城池危在旦夕,他决定暗中助轩辕一臂之力,于是把北极的寒风、北海的云气,一股脑地拥了过来,一时黑云压城,暴雨夹着冰雪倾下地来。

  赤蚁生在南方,喜热怕寒,突然遭此不测风云,早已心惊胆战。大家不约而同地发出一声怪叫,践踏着自家兵马,没命地抱头鼠窜。蚁螵不愧是赤蚁们的首领,它也没有征求主人的意见,擅自展开双翼,掠过惊慌失措的人群,飞到一座土山的断崖下,嘴脚并用,不大会儿就刨出一孔窑洞,钻了进去,还不忘用触角把赤冀拉进来避雨。

  有了蚁螵做榜样,赤蚁军团很快安顿下来,它们的宿营地防雨防寒防偷袭,真是妙极了。赤冀茅塞顿开,急忙找到不知所措的朱明,整顿乱军,盘山挖洞,按三军编制安营下寨,以为越冬之计。

  雨夹雪变成了纷纷扬扬的雪花,其大如席;放眼望去,北国大地莽莽苍苍,壮观而神秘。朱明突然发现,轩辕城一夜之间突兀而起,变成了一座晶莹剔透的冰城!他驾龙绕城一周,发现城中热火朝天,人们把积雪抬到城墙上,边浇水边冻结,仅留一门出入,其余全都封死。城墙高至五丈,坡度外陡内缓,溜光瓦亮,真可谓易守难攻,固若金汤。

  朱明看了一回,心情沉重。与赤冀、吴回商议,把原来的快速攻城战略改为围城困敌,命吴回率重兵扼住城门,切断城内供应,待其困守自毙。命各路大军加固营地,催促粮草,在周围地面上掠夺牛羊,猎取走兽,储备过冬之资。

  冰城避免了破城之灾,可以有足够的时间等待外援,但吃饭问题浮出水面。风后已放出远飞鸡,通知近处的牧群尽量远行,避开南军。照目前的景况看,靠城外输入物资已无可能,只有实行配额,节约用度。骆明把熊罴赶进洞里,它们很快进入冬眠,在睡梦中愉快地度过漫漫严冬。而食量极大的虎豹们却是度日如年。它们领到的食物一天比一天少,饿得连走动的力气也没有了。骆明担心,他的这些勇猛的战士,最后的命运不是饿死,就是被吃掉。他不愿看到这样的结局,向轩辕提出,要带领虎豹两营突围,到竹鹿山上猎食。

风后支持骆明的建议,并要求他组织敌后战斗队,骚扰、截击来自炎帝集团的运输队和补充兵员,配合大反攻。轩辕拿出一方精致的玉符,说:"你去拜见术器,鼓动他收复位于太行山麓的共工氏故土,与我南北呼应,牵制朱明。你把我这枚符瑞送给他,作为信物,今后共工国有事来求,定会鼎力相助,决不食言。"风后又想起一事,说:"你最好和昌意取得联系,让他游说南方和东夷诸国,戳穿朱明散布的谣言,说明轩辕国拥护神农氏为天子,并无南下争雄之意。"骆明一一领教,预支几天口粮,让部下饱餐一顿,等待突围。

峚山玉膏[1]

夜黑风高,寒气袭人。风后准备了一些绳索,分别在东西两面,把一些驯兽师和他们的虎豹坠下城去,并故意弄出声响。巡逻士兵发觉,吹响牛角报警,吴回急忙分兵两路救应,又亲自领兵前去查看。这时,城门突然打开,方雷、方相并肩冲出,两根大棍一顿狂扫,杀开一条血路。适值护城河水结冰,骆明率大队卒兽蜂拥而出,杀声震天。等吴回发觉中计,回头赶来时,骆明部已踏破敌营,消失在夜幕中。

---

[1]《山海经·西山经》:"峚山……其中多白玉。是有玉膏,其原沸沸汤汤,黄帝是食是飨。"

方雷、方相帮骆明闯营后，返回老家济水。骆明遣散队伍，约期会合，便单枪匹马赶赴共工丘。骆明赶到汾水河畔，忽听前面喊声连天，原来是两支人马正在对垒。南面阵中的首领赤身裸体，四方大脸，长着三条腿，形状怪异。他是南方岐山山神，名叫涉驮，豢养了一群山膏，状似野猪，浑身红彤彤的披着焰火。那山膏善于骂人，正在阵前为涉驮叫骂助威。与涉驮对打的大汉就是鬼臾区，眼看就要落败，但他仍然没有起用网罟，大概是怕被山膏身上的火烧损。

骆明并不认识鬼臾区，但他把擅用火攻的人，都看作是祝融氏的同党，于是催动避火兽灌疏，直踏山膏。山膏也是好斗的精怪，仗着一身的烈焰，结伴同行，虎豹虫蛇都惹它不起。今见一人一兽单独闯阵，正要群起而攻之，忽觉血凝气短，浑身发凉，如坠冰窟，身上的火立时熄灭。山膏们见遭遇到火的克星，就地一滚，变作一个个人面兽身的山魅，黑毛覆体，红发披肩，忽灭忽现，伴着阵阵腥风朝灌疏发起攻击。

鬼臾区见没了火的威胁，立即撒开网罟，天地顿时晦暗如磐；涉驮大叫一声，金光一闪，趁网罟未落时抢先遁出。山魅们也随后追下去，像就地卷起一阵狂风。

鬼臾区感谢骆明的帮助。两人自报家门，得知是自己人，大喜过望。鬼臾区告诉骆明，朱明的部下常到这里征粮征牛，还诱惑少年子弟到北方去打仗，搞得人心惶惶。他已经把青壮年组织起来，坚壁清野，保护家园；这几天又把妇女儿童护送到叔均的隐居地，暂避战乱。叔均那个地方叫作五谷山，他的祖先烈山氏柱被人称作后稷，曾经在这里培植五谷，至今野生的稷、黍等谷类和瓜果菜蔬长满山坡。叔均对五谷山的发现非常高兴，他和巫真天天采集种子，打算大面积推广，继承祖业。

骆明动问叔均对这次战争的态度，鬼臾区说："我曾邀他一起抗击朱明联军，他说，他和祝融氏都是后稷烈山氏柱的后代，他和轩辕又是好朋友，不想倒向哪一边，只是希望早点儿结束战乱，让人民安定下来种地过日子。他倒是很关心你父亲和嫘姑的安全，托我打听后及时告诉他。"

骆明讲述了轩辕丘的战况和他的任务。鬼臾区说："在朱明率大军北上不久，术器就收复了九土。如今太行山南麓都在共工氏控制之下，只是没有限制朱明联军来往。"骆明对南方的情况不熟，自己又不擅长外交，想把与术器结盟的重任让给精明的昌意去办，于是告别鬼臾区，到若水去见昌意。骆明临行前嘱咐鬼臾区大力扩军，等他回来后合兵一处，在朱明背后插上一把尖刀。

冬日漫漫，轩辕丘军民们愈来愈感受到饥饿的威胁。轩辕与风后商议，如今要运进大批牲畜和粮食是不可能的。他西征钟山之子时，曾经路过峚山，那里有一种玉膏，少食可以使人不感到饥饿，多食则可成仙，是天帝给众天神下界巡游时准备的早点，由三臂巨人看护。轩辕说："当时听说上面曾有指示，允许我前去取食。由于戎马倥偬，我还没有来得及享用。今日事急，你可持我的符瑞去讨要，或许能解众饥。"

风后乘凤俯瞰大地，但见丹水从峚山流出，注入稷泽。稷泽水清如镜，水底白玉历历可见。在泽畔的原野上，有玉膏涌出，沸沸扬扬，散发出阵阵香气，氤氲回荡，沁人肺腑。旁边有几位巨人，身高三丈有余，生有三只手臂，巍巍然像一座座小山，正在相互抛掷大象、犀牛取乐。时有虎豹奔来，企图窃食玉膏，都被巨人抬脚踢飞，号叫着落入山林。

见有人驾凤来访，一位似是头人的三臂巨人停下玩耍，客气地问："你是何人？来此何干？"

"我是轩辕的使者风后，前来求取玉膏。"

"轩辕本人为何不来？"

"他被困在冰城中，无法脱身。"风后边说边把符瑞递上。

巨人验过符瑞，说："我叫蠱直，是三臂国首领。轩辕如何被困？

是否需要帮助？"关切之情，溢于言表。原来，钟山神烛阴的儿子鼓曾到这里讨要玉膏，遭拒后扬言要进行报复，三臂巨人不得不时时防范，直到轩辕把鼓杀掉后，才消除心头之患。因此，三臂国对轩辕常怀报恩之情。

风后把战事经过作了简略说明，最后说："解围还须等到解冻时，眼下当务之急是解决满城军民的吃饭问题。万般无奈，轩辕才命我来此求援，望贵国给予照顾。"

矗直面有难色，说："这些玉膏都是为天神准备的，地面上的山神水仙都无缘尝上一滴。轩辕是天鼋下凡，负有代天行事的使命，所以天帝特批一葫芦给他食用，待功业圆满后可随时飞升上天。"他递给风后一只金色葫芦，不无歉意地接着说："区区一葫芦，也解不得千万众生的饥馑，还望转告轩辕，这是天帝赐给他本人的专用食品，莫要违背了天帝本意，拿去转赠他人。"

风后连连点头，代轩辕致谢。之后，又恳切地说："看这玉膏涌突不息，源源不绝，能否让我多取一些？量也无人知晓，只需义士们通融通融就成。"一听这话，巨人们呼啦一下围上来，个个情绪激动，齐声唤道："胡说，胡说！不许你胡说！"每人都举起三个拳头，像山崖上长出一棵棵大树。

矗直把他们喝退，向风后解释说，他们的祖先本在天上供职，因身材矮小，常被嘲笑；为改变尴尬的处境，偷吃了巨灵神的特效增高丹，而且吃过了量，身材暴长。天帝震怒，革除了公职，还给他插上了第三只手，不管走到哪里，人们都知道是小偷。虽然有了惊人的身躯，却没有换来尊敬，反而处处遭受白眼，比原来的处境还要糟糕。他非常后悔，处心积虑想除掉这只多余的手。天帝有好生之德，给了他一个改过的机会：到下界看管玉膏泉。考核的条件是，只要不监守自盗、不偷食，百代以后，子孙自然会少生一只手，并恢复为常人。如果有人偷吃一口，就会再延长一代。还有一条规定，私自送人的，都以偷吃论处。最后，矗直骄傲地说："我们的族人拒绝了巨大的诱惑，九十九代过去了，代代严守祖训，没有一人去沾一滴玉膏。面前这些年轻人，正在殷切期待着两只手的子女出世，刚才有些失态，还望原谅。"

风后感叹不已。三臂国为后代子孙负责的精神，令她肃然起敬。但有一个问题不解，于是问道："你们这么大的块头，从哪儿弄吃的东西呢？"矗直用手一指，说："不远，就在这密山上，随吃随采。"

密山上长满丹木，一片连一片。丹木的叶子圆圆的，枝干红红的，开黄花，结红果，四季不谢。风后尝了一个，味道甜甜的，极是可口。她想，作为甜点倒是可以，要填饱这些巨人们的肚皮怕是不够。矗直看出了她的迷惑，说："别看丹果小，吃一颗九天不知饥饿。那边还有一片丹林，是用玉膏浇过的，五年开一次花、结一次果，吃上一颗，一年可以滴水不进，不过那是为奖赏地上神祇准备的。"

风后抬头远望，果见两片丹林花黄果红，更加鲜艳。她若有所思地问道："丹果可以送人吗？"

"普通丹木是野生的，谁都能采集，不过这里荒无人烟，外地几乎没人知道丹果的妙用，只有我们食用。"说到这里，矗直一拍脑袋叫起来："哎呀，有了！你弄些丹果回去不就解决问题啦？"风后说："我倒是这么想，不过我这只凤鸟驮不了许多。"

矗直想了想，疾步登上山顶，长啸一声，又喊了一句不知什么言语，群山回应。不一时，一长串风车像雁阵一样飞来，徐徐降落。这些驾驶风车的飞行员，人人都只有一条胳膊，却生有三只眼睛：上面一只是阳眼，下面两只是阴眼。矗直告诉风后，他们是来自奇肱国的飞行大队。奇肱国国民虽然只有一只手，却擅长机械制作，他们的风车可乘风飞行几万里，把丹果空运到轩辕丘是不成问题的。奇肱国已在天帝那里打通了关节，一俟三臂国生下两只手的婴儿，剩下的那只手就安到他们的后代身上。到那时，他们的手更巧，会创造出更为神奇的飞行器。为此，两国关系亲如一家。

巨人们充分发挥三只手的优势，七手八脚便把风车装满。这时出现了难题。由于西北风不强，风车负荷太重，飞行员费了很大的气力，也无法启动。风后说："我来试一试。"她请巨人们排成一字长蛇阵，每人托起一架风车，高高举过头顶。然后，风后乘凤鸟升起，在空中来了个大回旋，贴近风车疾速掠过。一股强大的气流平地荡起，把巨人们吹了个趔趄。他们抬头观看，风车队变成"人"形雁阵，飞向远方，而领头的正是那只凤鸟。

　　风后的这次出行，拯救了轩辕丘。城中居民不仅度过了难熬的冬天，还因为吃了丹果而获得长寿。据后来的统计，其中不长寿的人，也活到了八百岁。[1] 不过，风后没能够按照天帝的要求，说服轩辕独享那一份玉膏。轩辕力排众议，坚持有福同享、有难同当，亲手把一葫芦玉膏倾入酒瓮中，与将士举杯共饮。他为此失去了直接升天的机会，不得不经过艰辛的铸鼎炼丹、闭关静修，最终乘龙飞天。当初品尝过玉膏酒的七十二人，也跟着叨了光，个个攀着龙须随轩辕进入天界。这是后话。

肃慎国 [2]

　　寒流赶着上千头猪北上犒炎帝之师。他走的是太行山东麓，是朱明指示开辟的第二条补给线。为防被人盗劫，派吴回带兵接应。寒流和手下伙计们刚过若水，忽见昌意单枪匹马迎面驰来。他正要打招呼，昌意早已滚鞍下马，抱拳说："兄长别来无恙，咱爹咱娘让我打听你的下落，给他们报个平安。"

---

[1]《山海经·海外西经》："轩辕之国在此穷山之际，其不寿者八百岁。"
[2]《山海经·海外西经》："肃慎之国在白民北，有树名雄常，圣人代立，于此取衣。"

寒流莫名其妙。他和昌意只是在淖子招亲时有过一面之交，怎么忽然成了亲兄弟？于是答道："昌意，你认错人了吧？我是寒流。咱俩确实争过同一个女人做老婆，可从来有过共同的爹娘啊？"

昌意笑嘻嘻地说："老兄，你糊涂了。我问你，彤鱼氏阿珠是不是你的母亲？"

"是啊，那又怎么啦？"

"阿珠嫁给了我爹，是我爹的老婆，当然就成了我的娘；我的爹是你娘的丈夫，自然就是你的爹，这还有错吗？"

昌意这段绕口令似的话，让寒流好费思量。不过，你甭说，这个立论还真是无懈可击，那个轩辕说不准真的成了自己的爹！但寒流总是感到别扭，一时转不过弯来。他嗫嗫嚅嚅地说："我，我是祝融氏后代，朱明他……"

昌意打断他的话说："你是彤鱼氏的人，朱明根本不承认你是他的儿子，祝融家族也这么看。早就有人传言，说你是阿珠和轩辕野合的产物。"

寒流是个早产儿。不知是怀疑他的来路，还是嫌弃他的怪模怪样，反正朱明从来没有认过这个儿子，寒流是在阿珠的母系家族彤鱼氏长大成人的。经昌意这么一说，寒流感到自己真的不像是朱明的儿子，反而觉得离轩辕愈来愈近了。但他是炎帝的忠实拥护者，于是说："听说轩辕要打到南方来，杀掉炎帝，自己做天子。那炎帝可不是别人，他是我外公的兄长神农氏俞罔，一个受人尊重的神医。如果是这样，我怎能认轩辕这个后爹呢？"

昌意说："那是谣传。轩辕国一贯拥护神农氏做天子，只因反对朱明代替俞罔的天子地位，才遭到他的攻伐。如今你去犒赏朱明的队伍，不是是非不分吗？"

寒流踌躇不决。他想，自己唯一的一位亲人都投奔轩辕去了，自己怎能与他为敌呢？要是真的帮错了人，这买卖可就赔大了！只听昌意又说道："前线远在千里之外，共工国哨马时常往来游弋；

轩辕国的武装放牧人员，也分布在各处。现在是两国交战时期，你的这些猪可是资敌物资，我也不能下令放行，弄不好你就会人财两空。"

寒流决心已定，招呼伙计们赶起猪来往回走，说："我如今已经不知道自己是谁了，也不知道该帮助谁了。在没有弄明白之前，还是不要忙着破财为妙。我这就举国迁到巴山一带去，专心养我的猪，让他们打去好啦！"

昌意送寒流一程，告别时说："淖子和少昊鸷的三年婚姻将满，又到比武选婿的日子了。我想到九淖国走一趟，先挂上号。你是不是还要参加？咱们兄弟最好再做一次搭档。"

寒流说："你还是甭去了吧。我去看过淖子，由于儿子颛顼至今下落不明，她的心情很不好；而且早就放出话来，只要蚩尤不参加，她就不举行选婿活动，可是蚩尤同样失踪了。"

昌意在原地站了很久，目送寒流和他的猪消失在地平线上。他知道，寒流的举动很快会传遍各国，除非朱明的嫡系部族，没有人乐意再去北方找死了。他现在非常思念淖子，感到对不住她；虽然淖子还不知道颛顼是他偷走的，但他常常扪心自问，为颛顼的失踪而内疚。

昌意怏怏地往回走。他还得去共工国拜会术器，完成两家结盟的使命。之前，他曾经派人从侧面打听过，术器表示，共工氏虽然与祝融氏有过节，但因为炎帝众多部落加入了朱明的北伐大军，号称炎帝联军，他不能无缘无故与之作对，看来这场谈判还是有难度的。

前面传来喊杀声，两支队伍正在混战，分别打着画有火凤凰和黑龙的旗帜，那是祝融氏和共工氏的图腾。昌意急忙朝天射出三支响箭，随即拍马冲入阵中。

原来，术器虽然表示要保持中立，但对双方战事还是十分关心的。这天，他正在修补渠堰，探马报告说，寒流赶着猪群从坡下平原经过。一听是寒流，术器提起玉锹、带上身边的人就赶了过去。寒流曾经阻挠他追赶蚩尤，令他遭受羞辱，为此他一直耿耿于怀，常思报一箭之仇。当他来到坡下时，寒流和他的猪已经无影无踪，倒是吴回率领一彪人马同时到达此地。两人曾在首阳山大战时交过手，仇人相见，分外眼红。吴回年少气盛，劈头喝道："把猪交出来！"术器回了一句："把寒流交出来！"二话没说，就滚作一团。

昌意看到的战况是，共工战士每三人背靠背站位，结成一个战斗小组，抗拒着五六个敌人的围攻；术器和吴回一对一地打斗，惊风走雷，双方战士谁也不敢凑近助战。吴回功力浑厚，手中吴刀削玉如泥。说起这把吴刀，还须交代一句：吴刀有雌雄两把，吴权那把是雌的，吴回这把是雄的。此时，术器手上的玉锹，已被削成玉矛，再也不敢和吴刀对刃，只凭着天生神力和出神入化的拳术与敌周旋，显然不占上风。

昌意大叫："术器兄，轩辕国昌意助你一臂之力，让我来斗一斗这个毛头小子！"术器也不客套，忽地跳出圈子。他惦记着手下那帮弟兄，跑过去一个个帮他们解开重围。

昌意用的是软兵器。他的师傅红崖先生从灰野山的断崖上采到一条曝露的若木根，两丈有余，宛然一条长鞭，送给昌意作了兵器，人们唤作红崖鞭。若木是神树，长青叶，开红花，有着红色的枝干。它的根柔韧异常，鞭梢落处，常可断木裂石。吴回发现周身上下都是抖动的鞭梢，挥不去，砍不断，手中铮铮吴刀，竟是毫无用场。

吴回暴跳如雷，正准备扑向昌意，进行近身搏斗，忽听人喊马嘶，远处似有无数人马赶来。他大吃一惊，怕被合围，于是果断地吹响一声尖利的口哨，仓皇逃跑。

术器没有追赶，走来向昌意道谢。昌意说："家父有话，共工国有难，轩辕国要不惜一切代价，鼎力相助，以符为信，决不食言。"说着，把一块符瑞递过去。术器也掏出一片玉符作为交换，说："有用术器之处，愿效犬马之劳。"

朱明的部队号称炎帝联军，依山扎寨，联营百里之广。初时，后方物资供应源源不绝，三千里运输线上，车马隆隆，日夜不绝于途。将士们晚上住在窑洞里，白天外出围猎，有吃有喝，朱明不相信熬不过冰城里的轩辕。但后来情况发生了变化。骆明和鬼臾区的队伍迅速壮大，在途的粮草屡屡被他们劫走，即使加派重兵押解，也往往损失惨重。新开辟的东路运输线，所得也寥寥无几。就地取食也越来越困难。本来，周围山川林木茂盛，麋鹿成群，但遭到骆明虎豹营的日夜追逐、捕杀，鹿群不堪惊吓，纷纷远遁避难。围猎一天下来，收获甚少。只有赤蚁军团不愁食物来源。除了虎豹蛇虫等禽兽，漫山遍野的灌木毛竹、枯枝败叶，也都成了赤蚁的越冬食物，用来填塞肚皮。赤蚁产下的卵其大如斗，都被吴回的部下抱走当作美味佳肴。

炎帝联军是临时聚集的乌合之众，很多没有经过严格训练，肚子一饿，军心就开始浮动。互相争食的，集体逃亡的，冻馁病死的，时有发生。部队开始减员，迫使朱明尽快寻求决战。眼看着日头渐暖，白天冰雪开始融化；但一到晚上，城上就组织泼水冻结，冰城巍然如初。朱明无奈，只有把涉驮的山膏营调驻城门外，天天骂阵，言辞不堪入耳，指望激怒轩辕将士，出城一战。但这些小儿伎俩，怎能会使风后上当？她令守城士兵塞住双耳，任其叫骂，一概置之不理。全城军民养精蓄锐，等待决战时机的到来。

不咸山有个肃慎国，人们住在山林的穴洞里。这里出产一种天下闻名的箭，叫作楛（hù）矢，长一尺八寸，以当地特产楛木为杆，坚韧挺直；箭头则是用青石打磨而成，锋刃尖利。肃慎人勇猛剽悍，经常流窜到草原地带抢掠牛羊，当地游牧部落难以抵挡，饱受其患。

力牧率兵东征，驰骋三千余里，本想一举征服肃慎，在入冬以前凯旋。没料到肃慎国全民皆兵，人人能开硬弓，百发百中，啸傲林海，忽聚忽散。力牧大军求战不得，却不时受到偷袭骚扰，直到大雪封山，也没有找到肃慎国主力部队，连他们的首领也没能打个照面。

轩辕的儿子玄嚣是嫘姑的第二个孩子[1]，年方一十六岁，生得膀宽腰圆，多力善射，随力牧出征肃慎。见大军行动不便，玄嚣向力牧请战，率领一支虎豹小分队，深入山林，寻踪追剿。玄嚣消失在林海雪原里，如泥牛入海，七天七夜没有消息。力牧心急如焚，派人四处寻找，但风雪漫天，连脚印都没留下一个。

　　一日，阳光初照，放眼望去，山川绚丽多彩。一支队伍吹吹打打朝力牧大营走来。力牧见他们不像是打仗的阵势，就没有调动大军，只带卫队迎上去。走在前面的是一支乐队，个个赤身裸体，身上涂抹着厚厚的脂膏，在冰天雪地中敲起木鼓，吹响长号，欢快地舞蹈。后队人员众多，抬着野猪、麋鹿和酒坛，一眼望不到头。中队只有三个人。走在当中的是一位中年大汉，骑着一只凶猛的白虎，斜披整张虎皮，手执玉斧，神色庄重。一男一女各骑一头健壮的雄鹿，分列左右。女郎身披大红斗篷，乌发高盘头顶，脸如满月，目若朗星，在皑皑白雪的映衬下格外令人瞩目。那位小伙子摘下崭新的貂皮帽，做了一个鬼脸，一骨碌滚下地，飞快地朝力牧跑来。

　　力牧惊喜万分。小伙子不是别人，正是失踪的玄嚣！力牧一把把他抱起来，叫道："好小子，你跑到哪里去啦？这又是搞的什么名堂？"

　　原来，玄嚣他们摸进林海不久，便一齐落入陷阱，糊里糊涂做了俘虏，被提交肃慎国王亲自审问。这位国王对军事情报没有多问，倒是对中原诸国的政事和人物活动反复盘问，不厌其烦。玄嚣已把生死置之度外，毫无怯懦，趁机把轩辕国如何强大，轩辕如何英明神武，着意渲染一番。见国王不露声色，一脸的严肃，又说："我们的统帅力牧，是国中第一大将，今率虎豹熊罴貔貅等劲旅东征，不获全胜，决不会收兵。我劝你及早醒悟，举国投诚，不然，上国震怒，大军发威，肃慎国玉石俱焚，将有灭族之灾。"

　　国王没有发怒，反而笑起来，说："看你小小年纪，胆量不小，

---

[1]〔汉〕司马迁《史记·五帝本纪》："嫘祖为黄帝正妃，生二子，其后皆有天下。"

口气也不小。我问你,你叫什么名字?是谁家的孩子?""本人行不更名,坐不改姓,玄嚣是也。我娘是西陵氏嫘姑,我爹就是轩辕。不骗你,你要是敢动我一根毫毛……"

不等玄嚣说完,国王突然发话:"来人!"玄嚣浑身一震,正要破口大骂,只听他对臣下说:"把公主请来,穿上那件衣服。"

女郎进来,一室生辉。玄嚣惊异地望着她,没想到在这蛮荒之地,竟有这么漂亮的女孩!只听国王说:"这是我的女儿,叫雒(luò)棠,我打算把她嫁给你。你要是同意的话,肃慎就立即臣服贵国,世代进贡;你要是拒绝,马上人头落地。即使轩辕举国来伐,肃慎也不会屈服。"

玄嚣想:力牧元帅正拿他们没办法,我要是答应娶了这位公主,使肃慎国臣服,元帅肯定高兴。只是不知这女孩愿意不愿意同我回国。于是说:"她要是跟我去轩辕国,我就答应,我可不愿意在这鬼地方安家落户。"说完,他看一眼雒棠。她"扑哧"一笑,点点头。国王哈哈大笑,说:"好啦,传谕全国,庆祝肃慎人获得新生!"

玄嚣不明白,公主出嫁,同国人的新生会有什么关系?雒棠给他讲述了个中原委。肃慎国不出产能够绩线织布的原料,男女老少只好赤身裸体,或以毛皮遮身;每到冬天,必须在浑身上下涂满数寸厚的脂膏,以御风寒,无异于禽兽。为此,肃慎男女羞于见人,国王臣子也绝少同他国交往。

不咸山上有一种树,光溜溜的不长树皮,叫作雄常树。老辈子传下来一个谚语:"中国出圣,雄常长皮,肃慎有衣。"今年,山上最古老的一棵雄常树意外地生出皮来。国王梦见织女对他说,让公主披着用雄常树皮做的衣服,去拜见中国圣人,肃慎国得到上国承认后,漫山遍野的雄常树就会长出皮来,国人都能穿上衣服。"父王听了你的讲述,断定轩辕就是中国的新圣;派我这个新媳妇去拜见公公,事情还不好办吗?"雒棠俏皮地说。

阪泉决战[1]

肃慎国王用鹿肉果酒犒劳力牧三军，交换信符，答应安守本土，年年进贡。力牧说，路途遥远，只把楛矢多贡些就行了，其他就免了罢。后来，雄常树真的长出树皮，轩辕派裁缝胡曹去教肃慎国民制作衣服，他们感激不尽。以后的两千多年间，不管中国王朝如何轮换，谁家为帝，肃慎国照贡楛矢不误，其民风的淳朴诚实可见一斑。谈起肃慎国的归附，铁血将帅力牧感慨颇深，事后与轩辕议论时说："征服他国，看来使用武力不是唯一的办法，也不是最好的办法。"对力牧的这一观点，轩辕颇为赞赏。

一日，玄嚣驰马赶来，要借一支军旅，援助肃慎国抗击外敌入侵。原来，不咸山以北有个劳民国，与肃慎国隔水相望。劳民人的手足和脸面都是黑的，一年四季靠采集野果和草莓作食物。劳民国的各级头头脑脑们妻妾成群，普通男士却因找不到配偶而烦躁不安。为此，首领鼓励光棍们到邻国去抢女人。每年水面一结冰，劳民的年轻人就驾起狼拉雪橇，偷袭肃慎居民村落，两国的战争就开始了。

力牧拨出一支貔貅营交给玄嚣，打发他上路。这时，一只远飞鸡落在力牧肩上。从它的腿上取下一块绢，上面是风后的画：一只黑熊坐在残雪上揉眼睛，旁边还有一支飞行的箭。力牧会意，这是命他在熊罴苏醒、冰雪消融时赶回轩辕丘。虽然时日绰绰有余，力牧还是告辞肃慎国王，打点班师；临行给玄嚣留下话："务必驱除

---

[1]〔汉〕司马迁《史记·五帝本纪》："轩辕乃修德振兵……教熊罴貔貅貙虎，以与炎帝战于阪泉之野。三战，然后得其志。"

劳民，再携雉棠公主率队归国。"

当肃慎国王组织军民，与数股入侵者展开拉锯战时，玄嚣军却在雉棠的引导下直插劳民国。当时已是深夜，劳民国的头头正在和他的三十八位太太饮酒作乐，便糊里糊涂一堆儿做了俘虏，被押到肃慎国。玄嚣和雉棠告别国王，一路抄小道往回赶。力牧掐着日期不慌不忙地行军，反被日夜兼程的玄嚣超在头里，抢先到达轩辕丘。

玄嚣在城外山上隐蔽安营。拂晓，只见轩辕丘冰堆玉砌，巍巍峨峨，城里城外，一片寂静。玄嚣想，这哪里像个战场？忽然，城门外燃起一片大火。仔细一看，原来是一大群身披焰火、形状像野猪似的怪兽正在列阵。接着，传来一阵高似一阵的叫骂声，抑扬顿挫，粗野而韵味十足。细听骂词，主要针对自己的爹娘轩辕和嫘姑，极尽侮辱之能事，不堪入耳。

玄嚣怒不可遏，大吼一声，率队冲下山去。离开肃慎时，国王送给玄嚣和雉棠两只白虎作坐骑，一雄一雌，凶猛异常，使貔貅营平添了几倍的威风。此时，群虎下山，如山洪暴发，即使刀山火海，也势不可当。山膏们骂了多日，也不见有人打扰，大感过瘾；今日骂得正兴奋，被突如其来的变故惊呆了，个个抱头鼠窜，四散奔逃。

涉驮坐在高高的山丘上，遥控着山膏骂阵。见援兵从天而降，急忙发出信号，朱明大营鼓角此起彼伏，如阵阵春雷滚过。不多时，朱明的亲兵厌火营、吴回的火箭营率先杀出。涉驮也发出无声的咒语，把山膏招在身边，列队反击。漫山遍野都是火人火兽，玄嚣和他的虎豹营被困在重重火阵中。

这时，城门突然打开，一队蹈火营的战士从城内冲出，在火海中蹚出一条血路。玄嚣把狼牙棒一挥，人喊虎啸，声震山岳，冒着飞蝗般的火箭，紧随蹈火营杀出重围，朝山上飞奔。朱明的厌火兵手举火把，口喷焰火，在后面紧追不舍。

山上忽然鼓声大作，雪团一阵阵铺天盖地地抛下，砸在追兵的头上。厌火兵浑身一激灵，再也喷不出火来；但在后队的簇拥下，依然呼叫着向上攀爬。这时，滚木雷石夹杂着雪球呼啦啦滚下，南军将士叫声一片，进攻受挫。

朱明在空中看得明白，在山上实施阻击的，是东征归来的力牧先头部队，大军正在浩浩荡荡地逼近阪泉之野。遥望南方和西方，只见阵阵杀气冲天，似有无数援兵赶来。朱明不敢大意，急令收兵，重新调兵遣将，布阵应敌。

风后也在空中巡视战场。她喜忧参半，回去对轩辕说："各路大军如约会集阪泉之野，轩辕丘之围指日可解。但据我观察，虽然经过一个冬天的熬煎，朱明军依然很强大，特别是他们的火攻力量，对我军威胁极大，胜败难卜。"

轩辕正要答话，忽见巫咸脚踩一片祥云，飘然落地。他拍着两手迎上巫咸，笑呵呵地说："正说胜败难卜呢，那就请首席卜筮大师给卜一卜吧！"

巫咸说："我在上空查勘双方兵力，已卜就一卦在手。"

"吉凶如何？"轩辕和风后同时发问。

巫咸慢条斯理地说："既不见吉兆，也不显凶象，示意是'果而有咎'。"三人一起陷入沉思。

良久，轩辕一字一顿地说："天无二日，地无二君，只有经此一战，方有结果，这就是卦象中的'果'。天下攘攘，万国并立，若矢志一统，扫清玉宇，又岂能无灾无难、平平安安？这就是'有咎'。可下令决战。"

巫咸竖起拇指说："解得好！英雄自应有如此气魄。"

风后说："南军的优势在于火攻，若在雨天决战，于我军有利，胜算较大，还请大师助一臂之力。"

巫咸说："这正是一桩难事。天帝已下达密令，所有在封神祇，一律不得呼风唤雨襄助战事，违者革除神籍，永远不许进入天庭。前者雨雪却敌，救下一城军民，乃北海海神禺京有意为之；因为事情发生在密令下达之前，又有禺号合族担保，才没有受到处分。目前禺京还在停职反省，限制出入，这里虽然是他的辖地，怕是指望不上。"

"地方上有一些山神水仙，也能呼风唤雨，能不能请来帮一下忙？"风后又问。

"这次战争是祝融氏打着保卫炎帝的旗号动员发起的，炎帝十二支神也在北伐队伍中，谁愿意与他们作对？况且，雄居北方神界的烛阴与轩辕有隙，这些地方小神也不敢轻易得罪他而助轩辕。"巫咸为难地说。

轩辕一声不响地听完他俩对话，说："看来只有请他出山了。""谁？"风后和巫咸同时问道。

轩辕故作神秘地向巫咸说："这个人的底细你比我清楚。你是他的恩人，他是你的仇人。"

巫咸灵光一闪，说："应龙？他在哪里？你何时同他有交往？"

轩辕微微一笑说："对，就是应龙。看得出你对他仍然耿耿于怀。自从应龙和危那次大战以后，我还没有见到过他。前些时，三头离珠找到我，要借天鼋剑给琼枝树报仇。当时我正仗剑追杀钟山氏二子，没法借给他，就让离珠先行跟梢，掌握应龙的行踪，待机除之。离珠后来发现，应龙深深暗恋着女魃，因为羞怯，从不敢向她示爱，却天天跑去向素女请安。事到如今，只有劳驾巫兄到西王国遨游一遭，找到素女，约期让应龙来阪泉行雨。"说完又加一句："怎么，现在他还是你的通缉对象吗？"

巫咸苦笑说："公无私怨，敌友因时因事而变。如今天庭都不过问了，我还翻这些陈年老账做什么？我这就遵命去办。"

城上射下一块丝绢，围城士兵上交到朱明手上。绢上画着三个太阳，下面站着一名战士，一手执戈。这是一封战书，约期三天后会战。朱明的战略部署是：封死城门，派大将摄提部阻击南来之敌，条风部守住西面通道；他亲自指挥主力大军集中力量打击力牧军团，并将援敌逐一歼灭于城外，而后破城擒王。

这天的拂晓，吴回率主力布阵阪泉之野，发现对面山坡下黑压压的尽是敌兵；继而，鼓角大震，旌旗摇曳，阵形变换移动，似是朝本阵压来。吴回催动大军迎上，不等靠近，士兵们便把火枪、火箭、火球一齐抛射。十二支神各显神通。山膏、旱貉遍地游走，所过之处尽成焦土；火鸭、火蛇如漫天流星，飞落敌阵纵深。眼见力牧阵上烟火熊熊，厌火兵口喷火苗率先冲入，却发现敌兵都是一尊尊披着兽皮的雪人！从雪人的背后，闪出一个个身穿火浣衣的蹈火营健儿，执矛搠来。原来是他们推动雪人，迷惑敌人，提前诱发火攻。

火光就是信号。应龙可找到一个讨好梦中老丈人的机会，他在高空尽心侍候，哪里冒火就往哪里浇水，炎帝阵营的火人火兽个个熄火，垂头丧气，连善于玩火的神仙们，也只能指天生嗔，无可奈何。

力牧事先在山坡上埋伏下无数骑兵，战士们反披兽皮，骑白马，卧在雪地上。此时忽然冒出来，雪崩似的冲下山岗。吴回临危不乱，高举吴刀，一马当先；在他的身后，六路纵队像一把钢钎楔入敌阵，中间开花，好一场混战！吴回挥舞一把吴刀，在白马军中来回驰骋，如入无人之境。

鏖战正酣，忽听山腰鼓声震天，虎、豹、熊、罴和貔貅五个方队齐头并进，势若排山倒海；悍卒与猛兽并肩，刀枪同爪牙齐舞，铁蹄踏处，地动山摇。在浩浩荡荡的大军面前，神仙们也无力回天，只有施法自保，纷纷避开。力牧要挫一挫吴回的威风，弯弓凌空一箭，先声夺人，正中高高举起的吴刀。吴回吃了一惊，只觉手腕发麻，略一定神，力牧已到面前。两人并不答话，刀来枪往，战在一处。

朱明在上空观战，见吴回将士渐渐不支，于是把龙角连连摇动，一颗明珠从火龙口中飞出，在空中划出一道虹霓。联军大营长号响起，两队庞然大物步出栅栏。左队是产自琴鼓山的白犀，独角似玉石磨就的尖桩，不闪不避，勇往直前。右队是来自聚窟洲的通天犀，它们的角上有一条血红的条纹，触之立死；用角盛米，若群鸡近前，会立即惊退，因此也叫骇鸡犀。犀背上的骑士个个肩担开山大斧，威风凛凛。领头的那位白发白眉，身披白袍，据说他一日三餐以白石为饭，人称白石先生，颇有道行。

吴回见犀牛大阵出动，一声口哨，招呼部下避到两厢，专寻白马骑士厮杀，撇下力牧和他那难对付的猛兽军团，交给白石先生来收拾。白石坐下的白犀名叫辟尘，与力牧的诸怀正是一对敌手。白石的兵器是一柄拂尘，看上去没甚威力，但力牧总感到眼前有一颗扫帚星晃来晃去，致使他的长枪大失准头。两位主帅就这么胶合着。虎、豹、熊、罴遭遇白犀，已有三分寒意，但人和兽的数量超出对方一倍，总体上看势均力敌。

至此，城外双方主力都投入了战场，直杀得云雾惨惨，鬼神号啕。轩辕和风后站在城头观战，见时机已到，令居余率卫队顺冰城滑下。朱明这时才发现，头天夜里，轩辕已在城的侧面筑就一条冰雪滑道，关键时刻把城中生力军投入战场。所幸人数不多，料也左右不了战场形势。

居余的两只脚心里各有一撮毛，跑起来足不沾地，能够拽着吉量的马尾飞奔。因丁零时常外出执行任务，轩辕就让居余做了卫士兼马童。后来轩辕乘龙飞升时，居余也抓住一根龙须升天成仙。此时，居余率队溜下城墙，却不去从背后发动袭击，反而饶过主战场，直扑在南路执行阻击任务的炎帝联军摄提部。

朱明大惊，急忙调动赤蚁军团。赤蚁经雨雪一淋，又在洞穴里蜗居一个冬季，少见阳光，已经燃不起火来；但仍然是最具战斗力的兵团，朱明留作最后攻城的主力，这时不得不提前动用。然而，已经晚了。轩辕的南路军由昌意、骆明和鬼臾区三支队伍组成，势力强大，摄提部凭险苦苦支撑，防线险象环生，背后又经居余突然一捅，立刻像大坝决口，洪流滚滚而下，撞向吴回、白石部右后侧。这时，城门也被打开，马步儿郎和熊罴战阵相继拥出，从左侧发起攻击。

战场的天平发生倾斜，联军开始崩溃。这时西部防线杀声震天，条风告急。朱明见敌人从四面杀来，渐成合围之势，急令赤冀驰援条风,打开西部通道,保留一条退路。

大鸿在西路召集新军,千里赴戎,遭遇条风部的顽强阻击,战事异常惨烈。因边远游牧部落战斗队陆续赶来,大鸿部不断得到补充,条风敌抵不住。正在这时,赤蚁兵团赶到,钢鞭似的触角一扫,人马躺倒一片;牙噬脚踩,摧枯拉朽,大鸿军兵四散逃命。

赤蚁久不知肉味,今逢盛宴,正如风扫残云一般,杀得性起。忽然,面前出现一座座小山似的巨人,抬脚就把赤蚁踢个大跟头;三只手一齐划拉,抓起三头赤蚁,就像抓起三只猫鼠一般,抛向蚁群。他们是三臂国巨人,特意赶来为轩辕解围,第一战就撞上赤蚁,使得他们得以在两军阵前一显身手。

赤蚁向来以大称雄,今天方知天外有天,遭受到平生第一次屈辱,个个折齿伤脚,没命地往山上窑洞里跑。赤冀无法阻止,眼看着它们和正在溃退的吴回、白石部互相践踏,死伤无数。轩辕五路大军力牧部、骆明部、昌意部、鬼臾区部、大鸿部,驱得胜之师,一阵好杀,炎帝残军突围不成,最后退守土山,被团团围困。

残阳似血。阪泉之野尸堆如山,血流成河。轩辕面无表情,对风后说:"围而不攻,劝其降服。"

风后说:"炎帝族团根深蒂固,朱明摄政多年,势力强大,若投降后放他们归国,定会东山再起。到那时,死人就更多了。"

轩辕想了想说:"将朱明送到疏属山羁押,和危一块看守起来。把祝融和几个强势部落流放到三危、北海和肃慎,以分其势,其余不再问罪。"

应龙最终也没有露面。轩辕想感谢一下三臂巨人,跑马一遭也没看到他们的身影。多年后,轩辕专程前去密山,想找蠢直讨葫芦玉膏吃,走捷径升天,却发现三臂巨人和玉膏池已在此地蒸发,再也找不到踪迹。

朱明之死

　　一女三男来到轩辕丘，与他们同来的还有朱明和吴回。女的身着豹纹紧身长裙，纤腰楚楚，走起路来春风摆柳，一步三摇，耳环发出悦耳的鸣声。她叫武罗，来自青要山，主管天帝在下界的秘密都邑。武罗长着一张甜甜的、成熟而生动的脸，未言先笑，露出雪白的牙齿。她受南方众神之托，求轩辕放回赤冀等神仙，并以个人的神格，担保他们今后不再与轩辕作对。武罗是天帝御封的、长住下界的天神，巫咸心仪已久，今日一睹芳容，果是与众不同。武罗讲话时，巫咸频频点头，轩辕早已看在眼里；况轩辕本有仙缘，惺惺相惜，当时就表态同意放人。

　　三位男士不是别人，他们是岐伯、仓颉和大桡，是朱明在炎帝阵营中的反对派。三人受俞冈派遣，先到联军大营，说服朱明尽快投降，不要让炎帝子孙再受杀戮，然后和轩辕进行谈判。

　　岐伯说："我来时师傅俞冈一再说，他愿意把天子位让给轩辕，换取朱明等将士的赦免，让他们早日归国。"

　　轩辕说："轩辕无意和神农氏争帝。如果俞冈不堪俗务、专致医药的话，鄙人可以代为操劳，当个天下摄政王就行了。"他看一眼朱明，接着说："朱明兄在炎帝族人望极重，登高一呼，遍地响应，人马浩浩荡荡，奔突几千里来捉拿轩辕。刚才武罗为十二支神担保，谁又能为朱明担保呢？大桡，你行吗？还有岐伯、仓颉，你们三人都是德能高深之士，轩辕今后还要多多请教，但你们能够担保朱明不再发动战乱吗？"三人面面相觑，作声不得。会谈的气氛紧张而沉闷。

这时朱明冷笑一声说："不要难为三位了，他们怎能做得了我的主呢？你怎么不问一问别人？"

"问谁？"

"我。"

"你？你拿什么担保？"

"项上人头！"说话间，朱明已抽出吴回腰间的吴刀，闪电般把自己的头颅割下，递到轩辕面前，身形挺然屹立！

除武罗之外，在场的人全都大惊失色，愕然在地。朱明把头和刀抛在地上，慢慢走出厅外，满腔热血像火山一样喷出，化作一只血红的雀鸟，鼓翅向南飞去。

武罗神情庄严地说："朱明活着时没能得道，却用一死杀身成神，这是我也没有料到的。他本来可以逃走，却没有逃；他本来能够活着，却选择了死。他用自己的一颗头颅，换取无数炎帝子民的安宁，死得其所，是当之无愧的炎帝护法大神。我受天帝告诫，对人间事物不便多说，就此告别。"说罢，飘然升空，追赶朱雀去了。

轩辕没有实施抓人和流徙计划，放走了炎帝族全部人马。吴回解散部队后，自断一臂，埋在阪泉，更名为吴正，投奔青要山随武罗神修道。

轩辕丘距人烟稠密的中原地带遥远，巡游费时，纳贡不便，对诸侯之间的纷争攻伐也不能及时干预。轩辕采纳风后意见，把居住在中原的部分祝融氏居民南迁至大江两岸，让出一块地方修建新国都，派昌意监管。这天，昌意遣丁零前来报告说，新城建成后，南墙突然坍塌；修复后不到一天，无风无雨，又眼看着轰然倒掉。如是者三，不像是质量问题。是停建还是另选城址，特来请示。

巫咸占卜后说："事出有因，无咎。咱们应去现场勘察，见机行事。"轩辕让丁零速回，传喻继续施工，随后与巫咸、风后等臣下打点上路。

新建都城隐约可见。昌意策马来迎，说："城墙刚刚修复，请速往视察。"这时,一阵巨大的旋风刮来,通天彻地,沙石飞扬。除轩辕等几位功力高深者外,其他人员全都匍匐在地。旋风过后,一团浓重的黑云和一块紫云掠过头顶;紧接着,瓢泼大雨搂头盖脑落将下来,横扫漫天尘沙。片刻之后,大雨停歇,碧空如洗,艳阳高照。轩辕一行登上南门,放眼望去,南天辽阔。

巫咸漫步城上,忽然心有所动,立卜一卦,皱着眉头对轩辕说:"城墙塌陷乃朱雀,也就是朱明的神灵所为。他认为,他已经拿自己的人头作了担保,你仍然把祝融氏迁出祖居地,是对他的不恭。"

轩辕说:"这就是上次你卜的'事出有因'了。那么'无咎'呢?用什么办法弥补呢?"

巫咸闭目掐指,默诵良久,说:"在城门上绘以朱雀之形,设坛祭祀;惠顾南迁移民,使他们安居乐业,不生民怨。"

轩辕立即吩咐左右,免除南迁祝融氏的贡赋,每隔三年前来朝觐时,献上百张白茅席即可。白茅编织的席,是祭祀时用来安放神的座席,南方有产。翌日,轩辕带领文武官员来到南门外举行祭祀典礼。这时,城楼上已用赭石绘就一幅朱雀画像,昂首翘尾,展翅欲飞。它的前面摆着三只陶鼎,盛满珠玑般的精米。轩辕亲手拿一片璋和一片玉,连同一只芦花大公鸡埋在地下,然后率众登上城楼。

轩辕正要致辞,脚下忽然颤动起来,如发生地震一般;震动越来越强烈,人们站立不住,纷纷扑倒。天鼋剑嗡嗡长鸣,轩辕稳立城头,眼看着城墙就要倒塌,却也不知如何处置。危急时刻,只见半空磷光闪烁,一柄长剑呼啸着从天而降,硬生生插入城墙,几没剑柄;一把大扫帚呼啦啦抻开,越变越大,像包粽子似的,把城墙密密麻麻地捆扎起来。

城墙不再摇动,但小幅余震绵绵不绝。众人惊魂未定,忽听一阵歌声随风飘来:

天门洞开，
我驾黑云去来，
旋风为我前面开路，
暴雨洗刷身后尘埃。

九州黎民众多，
哪个长寿，哪个夭折，
说话算数的是我！

云霓衣裳，翩翩飘扬，
玉佩叮当，闪烁华光，
阴阳交替，变幻莫测，
我所作为，谁知其详？

听到歌声，巫咸神情肃然，说："天神大司命到了，刚才那阵风雨就是伴他而来的。"

巫咸话音刚落，大司命长衣舞风，飘飘落下，笑呵呵地说："这里还真有有见识的，那你肯定就是巫师了。你旁边这人好眼熟，我怎么记不起在哪儿见过？"

轩辕答道："在下轩辕，与大司命的确是首次见面。"

"啊！你是天鼋？对，对，就是天鼋！模样不像，神气像嘛！对，对，越看越像！"大司命惊喜万分，回头朝上招手，大声嚷道："紫薇快来，我碰见天鼋啦！天鼋，你不认识我啦？我是你的伙伴大熊！咱俩不是经常在天河洗澡吗？那年七月七，藏在鹊桥下偷听牛郎织女的私房话，每人还捡到一只绣花鞋呢，你都忘啦？"

轩辕一头雾水，怔怔地说："大熊？天河？……绣花鞋？"

见轩辕懵懵懂懂，大司命着急地说："你把我忘了，总不会把她忘了吧？"

一位天仙袅袅而至，见了轩辕，一脸的惊喜，深情款款地说："你可好？"然后看大熊一眼，面飞红霞。

大司命推她一把说："你俩是老相好了，多年不见，还害什么羞！"又对轩辕说："你连她也认不出啦？她是紫薇！你俩多次跑到瑶池一块搓澡洗头，还躲进山旮旯里晒太阳，这事别人不知道，还瞒得了我？这都是我亲自侦察到的第一手材料。那时候，我心里那个滋味哟……后来你走了，我得到了美人，官升到大司命；紫薇也荣任少司命，执掌人间子嗣和儿童命运，可谓官运亨通了。但没有了你这个朋友，心里又感到有些失落。"大司命陷入回忆。

少司命见轩辕目光茫然，无言以对，忽然想起什么，凑近大司命的耳朵说："你瞎啰唆个啥！天鼋是投胎下凡的，眼下这个轩辕已经不是那个天鼋了，他什么都不知道！"

大司命似乎恍然大悟，一拍脑袋说："我这不是对牛弹琴吗？该死，该死！"又对巫咸等人说："我们在天上这点儿隐私，都泄露给你们了。不过，茶余饭后，当个闲话资料，大家哈哈一乐，也有益健康，也算我没有白说。下面该办点儿正经事了。轩辕，你那个猫哭老鼠的祭文，就不要读了，若引起朱雀反感，发起雷霆之怒，我也不好收拾。我替你说上几句吧，谁叫咱们是朋友呢！"他朝紫薇滑稽地眨巴眨巴眼，转而神情肃穆地诵道：

　　朱雀老弟，甭再怄气。
　　气大伤身，修炼大忌。
　　子孙祸福，自在天意。
　　我俩护佑，万世无虞。
　　去兮去兮，悠悠天地！

城墙慢慢停止了颤动。大司命端起酒来一饮而尽，又捧起一樽洒向空中。霎时，红霞铺满南天，看上去像是一只展翅飞翔的凤凰，越来越小，最后变作一团火球，消失在天际。

少司命拔出长剑，收起大扫帚，轻声对轩辕说："人间苦辛漫漫，你好自为之。"

轩辕发现她两眼含着泪花，忽然灵台一闪，脱口说："咱们还会见面的。"紫薇冉冉升空，又禁不住频频回眸。

大司命对着轩辕的耳朵说："你要是有机会上天，先给我打个招呼，我和紫薇好聚好散。咱俩好说好商量，别伤了哥们儿情谊，给人留下笑柄。"说罢跳到空中，又大喊一声："天鼋兄弟，后会有期！"歌声伴着风雨渐去渐远：

　　苦乐相伴兮，人神皆然。
　　喜气洋洋兮，莫要忧烦。
　　我送长寿兮，乐者优先……

朱雀图形绘在南城门上，四时接受祭祀，新城平安吉祥。轩辕把国都迁来，命力牧率熊罴旅卫戍，并从熊、罴、虎、豹各部落中选调移民，在中原落户，请叔均指导他们习作农耕。当地人把这支外来者称为有熊氏，把新都邑叫作有熊国。为减轻国用开支，轩辕把军队分散到各地，或牧或农，劳武结合，以劳养武。骆明回轩辕丘，昌意仍回若水，大鸿到西北牧马巡边，鬼臾区回汾水种地，后与汾水女神台骀结为夫妻。

有熊城内大修百工作坊，请来巧垂做工正，天下能工巧匠云集，商贾摩肩接踵，南来北往。轩辕请句龙勘测山川，规划治水；嫘姑被人们呼为嫘祖，东行西走，日夜奔波，带领民众植桑养蚕，实现了早年的宏愿。安排甫定，轩辕亲自走访贤才，接来有熊，委以重任。

第一位是仓颉。这些年，他四处游历，观日月山川之形，察鸟兽虫豸之迹，收集各氏族用于记事、祭祀的刻画符号，专心创作文字。一日夜间，仓颉在洧水河畔行走，忽然天光大亮，从北斗星方向飞来一颗流星，落入水中。仓颉觉得蹊跷，便跳下河去，从水底摸出一块手掌大小的陨石板。这块陨石板和北斗星的头四颗星排列相似，呈四方形，乌黑油光。仓颉用手指一划，板面上立现一道荧光；挥手一抹，又恢复原状。仓颉如获至宝，随身携带，每造一字，都要先写在陨石板上，边琢磨，边随时修改。因此，仓颉给它起名叫璇玑琢字石。

仓颉的字比神农洞中的图形文字又大大改进了一步，数量也越来越多。轩辕在洧水河畔给仓颉修建了馆舍，并经常去那里与他彻夜研讨。大桡和容成两位天文学家也来拜见轩辕。轩辕和他们促谈竟日，鼓励他们制订一部太阳历，以指导农桑的播种与收藏。岐伯驾着鹿车落在有熊，是俞罔命他来辅助轩辕的。问起俞罔的行踪，岐伯说，他在范林一带采药行医，由女儿女娃陪伴，身体很好；只是时常中毒，也不听劝说，我行我素。轩辕叹息不已。岐伯打算用仓颉的刻画文字编一部神农本草，让历代神农的医术传于后世，轩辕击节称许，大力支持。

因为有了脱产的官员和军队，就需要各方国和氏族部落必须贡献，以满足他们的生活需求。为此，风后制订了一部纳贡条例，口头传达下去。条例根据各地土地肥沃程度，人口和物产资源状况，规定交纳的品种和数量。对于地处偏远或贫瘠的部落，只要求他们象征性地进贡一些方物，表示臣服即可。对于前来朝觐进贡的诸侯，轩辕都要亲自接见，并给予厚赠。空桑伯的美酒是最受诸侯欢迎的馈赠品，为此，力牧亲自把空桑伯请来，在有熊开了个分店。

羲和国[1]

在东海外的蛮荒之地，有一个羲和国。羲和国耸立着两座大山，一座叫作孽摇群抵山，一座叫作甘山。甘水从甘山上奔突而下，形成一道飞瀑，注入大峡谷，汇聚成深不见底的泉潭，名曰甘渊。甘渊水一年四季沸腾滚滚，云蒸雾绕，因此也被称作汤谷。汤谷中间有一棵桑树，两干同根，相扶而长，名曰扶桑。它的树叶酷似芥菜，九根枝杈层层叠叠，扶摇直上三百余里。在高高的顶枝上，一颗太阳刚刚离开树梢，开始从这里出发，巡天一周。在低处的树枝间，栖息着八只金色的三足乌，背上各驮着一个不发光的太阳。

瀑布下，一位女子肌肤凝脂，光华四射，正在专心致志地给一只金乌洗澡。她就是羲和国的主人羲和。这位羲和不是别人，正是伏羲和女娲所要寻找的两姐妹之一。当年羲和驾着太阳车在天空行走，先后收养了九颗流浪的太阳。为使九个流浪儿有个正当职业，不再到处闯祸，羲和在甘渊建立了个训练基地，让它们学会守秩序、有目的地运行，每天和原来那颗太阳一样，轮流当值，贡献自己的光和热。

羲和为儿子们献出了全部热情，但并没能使它们完全改掉恶习和野性。前不久，它们经不起十巫的诱惑，趁羲和外出访友时，结伙出游，结果带伤铩羽而归，至今惊魂未定。此时，羲和给最后一只金乌洗完澡，双手托起，送它登上桑枝。只听一阵急促的"嗡嗡"声响起，九道寒光同时射向扶桑。金乌们炸了营，一头扎进甘渊。

---

[1]《山海经·大荒南经》："东南海之外，甘水之间，有羲和之国。有女子名曰羲和，方浴日于甘渊。羲和者，帝俊之妻，生十日。"

羲和见九道寒光如同长了眼睛，各寻各的目标，拐着弯儿又向水里追来，心下大惊，急忙纵身跳上停在岸边的太阳车，起在空中。

偷袭者是天弩。原来，蚩尤和伯夷父携颛顼误登大蟹后，漂泊大洋。每日里四顾茫茫，海天一线，不知身在何处，也不知这只大蟹要游向哪里。所幸蟹岛上瓜果鸟兽尽有，不乏食物，只好听天由命，耐心等待。一日拂晓，蚩尤发现大蟹已和一片大陆靠在一起。他让伯夷父在原地等候，自己先去探路。当蚩尤爬到山顶，望见那棵高入云天的扶桑树时，背后的天弩忽然鸣声大作，继而射向金乌，完全由不得蚩尤控制。

一辆太阳车隆隆升起，散发出灼热的光芒。蚩尤感到浑身肤发生烟，正不知如何是好，只听得"刺棱"一声，天弩脱鞘而出，射向太阳车。天弩在空中化作一只圆环，时大时小，时上时下，频频变幻，在太阳车的上方形成一个穹庐，逼退它的光焰，并步步迫降。

太阳车被迫着陆。羲和摘下一只车轮，顺手掷出，她踏上车轮，贴着水面疾驰，快如闪电。这时，一直沉默的天弩剑鞘，溘然声响，早已追近羲和，化作一个大大的方框，把她框在中间。车轮减速、倒退，被拽回水畔太阳车处。

羲和见自己赖以遨游太空的太阳车被俘，方知来者不善。她抖一抖蝉翼般的长裙，飘忽升空，乌云般的长发，霎时变作金色的光芒，犹如千万根金针漫天撒下，向蚩尤刺来。蚩尤顿觉双目疼痛，他本能地一捞，天弩回到手中，变作一个镜面盾牌，把金光反射回去。射来的光芒愈强，反射愈强。羲和只好渐渐收敛光芒，慢慢靠近蚩尤。

蚩尤正不知如何是好，忽觉一个毛茸茸的东西搭在肩上。他回头一瞧，吓得魂飞魄散。只见一个怪物身形似虎，八只爪，十条尾，脊背上条纹青黄相间，长着八个人形脑袋，脸面表情各异，喜、怒、哀、乐、忧、伤、悲、戚，一齐瞅着蚩尤。蚩尤欲挥剑驱赶，却不知何时，天弩已被羲和拿在手中。她挥挥手，怪兽忽地缩小，消失在草丛里。

羲和拿着天弩翻来覆去地看，只见这天弩黑乎乎的，没有任何标志。她又用衣角反复擦拭，剑鞘上终于荧光闪烁，一侧显现出规和矩的图形，另一侧则是伏羲女娲交尾像。她惊喜异常，一把抓住发呆的蚩尤，急切地问："你从哪里来？叫什么？这把剑是谁送给你的？"

"我叫蚩尤，从大陆来，剑是胎里带来的。"蚩尤老实回话。

"那么，你亲娘是谁？"

"听人议论，我好像是从一只巨蟒肚子里爬出来的。"

"你可听说过伏羲和女娲？"

"知道。大陆上各氏族都把他俩认作祖先。"

羲和悲喜交集，抓住蚩尤的手说："孩子，我是你的姑姑！"说着，眼泪哗哗地流下来。

"姑姑？"蚩尤眨巴眨巴眼，望着她那朝阳般生气勃勃的脸，心里嘀咕，在这大荒之中，怎么又出来个这么年轻的姑姑？

羲和见他一脸的惶惑，说："我是华胥国太阳氏族的羲和，同月亮氏族之女常羲结伴出游。我收养了九颗太阳，在汤谷居住下来；常羲驾着月亮车，收养了十一颗月亮，在地处西极的大荒中安身。我这九个儿子不安本分，总是惹是生非；常羲的女儿们倒是十分温柔可爱。伏羲和女娲，是蛇氏族的两兄妹。在华胥国中，我们都以兄弟姐妹相称。剑鞘上的图案表明，这把剑，还有你，是规和矩通过伏羲女娲交尾合成的。规和矩是华胥国的镇国之宝，可以缉拿、招回一切飞行物，名字叫衡天规和量地矩。从刚才捕捉太阳车的手法上，我已经有所觉察，只是不敢相信就是自家宝物莅临，不然，也不敢制造这么多麻烦。"

"伏羲女娲是传说中的人类始祖，是很久很久以前的事了，我怎能是他们亲生呢？"蚩尤不解地问。

"那就是天地造化了。这把剑，说不定就是风闻神界的那把天弩。天庭下达了训诫令，让天神们时时注意躲避。孩子，你已经卷入天下动乱的旋涡，今后要好自为之。"说到这儿，羲和的眼泪又啪嗒啪嗒落下来,接着说,"这些年你是怎么走过来的,跟姑姑说说。"

蚩尤把自己的经历一一道来,羲和慈爱地注视着他,脸上的表情时惊时喜。当说到误登大蟹时,蚩尤突然想起伯夷父和颛顼还在蟹岛上,急忙说:"你等等。"回头一路狂奔到海边。大蟹不见了,只留下一弯静静的海水。蚩尤惊呆了,继而捶胸顿足,大声吼叫:"回来!回来呀!叫我如何向淖子交代?"

"不要着急,会找到他们的。"羲和跟了过来,见蚩尤呼天抢地,安慰他说,"每隔六年,大蟹就由西洋到东洋周游一遭。它在这里停留时间很短,下一站是少昊国[1]。"

"少昊国?"蚩尤迷惑不解,这里怎么也有一个少昊国?

羲和没有回答。她双手朝天张开,昂首闭目,口中念念有词,少顷完毕,说:"我请帝俊转告少昊国君,届时到蟹岛上去接人,你可以放心了。这个少昊国位于东海以外的大荒之中,不是大陆上那个泰山少昊国,不过它们是同根同源。当年少昊金天氏东迁时,有一支来到东海外,在荒岛上建立了家园。现在的国君叫青阳,人称少昊青。[2]少昊青的身世本是个秘密,刚才得到指示,眼下可以解密了。"接下去,羲和讲述了一个稀奇的故事。

十五年前,轩辕过济水到大野泽、泰山一带游历,结识了方雷氏一家,并娶方雷氏女节为妻。轩辕离开后,女节怀胎十二个月,产下一个状似乌鸦的怪胎。她怕辱及家门,便用襁褓裹好,放在竹排上推入济水。水急浪大,竹排上下颠簸,立即有数只乌龟游来,前呼后拥,卫护前行,又有一群鸷鸟飞临,为它遮风避雨。当漂流至东海时,火红的太阳刚刚跳出水面,襁褓中射出一道金光,并发出裂帛似的声响,胎衣应声裂作两半,从中滚出一个婴儿来。那婴

---

[1]《山海经·大荒东经》:"东海之外大壑,少昊之国。少昊孺帝颛顼于此,弃其琴瑟。"

[2]《史记·五帝本纪》注云:"太史公乃据大戴礼,以嫘祖生昌意及青阳也。皇甫谧以青阳为少昊,乃方雷氏所生,是其所见异也。"

儿的哭声响彻云天，惊动了路经东海上空的帝俊。帝俊掐指一算，早知缘由，便把他携至海外少昊国，放在王妃的御床上。同时，给国王托梦说："此儿天赐，妥为育养，当有大任降于其身。"

少昊国王年老无子，妃子们拜遍神仙也毫无结果，忽然间子从天降，乐坏了全国上下。婴儿的两半胎衣上，绣有两幅朝霞丽日图，于是取名青阳。青阳果然神异非常，许多本领无师自通，随着年龄的增长，逐渐显露出他的英明神勇。他把胎衣缝在襁褓上，做成斗篷，能在空中飞来飞去，国人都敬他为神。老国王喜不自胜，早早地就把王位让给青阳，自己放心地做起太上皇来，当时青阳还不满十三岁。

说到这里，羲和问蚩尤："刚才听你说，颛顼是少昊鸷的儿子，可是真的？"

蚩尤回答："东夷人都这么说。"

羲和说："这就更好了。听帝俊说，方雷氏住在大野泽畔，济水岸边，是泰山少昊国的一个族落。这样说起来，青阳和颛顼还是叔侄关系呢！现在可以把青阳出生在大陆少昊国的秘密告诉他了，只是不要涉及关于他亲生父母的情况。这也是帝俊再三嘱咐的。"

蚩尤终于认可了这个姑姑。他禁不住问道："姑姑，刚才你一再提起帝俊，他和你什么关系？是干什么的？"

"他是我的老公，常羲和我先后嫁给了他。至于他是哪路神仙，我到现在也弄不清楚。"羲和苦笑着说。

蚩尤暗暗好笑。真是个糊涂姑姑，姐妹俩嫁给一个男人，连他是干啥的都没问清楚。只听羲和接下去说："其实，我一直怀疑他就是新任天帝，或者是天帝跟前的天神。我甚至认为帝俊就是伏羲的化身。"

说到伏羲，蚩尤为之一惊，问道："为什么？"

羲和说："帝俊对华胥国的历史和风俗习惯很熟悉，甚至了解我和常羲的嗜好。和他在一起，总感到很惬意。伏羲和女娲兄妹成婚，繁衍人类，是各氏族公认的祖先。而帝俊的子孙，如中容国、晏龙国、白民国、黑齿国、三身国、季厘国等等，遍布海内外。大陆上的后稷还有帝鸿氏，也就是轩辕氏，都是帝俊的后代。帝俊对太昊、少昊国更是情有独钟，他的法身就是一只龙首鸟身的俊鸟，那里发生的情况好像他都很清楚。"羲和最后又说："这些不过是我的猜测而已。"

蚩尤在羲和国停留多日，听羲和讲解日月星象等知识，大开眼界。但他总放心不下颛顼，一再央求羲和带他去少昊国。羲和说："我的太阳车只能乘坐一人，不能超载远行，不然，我早就带你周游世界了。这样吧，我请天吴带你去，沿途还可以欣赏欣赏各国风光。"

昆吾之争

天吴就是那只八首人面、虎身十尾的怪物，大概是帝俊派来保护或是监视羲和的神。它像影子一样在羲和周围出没，随时听从她的召唤。不过天吴不能跨越重洋飞行，只好驮着蚩尤从一个岛跃上另一个岛，一站一站地接近少昊国。这是一次难得的游历，蚩尤拜访了东海外诸国，参观了五座日出山峰。特别令蚩尤开心的是，他又一次途经君子国，受到热情、隆重的欢迎。已是国王的孟奇和王后岛花，陪伴蚩尤盘桓了好几天。人们见蚩尤竟然把天吴当坐骑，都把他敬为天神。

一日，天吴落在汪洋中的一个岛上，那岛晃晃悠悠，好像断了根基一般。一人身高三丈有余，正在把一根巨大的竹子砍削成船。另一位巨人蹲在一座高大的房屋顶上，张开双臂向着上空大声呼唤。这时，天吴也频频摆动十条尾巴，八张嘴合唱出悦耳的旋律，响入云天。蚩尤抬头观看，见一架太阳车正从头顶经过，大概发现了下面的动静，太阳车开始降落。

太阳车还没有着陆，就被两位巨人用手托住。一群巨人闻声跑来，把太阳车团团围住，一连声地问："我们的要求传上去了吗？""天帝怎么说？"嚷成一片。天吴大怒，将身一摇，增大十倍，十六只眼睛射出一道道灼热的光弧，把巨人们驱散。

羲和走下太阳车，对蚩尤说："这里就是龙伯大人国[1]。当年他们的祖先身高百丈，因钓走巨龟而导致五神山漂散，受到天帝的惩罚，如今海岛还在浮动，大人国国民的身高还在年年降低。其实，天帝已经把他们给遗忘了。为了求得赦免，他们轮流跪在船头，张臂朝天，祈求过往神祇代为上达天庭。我在一个偶然的机会路经此岛，把他们的要求告诉了帝俊。"说到这里，羲和向巨人们扬扬手说："上面传来口信，说天帝已经知道了。"

说来也巧，羲和的话音刚落，海岛立即停止了摇晃。巨人们呼啦一下跪了满地，然后一阵欢呼，奔走相告。

蚩尤问："姑姑，你到哪里去？"

"我正要到少昊国去找你，没想到你们才走到这儿。"

"有什么急事吗？"

羲和说："我从常羲国回来，发现有大鹗在泰山上空盘旋，经久不去。那大鹗乃钟山神次子钦䲹所化。钦䲹死于天鼋剑下，常思报仇，轩辕大兵往哪里运动，它就飞向哪里，向人们示警。泰山少昊国是你的故乡，我想还是早点儿告诉你为好。"

蚩尤一听，脸色立时大变，说："我要马上赶回去。姑姑，你能帮助我吗？"

"若要天吴送你，要绕很大的圈子，所经之地不在它的势力范围，会有预想不到的周折。不然，又该怎么走呢？"羲和握着长发陷入沉思。

---

[1]《山海经·大荒东经》："有波谷山者，有大人之国。有大人之市，名曰大人之堂。有一大人蹲其上，张其两臂。"

"神姑，不用为难，我们划船把这位小弟弟送走。"说话的是大人国首领龙伯，在别人狂欢的时候，他一直跪在羲和背后。

羲和说："一去几万里，你的竹船何时能到？"

"一日一夜足矣。"龙伯说，"当年我祖身高百丈，脚下生云，往来重洋犹如饭后散步一般。后来身材渐短，为了维持远洋捕食的习惯，习就了划船神技。如今风向水流正当其时，请这位小弟弟就此登舟。"说罢，已有几位年轻人登舟待命。

羲和把一只金环挂在蚩尤的脖子上，又拿出两张薄而柔软的银镜，贴在他的前后胸，说："孩子，大陆上争战激烈，你有天弩在身，难避干系。天帝把那里划作天神禁入区，只有个别的自由神能够出入。你这一去吉凶难卜，姑姑没有办法照顾你。这是我送你的日光环，还有你常羲姑姑送的护心月，今后无论如何，都要活着来见姑姑。"说罢，眼泪簌簌落下。

蚩尤给羲和叩个头，大步走向海边，登上竹舟。水手们以掌代桨，竹舟似一团云雾飞掠浪涛而去。

一日，已经升为财政大臣的管家左彻向轩辕报告说，约有半数的方国、部落不来进贡，国库财源枯竭，用度渐增，难以为继，要求削减脱产军队。力牧说："部落间摩擦械斗频仍，且规模不断升级，不进行武力干预，无法制止。目前已感兵力不足，若再削减，用什么保护百姓安居乐业呢？"

风后说："当务之急是扩大贡品收缴。这不仅是国用必须，也是整治万国割据局面的需要。对不来进贡者，要兴兵问罪。"

轩辕询问详细情况，左彻说："抗贡者各有各的理由，态度强硬者首推夸父。他说，神农时代没有官员和军队，人人自食其力，从来没有强迫纳贡这一说，人们献给炎帝一些方物，只是表示对他的尊敬。到了朱明摄政时，才要求各地进贡，夸父国就不再和朝廷来往了。东夷诸国对神农炎帝历来是尊而不朝，从来就没有听说过还要进贡这回事，只有宿沙国孝敬过一些海盐。共工国的术器也说，早年间只给炎帝送过礼，没有进过什么贡。从各国的进贡情况分析，凡是参与了阪泉之战、打过败仗的部落，都老老实实地前来朝贡，其他的都在找借口软磨硬抗。"

轩辕同意风后的意见，决定对不朝不贡者进行讨伐。在讨论首先征讨谁家时，力牧说："有熊北面不远处有个昆吾丘，听说那里出产赤金，所产兵器坚韧异常，锋利无比，已列入贡品；只是昆吾部落依附九淖，仗着东夷联盟的支持，不来朝贡。应迅速拿下昆吾，有利器在手，其他部族就好对付了。"

轩辕派飞毛腿居余连夜到昆吾侦察。第二天，居余赶回来报告说，昆吾丘两面临水，一面是竹林，地势险要，易守难攻，不过好像没有设防。但见丘上炉火熊熊，人影幢幢，没有看到兵士守卫。轩辕当即命力牧出兵，隐蔽行军，夜间突袭，速战速决。

发兵三天后，居余上气不接下气地跑来报告，说："力牧将军请您前去破阵。"

轩辕惊问："什么阵能阻挡力牧大将军？"

"飞石阵。当部队到达昆吾时，仍不见对方有部队行动，力牧将军迅速带兵冲上。这时，百步外的一方巨大的山石忽然隆隆飞来，落在将军面前，挡住他的去路。巨石落地，犹如发生一场地震，人马都被吓趴在地。随后，一阵急雨从空中洒下，烫得兵士和虎、豹、熊、罴哇哇乱叫，遍地打滚。只好退下阵来。"

"什么人能运动山石？雨又怎么会烫伤人？"轩辕不解地问。

风后说："听说泰山有个奇人石敢当，能飞空运石，落地生根，只守不攻，无人能够逾越，莫非是他？那滚烫的雨点儿，定是炼炉中的赤金溶液，被当空抛洒。"

居余说："力牧将军也这么认为。他说，赤金液数量有限，容易对付，只是这飞石阵无计可破，想请您用天鼋剑试一试。"

轩辕思忖良久，款款地说："突袭不成，变成旷日攻坚，对我十分不利。我估计他们的援军可能已经到了。地形易守难攻,一个飞石阵就使天鼋剑难以对付了,再加上坚兵利器,猛将悍卒,强攻胜算不大。如果能调虎离山,并进一步懈怠援兵,待机二次偷袭,倒有拿下昆吾的希望。"

风后说:"石敢当是个孝子,他的母亲在泰山隐居。如果发兵泰山,则有可能把他调回去,还可以牵制少昊援兵。"轩辕说:"正合吾意。"随即命居余通知力牧撤兵,自己亲自挂帅,以讨伐少昊国不朝不贡为名,出兵东征。

少昊鸷率领他的猛禽队抵达昆吾增援时,力牧已拔寨撤军了。这时,少昊般派晨风鸟送来鸡毛信,让他即时回国。少昊鸷嘱咐石敢当和赶来增援的西岳,要坚守昆吾,不懈怠,不出击,等候他的指令。随后又率队返程。进入少昊国不久,少昊鸷在空中发现,一支队伍打着黄色天鼋旗号,士卒和猛兽相间,正在迅速地向山岔口攀登。冲在前面的,是一名仪态庄严的将帅,胯下白马目射金光,神骏无比。少昊鸷判断,此人定是轩辕无疑。另一支队伍急匆匆地从对面赶来,那是由他的少昊氏兄弟倍伐率领的本国武士。

眼看轩辕就要捷足先登,率先抢占岔口,少昊鸷急中生智,高声断喝:"轩辕看箭!"雨矢应声射下。同时,六十四只猛禽也一齐向下俯冲。轩辕闻得声响,顺势拔剑,转身一举,雨矢便无声无息地消失在剑芒里。轩辕勒转马头,但见虎豹熊罴个个仰卧在地,四脚上踢;战士们一手举盾,一手舞剑,抵挡着来自猛禽的凌空一击。有几只大胆的猛禽竟然伸爪向轩辕抓来,天鼋剑剑芒吐露,猛禽立时铩羽坠地。

趁了这个工夫,少昊鸷已经稳稳地站在岔口上,手持夷弩,怒目而视。轩辕说:"驾猛禽偷袭者,莫非就是少昊鸷?"

"轩辕!你既知我名,为何敢来犯我国土?"少昊鸷对昌意印象不好,也株连到他的老子,气势汹汹地质问。

轩辕笑笑说:"率天之下,莫非王土;四海之内,莫非王臣。

少昊鸷,你既然知道本摄政到了,就该率众具酒,夹道迎接,为何还来偷袭?该当何罪?"

"我只知道有个天子炎帝,哪晓得什么鸟摄政!这摄政又是干什么吃的?"

少昊鸷出言不逊,激怒了轩辕,他拔剑一指,说:"少昊鸷,你听着,摄政王就是专门收拾你这种不朝不贡、不尊不敬的蛮夷野民的,还不给我跪下!"

少昊鸷冷笑一声说:"我跪天跪地跪祖宗,从来不跪乌龟王八蛋!"说罢,张弓控弦,瞄准吉量的马头。

倒霉的太岁

轩辕大怒,天鼋剑舞作一团红球,罩住人马,直向少昊鸷冲来,视夷弩雨矢如无物。少昊鸷大惊,没想到夷弩竟变得这样无用。他抛下夷弩,从背后拔出酋矛,连人带矛撞将上去。只听惊天动地一声响,火球不见了,轩辕横剑立马,岿然不动,少昊鸷却像皮球碰到墙上,应声弹了回来。他手中的赤金酋矛,像刚从锻炉中抽出一般,通红滚烫。

少昊鸷毫不犹豫,运气奋力一掷,酋矛破空飞出,扎向轩辕面门。轩辕不慌不忙,举剑一挥,用剑身拈住酋矛,顺势打了几个旋儿,口中说道:"还你去吧!"经天鼋剑一旋一抛,酋矛的力道陡增十倍,夹杂着风声,又掉头飞回,势若流星。少昊鸷顿时感到一股不可抗拒的力量迎面扑来。他两手空空,抵挡不了,躲闪不及,只好双目紧闭,束手待毙。

随着酋矛的抛出,轩辕正要拍马向前,忽见那支金光闪闪的酋矛又飞了回来，势若泰山压顶！他急忙举剑一拨，就势倒身躲过，已惊出一身冷汗。

一位壮士护在少昊鸷的前面，短发虬髯，目射神光，手握宝剑提防着轩辕的进攻。轩辕勒马站定，问道："来者何人？报上名来！"

"入耳不雅，唤作蚩尤。"蚩尤回答。他早就隐身在一棵树上，如果不是少昊鸷面临险境，他不打算和轩辕直接冲突，因为他知道，这位轩辕就是女魃的亲生父亲。

轩辕目不转睛地打量着蚩尤，忽然问道："你就是把句龙逐出共工国的东夷首领吧，那么，你手中的兵器就是天弩啦？"

"有人这么说。如果你也认为它就是天弩，我就更相信了。"蚩尤回答后，又反问道："我知道朱明是炎帝摄政，你地处北戎，又是哪家的摄政？"

轩辕笑道："蚩尤，你好像不食人间烟火似的，世间发生这么大的事件，难道还没有耳闻吗？那朱明已经尽忠成神了，摄政一职，已由鄙人暂充。"

蚩尤说："我刚从海外归来。记得朱明摄政时，只在炎帝族团中发号施令，如今你跑到东夷来耀武扬威，不是超越职权了吗？"

听了蚩尤的发问，轩辕还剑入鞘，微微一笑说："问得好。神农炎帝是天子，是天下公认的共主，天子摄政，自然要以治理天下为己任。朱明没有做到，想是事出有因，我作为继任，不便多作评论，本摄政却是不敢懈怠，不敢宽纵自己。"

蚩尤也收起天弩，竖起拇指说："说得好，果然是英雄见地。不过，我还有一个不解之惑，想听听先生高见。"

"请讲。"

"神农氏德行高尚，功业卓著，不事攻伐而天下归心。正因为如此，俞罔虽然久不视事，万国依然拥戴如故。而先生您的德行尚不显于当世，雨露还不曾普降于黎民，凭什么让人们服从呢？"

轩辕下马，倚马而立，说："这个问题确实需要讨论。我认为，神农之世，小国寡民，人人自食其力，古朴纯真，得到一些好处，便会感恩戴德，没齿不忘；而今，人们物欲膨胀，道德弱化，弱肉强食，已非昔时矣！其实，俞罔早已看破世俗。他肯定明白，只凭德行已不足以治理天下，但又不可违背祖宗旧制，于是只好隐居不出，用采药行医抒发自己的爱民之心。诸侯们明知俞罔不再过问政治，还要拥戴他为天子，这除了迎合人们对神农氏的崇拜情愫外，还隐藏着一个不可告人的目的，就是自己想当天子，先阻止别人去争天子之位。"

蚩尤击节称赞道："先生言之有理，令蚩尤茅塞顿开。先生可否告诉我，在如此形势下，你这个摄政该如何去做呢？"

"广种五谷，护养万民，修德振兵，安抚四方。"轩辕胸有成竹，屈指道来，末了又加上一句："若有不顺从者，则要兴兵问罪，以儆效尤。"

"先生自信能够用武力征服天下吗？您可知天外有天，人外有人。今天您来攻打少昊，恐怕就难过我这道关。"蚩尤说，并拍拍手中宝剑。

轩辕说："天弩被传得神乎其神。早年间，天神危持我的天鼋剑，败在一个小孩子手下，据他说也是遇上了天弩，对此我一直半信半疑。今日有幸一试，大慰平生。请亮剑吧！"说罢，翻身上马。

两位绝顶高手，两件盖世神异兵器，狭路相逢，一争高下，上演出一场空前绝后的比斗。他们时而腾空，时而落地，从泰山打到大野泽，从泗水打到东海，一路惊天动地、翻江倒海。山神水怪、魑魅魍魉，一个个战战兢兢地躲在暗处偷窥，不敢露头；连天神们也都高高地站在云头上观看，不时发出惊叹之声。

自从在伏羲洞里经过女娲点化以后，天弩便以长"五兵"和短"五兵"等十种形态出现，与人对打，蚩尤也不敢动用唯一的一次使用权，轻易启动天弩的毁灭性打击威力。因此，天弩和天鼋剑对阵，正是棋逢对手。蚩尤吃过西王母赠送的丹丸，这时发挥了作用。他不吃不喝，浑身的力量却源源不绝。轩辕有玉膏垫底，不饥不渴，精力充沛。二人打了七天七夜，不分胜败。只是苦了白马吉量。它虽然是匹神驹，也经不起如此折腾，何况还驮着个身高体重的大活人！

　　轩辕见吉量大汗淋漓，动作迟缓，欲下马步战，又怕不及蚩尤敏捷灵活，便要求暂停。他放白马去吃草，自己走近蚩尤，说："咱们二人难分胜负，如果相互为敌，天下难得安宁；若是携起手来，定能早日平定四方，统一海内。不知你意下如何？"

　　蚩尤想了想说："我刚从日出之国回来，羲和养了十个太阳，却只能有一个轮值升天，多了就要出灾祸；又有谚语说，一山容不下二虎，一国不可有二王。我和你都曾得到过炎帝俞罔的授权，究竟以谁为主呢？我的那些东夷弟兄们，不会跟着我拜在你的帐下，难道你会甘心接受我的驱使吗？"

　　轩辕说："看来这个议题只能暂且搁置。不过，强弱胜负，不是由咱俩单打独斗决定的，下一步，只好调动军旅，在战场上一决雌雄。"

　　"奉陪到底。"蚩尤说。

　　轩辕又说："我有话在先，不知你是否同意？"

　　"请讲。"

　　"胜者接班做天子，败者甘愿为辅臣。"

　　"好，一言为定！"

　　在空旷的原野上，轩辕的部队摆成一字长蛇阵，虎豹营和骑兵排在蛇头蛇尾，中间是熊罴营和弓箭手。天鼋杏黄旗迎风招展，大阵像海浪一样汹涌滚进。东夷的人马还不到对方的一半，编成方阵，龟息一般卧在那里一动不动。当两阵接近时，长蛇阵中飞出密集的雕翎箭，那是肃慎国贡来的楛矢，能穿透两层牛皮盾牌。不过东夷的盾牌是用藤条编制的，上面还涂着一层厚厚的树漆。只听得一阵"嘣嘣"乱响，楛矢都被一人高的藤牌挡在阵外。

　　长蛇阵步步逼近，方阵依然没有动静。由于处于蛇头蛇尾的虎豹和骑兵行进速度快，中间的熊罴和走卒跑得慢，一字长蛇阵已变成弧形，对东夷方阵形成包围之势。这时，只听方阵中号角连天，藤牌间伸出上下两排大弩，利箭如雨，穿透对阵的牛皮盾，跑在前面的北狄士卒纷纷倒地。

轩辕站在高处掠阵，见状吃了一惊。他没有料到，这东夷大弩，是工匠大师少昊般发明的一种新式武器，临阵时一人上弦，一人射击，又准又狠。那箭镞更非寻常，本是用昆吾赤金铸成，穿革透甲如戳朽木。

长蛇阵运势正盛，并不因遇到阻挡而停顿，后浪拥着前浪，很快与方阵短兵相接。这时，方阵变动，弓弩手和盾牌后撤，长枪队换上前来。前排的勇士挺枪刺敌，后排的战士把长枪架在前排战友的肩上进行保护。这支队伍是少昊国的精锐，训练有素，所配置的枪矛都是用赤金锻制的，锋利异常。轩辕的兵士用的都是木石兵器，猛兽再凶也不过是皮肉之躯、爪牙功夫，怎敌得坚兵利器？方阵保持着不变的队形，在包围圈中攻前击后，左冲右突，专拣敌兵麇集处进击。所到之处，轩辕士卒折戟断戈，血肉横飞，抱头鼠窜。

轩辕见东夷兵团愈战愈勇，自己的部队不仅不能围歼它，反而被冲得七零八落，死伤惨重，才真正意识到，敌兵手中那些金光闪闪的赤金兵器是何等厉害，在装备精良的敌军面前，自己那些手持木棒石刀的儿郎，还有那些张牙舞爪的野兽，简直就像可怜的羔羊，任人宰割。他把杏黄旗连连挥动，熊罴虎豹、马步儿郎潮水般溃退下去。见敌兵逃跑，方阵忽然爆炸似的散开，人自为战，呼啦啦扑向溃兵。空中的猛禽也趁火打劫，大显身手。轩辕正在焦急，忽然喊声大作，迎面闯来两支兵马，截住追击的散兵厮杀。蚩尤见对方援兵赶到，急令收兵。少昊鸷命兵士用刀剑相互击打，发出"叮叮当当"的响声，招呼战士回来。轩辕止住援兵没有追赶，只捉了几个深入重围的东夷健卒回营。

原来，轩辕走后，风后很不放心，又宣调力牧和昌意赶来接应。

轩辕对他们讲了讲战况，说："蚩尤和他的天弩，怕是当今天下第一，而用赤金兵器武装起来的东夷军团，更是所向披靡。我想暂时撤兵，避避锋芒。"

力牧说："少昊军是东夷的主力，也是昆吾的后盾，如果不及早集中力量消灭它，东夷诸国就会更加嚣张，坐大成势，昆吾也很难攻破。"

昌意也说："来时风后让我向您建议，出兵东夷，是摄政王平定海内的首发战事，是显示威武、震慑不恭者的重要举措，是关乎能否立足中原的大计，要有个好结果。我想，就是想罢兵，也要胜上一阵才好。"

轩辕没有表态。他示意别人止步，一个人登上小山冈，双脚成八字立定，两臂朝天张开，面对星空，默默祈祷。约一个时辰，轩辕步下山来，进帐后对力牧、昌意说："明天派人到蚩尤营中下战书，约定后天会战，我要破他的方阵。把抓获的俘虏送去，把我们的伤员换回来。"接着又解释说："从今天的交战过程看，少昊的方阵结构严谨，枪矛如林，进退一致，坚如磐石，只有当它散开时，我们才有机会取胜。双方对阵，要掌握时机。当方阵散乱时，听我的号令，众将要带队迅速冲击，分割包围，以多胜少，各个击破。"力牧等连声诺诺，分头布置。

有两个邻国于夷和方夷赶来支援，蚩尤把他们列在方阵的侧后方，以成掎角之势。轩辕的三个军团成"品"字形排列，前排是清一色的马队。这一次，双方都没有主动进攻，站住阵脚后，互相观望。力牧一眼望见少昊鸷的赤金长矛，大声喊叫："鸷兄弟，久违了。听说你换了支赤金矛，能不能到阵前叫我见识见识？我的彤弓比不上夷弩，要是大枪也不行，可就甘拜下风了。"说罢，跳下坐骑，提枪出阵。因为少昊鸷是步战，力牧也不想借助他的坐骑诸怀。这时，少昊鸷已经跳到两阵中间，把长矛倒掷给力牧，说："你先看看这玩意儿，好小心点儿！"力牧用手摸摸锋刃，把长矛还给少昊，说："好厉害！不过我招架上百回合不成问题。"两人不再搭话，枪来矛往，战作一团。

力牧和少昊鸷斗到一百多个回合，不分胜败。这时只听轩辕高声呼唤："值年太岁何在？"话音刚落，一团牛肝状的白色肉团忽然破土而出，蠕蠕而动。少昊鸷一脚踩上，跌了一跤。力牧硬生生地收住大枪，伸手将他拽起，问："鸷老弟，怎么了？"少昊鸷低头一看，急忙跳开，抱拳说："今天踩到了岁神，很是晦气，咱们改日再比试吧。"说罢，仓皇入列。

原来，为了监控人间，天庭组织了一个星官团，计有六十位天神组成。他们依六十年为一轮，顺序值年，周而复始，循环不息。值年的星官多在地面以下行走，掌管人间一年的祸福，不请示，不报告，大权独揽。人们称当年降居人间的星官为太岁或岁神，对其极是敬畏，谁要是敢在太岁头上动土，可就倒了一辈子的血霉。早年间，中皇子传授给轩辕一套祈天功法，可与天神进行沟通。那天夜里，轩辕发出求救信号，因诸天神有天庭密令约束，没有回应，只有值年太岁答应阵前帮忙。

再看两军阵前。那太岁见风就长，不一时体大如象，口鼻依稀可见。轩辕的兵马凶兽对太岁之说不甚了了，只是好奇地观看；而东夷人信奉太岁，见状个个毛骨悚然，惊恐万状。方阵中一片骚动，于夷和方夷两支援军已约束不住，开始后撤。轩辕静观局势，只待方阵乱象呈现，便下令冲击。

这时，恼了在一旁观敌掠阵的蚩尤。他大吼一声，喝道："何处妖孽作祟，冒充太岁，乱我军心，看我收拾你这个肉球！"说罢，跳到太岁身上，挥剑狂削。东夷战士惊得目瞪口呆。少昊鸷、少昊般大叫："大帅不怕，咱们也不怕！站好队列！"只听"唰唰唰"一阵响动，方阵枪矛森严，重新稳住阵脚。

蚩尤削得快，肉团长得更快。蚩尤气冲牛斗，一把剑变作两把，风车似的飞舞。肉片被甩到半空，又如天女散花一般抛下地来。人们一片哗然,生怕沾上晦气,躲闪唯恐不及。只有虎豹熊罴呜哇乱叫,欢欣鼓舞。原来天上掉下来的这些肉片,犹如猪耳,咀嚼起来津津有味。群兽们野性大发,为争美味相互争抢撕咬,更有一些嗅觉灵敏者发现了食物来源,忘了军纪约束,不顾一切扑向太岁,一顿大嚼。

轩辕大惊,急令击磬收兵。驯兽师们连拉带抽,好不容易才弄走恋恋不舍的虎豹们。蚩尤见战士惊魂未定,不便追敌,也引兵去矣。

太岁萎缩在地,见轩辕走来,摇身变作人形:大脑袋,大肚皮,短腿,长脚,光光的脑袋上削掉一块儿皮,脚后跟青筋裸露。他怒气冲冲地说:"你走吧,以后不要再找我!如果天弩不爆发神威,一个蚩尤我还能对付;没想到你的虎狼之师也来帮他糟践本神,差点儿没把我的命根儿咬掉。我劝你还是先把自己的队伍管教好,再麻烦别人吧!"说罢,化作一摊清水,霎时没入地下。

九天玄女[1]

轩辕被太岁抢白一顿,好不惭愧,姗姗回营,怒涌心头。他想,若不重创蚩尤一阵,上被神祇小瞧,下使诸侯生异。少昊军训练有素,蚩尤孔武睿智,非智取不能获胜。轩辕到得营门,已有妙计在胸。他对力牧、昌意说:"敌营今夜必无防备。各部挑选精兵,不带熊罴虎豹,三更时分随我前去劫寨,定有收获。"二人诺诺连声,忙去准备。

---

[1]《史记·五帝本纪》注引《龙鱼河图》:"黄帝摄政,有蚩尤兄弟八十一人,并兽身人语,铜头铁额,食砂石子,造立兵杖大弩,威震天下,诛杀无道,不仁慈。万民欲令黄帝行天子事,黄帝以仁义不能禁止蚩尤,乃仰天而叹。天遣玄女下授黄帝兵信神符,制服蚩尤。帝因使之主兵,以制八方。"

繁星满天。轩辕和力牧率队在前，昌意领兵在后接应，悄悄地接近蚩尤营寨。说是营寨，实际上既无壕堑，也无鹿角栅栏，士兵们三五成堆地、有次序地宿在一个山丘上，枕戈而卧。轩辕见敌营没有设防，指挥人马不声不响地摸上去。忽然，一声狗叫，惊起众犬狂吠。轩辕发一声喊，一马当先抢上丘顶。少昊兵将一片惊慌，乱作一团。这时，忽然大雾骤至，把个山丘罩得严严实实，五步开外，便是混沌世界。

轩辕回顾左右，不见军兵跟进，却发现无数山精树怪、魑魅魍魉，在马前马后腾挪跳跃，发出刺耳的尖叫。轩辕拔剑挥赶，因阴气太重，天鼋剑竟发不出电光来。吉量不堪骚扰，神情狂躁，东窜西撞，不听驾驭。但不管跑到哪里，这团浓雾都会追随在周围；而那些魑魅也如影随形，死缠着不放。

大半夜过去了，轩辕被搅得人困马乏。他不知来到何地，也不辨东西南北。在他正不知如何摆脱困境时，忽见方相抡着桃木棍打进圈来，精怪们纷纷闪开，但依然不即不离地在浓雾中出没。

方相引着轩辕，一步步冲出大雾，不想却登上了一个山头。仰望碧海青天，星辰伸手可扪；脚下，浓雾弥漫，鬼影幢幢，整个山头像在雾中悬浮着一般。方相对轩辕说："这几天，我一直关注着战事的进展。我们是少昊国的一个部落，不能帮你打仗；但在朋友危难时伸手帮个忙，还是能够取得国人原谅的。听说蚩尤会吞云吐雾、役使鬼魅，眼前这情景定是他制造的；不然，鬼魅们见了我的哭丧棒，早就逃得没影了。你在这里等天亮，我去看看昌意、力牧他们怎样了。"

太阳出来了，天空一片光明。但轩辕脚下的浓雾不但没有被驱散，反而融入茫茫云海。放眼望去，几个山头像小舟似的在大海中漂浮。轩辕几次试图下山，都险些被雾霭鬼魅所迷，无奈退守山巅。夜里，轩辕跪坐在草丛间，不思不想，默然入定，身心和宇宙融为一体，意念飘忽于星斗之间。

忽然，一颗流星扑面而来，轩辕不躲不避，定睛观看，原来是一只人面鸟身的燕子飞来，落地变作一位女郎，身披黑纱，长裙拖地，目若朗星，闪烁着智慧之光，对轩辕说："我是九天玄女，悠悠然行走在宇宙之中，不受天帝戒令约束。刚才收到了你的意念，不知你想求得什么，请对我说吧！"

事发突然，轩辕惊魂未定，以至于还有些拘谨，大失往常风度，连连叩首，拣最重要的来了个狮子大开口，说："小子欲得万战万胜之法。"

玄女笑笑说："天鼋，你贪心太重了。不要说万战万胜，即是十战九胜之法，天上地下也难于寻找。我这里倒有不战而胜之法和九败一胜之法，不知你是否感兴趣？"

轩辕此时已恢复常态，不卑不亢地说："不战而胜，在下闻所未闻；有此妙法，怎能不令人求之若渴呢！至于九败一胜之法，是否有些太过辛苦？不过，在万不得已时，也不妨一用。请道其详。"

玄女说："不战而胜，有以德服人和以威慑人两种，都是平定天下、统一海内的上上之策；不过，都需要有天覆地载、包容万物的肚量和气概。九败一胜之法虽为下下之策，但没有非凡的韧性和百折不挠的精神，是万万做不到的。若一旦取胜，即为神圣之君，代代传诵，成为后世之楷模。"

"既如此，敬请上神指教，轩辕洗耳恭听。"轩辕说。

玄女拿出一只卷筒，递给轩辕："都在这部天书上，随时浏览就行了。"

轩辕展开一瞧，原来是一片无花果树叶，已经发黄，正反两面连一个书画的痕迹都没有。玄女见他惊愕的样子，解释说："不要着急，等到需要问计的时候，它才显现出内容来。"

轩辕说："我被困已经两天两夜，走投无路，书上怎么不见有计教我脱身呢？"

"这是天书，是讲方略的，一阵一役之争岂用写在天书上？"说话间，玄女从身上摸出一颗蛇卵大小、乌亮的珠子递给轩辕，"你把这颗玄珠顶在头上,就能走出蚩尤的迷魂阵了。记住,千万不要吞到肚子里。"玄珠发出暖融融的毫光,照亮玄女的眉目,她的额头上好像镶着一粒珠子,隐隐有光。

轩辕突然问道:"您就是教过素女房中术的无名神女吧?我们既然有缘相遇,能否也指点轩辕一二?"他曾听素女说过,她的房中术是一位额上镶着宝珠的女神传授的。

玄女莞尔一笑说:"天鼋虽然蒙尘,但天性未改。那素女天资聪明,举一反三,早已青出于蓝而胜于蓝了。你既然经常与她切磋,想必早得玄妙,哪里还用我来指点?"说罢,倏忽不见。

一切又恢复了夜的沉寂。轩辕感到一阵落寞,遥望繁星点点,似乎做了一场梦。他从怀里摸出天书和玄珠,二物赫然在目。这时,天书忽然发出一阵悦耳的音乐,接着金光闪闪,呈现出一幅清晰的画面。轩辕惊喜莫名,仔细审视,口中喃喃自语:"果然是不战而胜的一步好棋。"他收起天书,将玄珠缠入发际,拍马下山。轩辕所到之处,顿时雾消云散;魑魅魍魉也随之敛形匿迹,不知去向。此时,轩辕方知玄珠妙用无穷,原来是一件罕见宝物。

颛顼得而复失,甚至连蚩尤、伯夷父也一起从陆地上蒸发,令淖子想了很多。她相信自己的儿子是天上星宿下凡,蚩尤也大有来历,此去定是有惊无险;但儿子不在身边,又去向不明,做母亲的无论如何放心不下。她骑着大象找遍沿海地面,又请少昊鸷继续驾鹰巡察近海诸岛,希望能发现颛顼的蛛丝马迹。作为一国之母,作为东夷联盟的中枢人物,淖子表现出女性难得的自制和沉着。她照常视察民情,处置政务,迎来送往;只是在日暮人静时,独自一人登上山丘,遥望夜空,似乎要从那些数不尽的星星中找出她的儿子来。

这天,第一颗星星刚刚露面,淖子发现一队战鹰排成人字形,在天际出现。这种情况已经有过好多次,每一次都没有带来好消息,但少昊鸷的到来还是令她激动。淖子在国内位高权重,也受到东夷各国的推崇,自尊心得到极大的满足。说心里话,作为一个青年女子,她更需要爱情。但她隐隐感到，随着她地位的提高，少昊鸷的爱却在降温；过去那种令她心魄震荡的激情越来越少见了，甚至飞来九淖的次数也明显减少了。她不知道发生了什么，他也没有说过什么。难道是因为三年婚约过期啦？按族规，若因某种原因推迟了新一轮派对，夫妻双方应该继续履行义务；何况，自己至今还没有提出过招亲计划呢！

令淖子意想不到的是，蚩尤和少昊鸷一同降落在她的面前。她抑制住内心的激动，平静地说："叔叔回来了。伯夷父和颛顼呢？"

"暂时安置在少昊国。"蚩尤说，"少昊国王对他们像亲人一样，嫂子，你放心好啦。"

淖子对少昊鸷说："还是早些把他们送回来好，国人都望眼欲穿了。"

少昊鸷笑道："你以为是在我那里吗？他们在东海之外、太阳升起的地方，那里也有个少昊国。你还是先听听蚩尤兄弟的经历吧！"

听了蚩尤的历险奇遇，淖子更加坚信，自己的儿子肩负着治理天下的使命，他的一切行动都是上天的安排。这不，为躲避战乱，专程把他接到了海外；还特意让德高望重、博学多才的伯夷父跟去，正好做他的老师。若不是天意，哪儿能这么巧呢？心里一块石头落地，淖子的脸上又呈现出灿烂的朝霞。她好久没有这样开心了。

听说蚩尤回来了，东夷各部落的首领们纷纷来到九淖。大家要求联合抗缴贡品。蚩尤说："轩辕志在海内，养了很多兵，没人进贡，给养从何而来？大家要武力抗贡，就得组织武装，准备长期抗敌保土。有了武装，就要收缴田赋，供应军需。到那时，你们的部落内，也可能会有氏族起来抗赋，可要事先给大家讲明白。"大家说，保卫社稷，人人有责，宁肯抗争到底，也不向北狄称臣纳贡。

蚩尤选了九个较大的诸侯国，每国组成一旅，每旅下辖九队，共九九八十一个战斗队，作为东夷联盟的主力部队。各队的首领由氏族通过大比武选拔产生，一个比一个强悍，一个比一个武艺高强；

而他们中间最出色的那一位，便被择为旅长。各旅各队的一切军需用品，都由本国、本氏族供给。为提高战斗力，还给这些小分队配备了赤金兵器，不过都必须用物品进行交换，以维持制金人员的生计。

蚩尤与淖子商量，命伯夷父的儿子西岳制订军法军纪。西岳文武双全，又有家学渊源，不负重托，拿出一套管理办法。其中规定，各旅各队，平时均由本国国王、本族族长节制；联合作战时，听从联盟统帅的调动。为严肃军纪，还颁布了刑法，叫作"象刑"。违纪者要处以割耳剐鼻等伤害肢体的处罚。不过不是真的割耳剐鼻，而是在犯事者的衣服上画上所受刑罚的图形，以示惩戒。当时人心淳朴，羞耻感极重，只此一举，已令族人胆战心惊，不敢越雷池一步。

东夷军事联盟初定。淖子提议，正式推举蚩尤为联盟统帅。蚩尤掏出在泰山顶上拣到的陶片，把那幅朝霞丽日图绣在帅旗上，作为标志，人唤蚩尤旗。各部族无不欢欣鼓舞，忙着习武备战，公开举起抗击有熊氏的大旗。

少昊鸷陪同蚩尤到各国视察一遭，见诸事都有了头绪，便对淖子说："你曾经说过，蚩尤兄弟不在就不进行第二轮招亲，现在应该开始了吧？还是不要坏了九淖的规矩。"淖子点点头。蚩尤插话："鸷大哥，你必须作为候选人参加进来。"

"只要你参加，我肯定会来捧场。"少昊鸷说，"不过，我就没必要试婚了。少昊的军队需要扩大编制，我得回去张罗张罗，淖子就由你照顾一下吧。"

女娃惊浪

一天，九淖国来了一位客人，他就是共工国的旅行家行修。蚩尤和淖子接见了他,并拉来西岳作陪。问起旅途见闻,行修说:"我在西海之外行走,不知犯了当地什么规矩,遭到一头狮身人面兽的追逐,多亏一位神人的搭救。这位神生得人面虎爪,浑身白毛,左耳上挂着长蛇,乘坐着两条龙,手执大钺,极是威武骇人。他自报家门,说名叫蓐收,是西方少昊金天氏保护神,向我打听当年东迁少昊氏后裔的下落。我告诉他,东方泰山有个少昊国,我的朋友在那里当首领。蓐收非常高兴,托我捎信问候。"蚩尤说:"这就奇了。东海之外也有个少昊国,看来这少昊氏真是源远流长,子孙遍及天下!"

听着他们谈话,淖子心中暗想:颛顼可能真是鹜大哥的亲生儿子,是纯正的少昊氏后裔;若能得到海外东西两个少昊国的支持,对他建立中央帝国是很有帮助的。当然,最主要的是要依靠蚩尤打天下,他是当今的一个大英雄……

淖子正在浮想联翩,忽听行修改变了话题:"你和女娃的婚事怎样啦?我从漳河岸边走,发现一个女孩在游泳,不知是不是她。"

"你看清楚啦?"蚩尤浑身一震,急忙问道,"不管是不是她,我都要去看看。我已经好长时间没见到她了。"蚩尤没有把被女娃斥逐的往事说出来,但细心的淖子从他的眼神中读出了他的幽幽心事。行修说,他受仓颉之托,在西方各地收集了一些字符,要赶去交给他,便匆匆告辞。蚩尤也起身赶赴太行。

近来海水倒灌,侵入陆地低洼处,漳水出山不久便是一片汪洋。漳河入海口呈喇叭口状,浪涛涌来,发出隆隆声响。一位女子在广阔的水面上戏水冲浪。蚩尤眼尖,看准了她就是女娃。有了上次的教训,他不敢贸然喊叫,便悄悄躲起来观望,思量着和她见面的方式。

天气突变。东南上空乌云如山,飓风骤起。海水夺路叠进,波涛一浪高过一浪,潮头形如立墙,势若冲天。起初,女娃随浪颠簸,上抛下跌,不时兴奋地尖叫,令蚩尤大为佩服。他没有想到,一个如此柔弱的小女子，竟然把惊涛骇浪当作戏耍的场所！看到后来，一个个巨浪凌空压下，女娃好长时间没有钻出水面。蚩尤担心了。这时，从西山飞来一群精卫鸟，乌压压的，黑云般在女娃没水处会集。它们用叼来的树枝结成一个环状鸟巢，向下抛去。

女娃有难！精卫鸟在搭救它们的主人！一个不祥的念头在蚩尤脑海浮现。他一跃而起，跳在半空，一头扎入鸟群聚会处的水中。海水"哗啦"剖分开来——蚩尤身上带有避水珠——直到水底，发现女娃被一只硕大的章鱼吸住，脱身不得，一口气已憋得脸色发紫。蚩尤拔剑砍断章鱼的几只吸盘，抱起女娃飞奔。精卫鸟见主人久违的男朋友突然现身救美，一片欢呼，叽叽喳喳地随在头顶上护卫。

蚩尤跑到大树下，钻进树洞。女娃的身体像一束素帛一样轻柔，他再次惊叹她那坚韧不拔的精神和毅力，敬佩之情油然而生。"上面风大，就在这儿歇下吧。"女娃忽然开口说话，不过仍然紧抱着蚩尤不放。

他们都不说话，就这样拥抱着。那种令蚩尤刻骨铭心的体香使他陶醉，使他亢奋，他似乎又进入梦境。清凉的树巢，幽静的森林，阳光下波光粼粼的漳河水，还有那整夜整夜陪伴着他们的满天星斗，弯弯的月亮……他们尽情地享受着相见的欢愉，抚慰离别的伤痕。

望着滚滚而来的海潮，蚩尤忽然发问："你的短剑呢？以后下水要带上它，就不怕水怪袭击了。"他本不愿提起上次的不愉快，无意间说了出来，马上就后悔了。

"我从来不带剑，也不会使剑。"女娃说。她见蚩尤诧异地望着她，又反问道："你什么时候见我佩过剑哪？"

"好像……是我认错了人。我经常做梦看见你，和你戏耍，恍恍惚惚，亦真亦幻，连这次见面的情景，我都怀疑是在做梦。"蚩尤疑疑惑惑地说，又用牙咬自己的手背。

女娃倒在他的怀里，满腹心事地说："能在梦中见面就是幸福了。别把自己咬醒了，我还想和你在一起多待些时日呢！"

几声鹿鸣传来。女娃警觉地站起来,侧耳细听。又有几声,像是在呼唤同伴。女娃面色黯然,望着蚩尤欲言又止,只是垂泪。蚩尤安慰她说:"有话你就说吧,咱们总会在梦里相会的。"蚩尤懂兽语,他早已听明白,那些鹿是在呼唤女娃,催促她起程。

"我是来做说客的。"女娃淡淡地说,"之所以没有去直接找你,是因为不知道你现在的状况,是不是还记得我的爹爹和我。你找来了,真情犹在,使我的自尊心得到极大的满足。我带来了爹爹给你的指令,不管你接受不接受,我都永远是你忠实的妻子。"说到最后,女娃的声音已经有些颤抖。

蚩尤感到问题重大,但心里很平静,一字一句地说:"神农炎帝封我为工正,赐我家传赭鞭,还把公主嫁给我,我早已是炎帝臣子、神农氏的族人了。大丈夫有恩必报,至死不渝,我怎能拒绝天子指示呢?你就直说吧!"

原来,九天玄女离开轩辕后,又找到俞罔,对他说:"神农氏七代辛劳,呕心沥血,为海内黎民创下千秋伟业,足可万世流芳;只是传到你这一代,政事荒疏,天下纷争,令祖宗在天之灵深感不安。如今世上又有轩辕和蚩尤两大势力并起,战火蔓延,生灵涂炭,也和你的无力节制、随意封官许愿不无关系。解铃还须系铃人,现在正是需要你出面调解的时候。避免一次战争浩劫,胜你行医十年。"说完就不见了。

俞罔一夜没有合眼。他不知道该怎么办,更不愿出面到乱哄哄的世界里去斡旋。第二天,徒弟岐伯驾着鹿车找来,说:"轩辕想请蚩尤做军师,平定宇内祸乱,请天子下一道御旨。"俞罔大喜,没想到这样头疼的事,解决起来竟如此简单。他从衣袍上撕下一块麻布,按照岐伯的示范,用仓颉的图画字写好御旨,交给岐伯,长出了一口气,说:"你快回去吧,不要让他们再打仗了。我也只能做这点儿事,以后也不要再来打扰我了,就只当我死了。"

岐伯站着不动。俞罔说:"你还有事吗?"

"轩辕怕蚩尤不同意，务必劳驾您亲自找他谈谈。"岐伯嗫嗫嚅嚅地说，看样子直想哭。他知道，这是给师傅出了一道难题。俞罔又陷入沉默。

"让我去试试吧。"一直守在旁边的女娃终于开口了，"不过，要多给我一些时日。师兄，你把我送到树巢后，回来替我照顾爹爹，等我回来你才能离开。"

听女娃说完上面的话，蚩尤沉思了好一阵，说："我个人倒好说，只怕我的那些东夷弟兄不服气。不过你放心，我会做到忠义两全的，无论如何也要遵照炎帝的旨意去做，保证让你不辱使命。"说完，把她紧紧搂在怀里。女娃含着眼泪说："我还要照顾爹爹，不能陪伴你；总会有一天，不管你走到哪里，我都要找到你。"

眼看着女娃登上岐伯的鹿车腾空飞去，蚩尤心中涌起阵阵惆怅，懒洋洋地踏上回去的路。他一路走，一路思索着该如何对东夷弟兄们说起。这时，忽然一个声音叫道："蚩尤兄弟，你让我好找！"蚩尤回顾左右，四周空荡荡的，不见一个人影，忽觉一物落在肩膀上。他笑了，说："原来是鹤敌大哥。这些年你都到哪里旅行去啦？"鹤敌焦急地说："我的事以后慢慢说，先说你的事吧，大家都急死了！"

鹤敌说，久不视事的炎帝俞罔，忽然破天荒地昭示海内诸侯，说是要在轩辕国以外的部落中选任一名军师，主持军事，与轩辕共同治理天下。各路英雄已经在有熊城外会聚，拉开了大比武的序幕。比武的规则是，南、西、北、东四个区各自进行小组赛，选出四名优胜者，然后进行循环赛，决出第一名。比赛分为个人武功和用兵布阵两项。淖子他们商议，把这次比赛当作诸侯争霸战来对待，已把联军九旅中战斗队的头领召集起来，组成了一支九九八十一人的精干方队，起名叫飞虎营，在少昊鸷的率领下赶赴有熊。淖子派人满世界寻找蚩尤，她自己也在赶去观战。

有熊南门外已是人山人海。轩辕高坐在城楼上，风后和嫘姑分坐两边。人群中间围出一个宽阔的演武场,淖子和东夷一班头领站在东边厢,昌意也凑了过去,与淖子、少昊鸷打着招呼。四个分组中已有两个决出结果:西片的夸父不战而胜,第一个出线;北片共工国的术器,最后战胜犬戎国酋长,力拔头筹。南片的争夺战还在进行。赤冀凭借百冲杵的威力,分别战胜了伯虑国和雕题国的酋帅,正骑着蚁螟耀武扬威。他一直认为自己的军团是无敌的,北伐的失败完全是朱明战略错误造成的,因此耿耿于怀,想借这个机会找回面子。

这时,从东南方向突然刮来一团旋风,在广场中央悄然而止。一位巨人挺胸鼓肚立在蚁螟头前。蚁螟反应极快,六脚钉地,差点儿没把赤冀摔下来。风后在城楼上轻声说:"怎么他也来啦?"轩辕问:"他是谁?"

"汪芒国国王防风前来挑战,胆小的快快回避!"不待风后介绍,巨人已自报家门,声若飓风呼啸。赤冀大吃一惊,起初以为又遇到三臂巨人,定下神来才发现,这人比三臂人短了一截,且少长了一只手,心下稍安。但赤冀还是不敢轻易接战,想把他打发走了事,于是说:"老弟,你走错门了。汪芒国在东海之滨,你应该先到东方片上去试试运气,跑到南方片来咋呼什么!"

谁知这个傻大个并不好糊弄,他呵呵大笑,说:"反正少不了都要打一遍,打败南方再打东方也不迟。你要是不敢打头阵,就趁早告饶认输,换个大胆的来玩玩。"赤冀大怒,百冲杵一挺三丈,早到防风胸前。防风后撤一步,伸手抓来;不想那杵头像啄木鸟啄木一般,竟没有抓住。

防风干脆跃后三步,抡起簸箕大小的两掌,一下下地向对方扇去。赤冀感到一阵阵强劲的寒风迎面扑来。百冲杵飘飘忽忽,大失准头。两人激战一个时辰后,蚁螟不堪冷冻,寒战不已,身上火色渐退,竟渗出一身的冷汗来!赤冀不敢恋战,忽地跳出圈子,随着一声吆喝,数十只赤蚁冲进场来。

防风仰面哈哈大笑，上空乱云飞渡。就在他的笑声落音不久，一阵狂风呼啦啦刮来，扬起漫天黄沙。等人们睁开眼时，广场上人兽相搏的序幕已经拉开。

原来，防风带来了二十位随从，留在湖边的沙丘上听候消息；听到防风的呼唤，弟兄们驾起狂风，挟沙带水扑向蚁群。他们虽不及防风高大，却也个个赛似金刚，英武绝伦，一阵拳打脚踢，把个赤蚁阵搅得落花流水，庞然大物们落荒而逃。赤冀只好认输，退出比武场。

防风挥手让手下退出，一个人在广场上走来走去，一边高声叫阵："南方片谁还不服？要是没人出阵，鄙人就只好代表诸位向东方片挑战了！"风后议论说："防风能轻而易举地收拾赤冀，说不定真的无对手呢！"轩辕肯定地说："他过不了蚩尤这一关。"说到这里，他才注意到，东夷将士中没有蚩尤的影子，却发现昌意陪坐在一位漂亮女人身边谈笑风生。

只见少昊鸷怒气冲冲，手提长矛迎上防风，喝道："你啰唆什么！我早就不耐烦了。"说罢，分心就刺。他好像心里不痛快，要找人出气似的。

防风虽然高大，动作却十分灵活，反应极快。他侧身闪过少昊鸷的迎面一击，伸手抓住赤金双刃矛，说："好小子，脾气不小，去你的吧！"说着，就想连人带矛扔出去。不料那少昊鸷也非等闲之辈，一个蹲裆千斤坠，如钉在地上一般，倒让防风吃了一惊。他不再大意，双手握住长矛，大喝一声，把少昊鸷当空抡起，连旋几圈随手抛出。场上一片惊叫，连轩辕、嫘姑也站了起来。

威震诸侯

正当人们为少昊鸷的生死揪心时，忽见一群雄鹰从空中滑下，冲向少昊鸷，快似流星。少昊鸷一个漂亮的空翻，跨上鹰背，飘然落地。全场欢声雷动。那少昊鸷跳下战鹰，挺枪扑向防风。这时一个黑影倏忽飞来，抢先向防风撞来。

群鹰空中救主的场景令防风大感惊奇，及至见少昊鸷又来拼命，便摆好架势等候，口中还大声嚷嚷："好小子，还真有两下子。来，来，来！再表演几次，好让大家尽兴。"他的话音刚落，长矛已到面前。防风不管三七二十一，捞起矛头如法炮制。心想，这一次把你小子甩到云彩上去，也让这里人见识见识我防风的威力。

防风的爆发力已足够大，一声呼叫惊飞乌云片片；但对手却纹丝未动，倒差点儿闪了自己的腰。他大吃一惊。定睛观看，才发现对面又换了一张面孔，正笑嘻嘻地说："我叫蚩尤，今日有缘相会。再来，再来，把吃奶的劲儿都用上，我也想到空中去逛逛。"

防风恼羞成怒，一句话也不说便发起威来。只见他向下一蹲，就地打旋，一股龙卷风拔地而起，硬生生刮下一层地皮，直刮得沙尘冲天。蚩尤定身不住，随风旋转，一边和防风过招，一边抗拒着强大的吸力，不多时便被推至空中，抛下地来。蚩尤把长矛拧一拧，变作三尺宝剑，又一头扎进旋风，和防风展开殊死搏斗。

龙卷风在演武场飘来飘去，蚩尤被抛出来又冲进去，不知经过了多少个回合。东夷全体将士都捏着一把汗，全神贯注，随时准备冲上去；连昌意也抽出红崖鞭，护住淖子，以防万一。这时，龙卷风滚滚驰来，还飘洒出零星血雨，大家十分紧张。少昊鸷正要纵身上前，只见蚩尤闪出阵来，推他一把，又转身没入隆隆旋流当中。

龙卷风像是有点儿累了，它越旋越慢，越来越低，最后归于消失，尘埃落定。防风伟岸的身躯僵立在广场中间，从上到下、连胳膊带腿被缠了个结结实实，动弹不得。蚩尤挂着剑站在他的对面傻笑，能缚住这个庞然大物真的好不容易，也真的好开心。这场搏斗前所未见，震撼人心，一时全场鸦雀无声。

"请告诉我你的名字。我要让后世知道，能够战胜防风氏的人是谁。"防风的声音不大，却是嗡嗡作响，全场观众都听得一清二楚。

"在下蚩尤。不过，我得承认，能让你安静下来实在很不容易，这一次纯属侥幸，以后我不太情愿再同你耍斗。"

"有这么一次，我就把祖宗的脸都给丢光了，不会再有下次了。"防风说，"请你把绳解开吧。我还从来没有见过能够捆住我的绳子，能告诉我这件宝物的出处吗？"

蚩尤答道："实在对不起，这是我从别人那里临时借来的东西，还不知道它的底细。"说到这里，蚩尤转身拱手说："昌意兄，劳驾你把宝贝收回吧！"

昌意整个心思都放在淖子身上，似乎已和她融合为一体，这时如梦初醒，才发现手中的红崖鞭不见了，吃了一惊。不过，他不愿意让淖子看出自己的尴尬，于是笑着答道："拿人物件不经允许，很难说清是借还是偷。俗话说，'好借好还，再借不难'，就算你是借吧，不好好奉还，还劳动物主去讨要，以后怎好意思张口来借呢？"

少昊鸷见昌意不仅不知害臊，还打肿脸充胖子，真是无耻之尤！他本想骂人，给昌意点儿难看，却发现淖子很有兴致地听他胡诌，于是硬把话咽进肚子里。只听得蚩尤说："事出仓促，没打招呼，在下就此谢罪。小弟鲁莽，今后若有得罪，还请老兄海涵。"昌意煞有介事地说："念你是初犯，暂且姑息一次，以后可要注意哟！"说罢，连击三掌，将手一招，红崖鞭回到手中。

防风就地起风，消失在东南天际。这里交代几句：自此之后，防风氏安居一隅，不听宣，不听调，只是年年进贡，表示臣服中原王朝。直到颛顼的族孙帝挚，一个昏庸无能的部落首领充任中原盟主时，一支迁居山东半岛的防风氏才又萌生称霸中原的念头。到了夏代，大禹王在会稽大会诸侯，防风氏姗姗来迟，惹得禹王发怒，被斩首示众，成为夏朝政令一统的牺牲品。这件事史书上时时不忘提起，以至后人还知道，在远古万国之林中，曾经有个了不起的防风氏。

全场响起叫好声。东夷将士拥进演武场，把蚩尤抬起来欢呼跳跃，回到队伍里。尽管比赛结果在轩辕的意料中，防风的威力还是令他震惊；而蚩尤的顽强和智慧，再次给他留下深刻的印象，暗想，若能拜蚩尤为军师，实为天下百姓之大幸。等全场静下来，轩辕打算宣布继续进行下面的程序，忽听西片上一人高叫："我们拥护蚩尤为兵主，宣布退出比赛。"他的声音高亢尖利，震人耳鼓。众人循声望去，见此人身高臂长，虽比不上防风魁伟，却也是鹤立鸡群，原来是夸父。

夸父依仗老爷子的威望和几代人经营的实力，独霸一方。先是不买摄政朱明的账，因此没有参与他的北伐战争；后来不满轩辕入主中原，不甘心神农氏天下易主，但孤掌难鸣，不敢兴兵与轩辕争雄，只是被动地抗贡。这次赶来有熊城，小夸父雄心勃勃，想借这个机会战败群雄，夺得军权，进而与轩辕抗衡，重新恢复炎帝族团的统治地位。但防风的出场，使他凉了半截。倘若乃祖老夸父健在的话，哪里允许防风氏跑来中原撒野？他小夸父就不敢夸这个海口了。

直到最后，夸父才看清楚，大战防风的那位英雄原来是蚩尤！这令他大喜过望。蚩尤是炎帝俞罔亲封大臣，有赫鞭在身；蚩尤不仅隆重安葬了他的爷爷老夸父，还完成了老夸父的遗愿，赶跑了天上九个多余的日头。他早就把蚩尤当作了夸父氏的朋友和恩人。今日见蚩尤英勇无敌，手下弟兄身怀绝技，小夸父心中又燃起了匡复炎帝大业的希望。因此，他率先表态，急于把蚩尤推上军师宝座。

轩辕见在诸侯中颇有影响的夸父表了态，认为不会再有人提出挑战。于是站起身来，准备宣布结果。这时，人群中忽然一阵喧哗，城下有一支队伍向演武场开进。这支队伍队形严整，战士个个精壮，每人提着两块方石大夯，一路走一路夯砸地面，直砸得大地咚咚作响，城墙微微颤动。轩辕惊讶地说："这不是共工国的队伍吗，他们这是在干什么？"

共工兵团摆下两个方形大阵：一个在上方，由方头方脑的术器居中主持；一个在下方，主持人是一位身披黑纱的女巫。轩辕从城头上望下去，这两个方阵竟像是河图和洛书！据说，在伏羲时代，从河水里钻出一匹龙马，从洛水中爬出一只神龟，它们的背上披着奇异的花纹，分别称作河图和洛书。虽说轩辕和风后见多识广，这种河图洛书战阵还是第一次见到，他俩不禁饶有兴趣地指指点点。

河图方阵竖六横七排列着四十二个小圆阵，每个小圆阵由五名战士组成。洛书方阵纵三横二，四角上还斜排着数目不等的小圆阵，更显得有些诡秘。只听一通鼓声响过，战士个个将石夯举起，广场上森森然石垒林立，令人望而胆寒。只听术器发话道："天子军师不能只有匹夫之勇，主要看有没有统兵遣将、布阵破敌的本领。谁能在日交正午前打破我的河洛阴阳阵，我就承认他是军师。"说罢，哗啦啦两阵拉开，向东夷联军叫阵。

术器有备而来。这几年，康回神异灵通的天资愈来愈明显。术器和女戚坚信，这孩子将来肯定会霸有天下。句龙归入鲧氏方国后，醉心于勘察、研究治水方略，再也没有过问过共工国政事。因此，支撑、扩大共工氏门户的使命，完全由术器承担起来。他和嫂子女戚都把希望寄托在康回身上，并处心积虑地为康回的前程进行铺垫。共工氏祖上就和江河打交道，精通河图、洛书；术器从采石垒堰、蓄水导流的实践中悟出动与静、刚与柔之间相依相克的奥妙，创制了河洛阴阳阵。这次有熊城大比武，术器志在必得，于是在最后关头推出了自己的杰作。

东夷和共工氏本来就存有历史宿怨，因此，术器的挑衅马上得到了回应。蚩尤一句话也没有说，只是果断地一挥手，东夷方队立即插进两阵中间。轩辕举目观看，发现这支方队的战士更加雄健，装备更先进、更完备。除了手中的长矛大戟等兵器外，每人胸前背后还披着赤金铠甲，头上戴着赤金牛角盔。整个方阵金光耀日，杀气冲天。

术器和女戚各据本阵中心，踏罡步斗，边旋边舞，由慢到快，越旋越疾。河图与洛书两阵开始旋转，既而各自一分为二，又两分为四，突然加速运动，相互靠拢穿插，形成一座高速旋转的石头城，将蚩尤和他的方阵团团围在里面。

东夷兵团发起攻击，兵刃所向，撞出阵阵火花，发现四周都是坚不可摧的岩壁。蚩尤变换阵形，调集重兵器攻其一点，频频冲击，不想那围墙竟如蛇身一般柔韧，可随意弯转曲张，以柔克刚。东夷兵团用尽浑身解数，也无法突出包围圈。

河洛阴阳阵中风雷骤起，飞沙走石；继而大雨滂沱，激流滚滚。东夷战阵中个个都是百里挑一的神勇之士，见惯了风风雨雨，这时的风雨虽然来得怪异，却也不曾乱了阵脚，只是给突围带来更大的困难。风雨过后，天光放亮，激流也消失得干干净净。蚩尤正准备重新发起突围，忽然雷声震天，晴天霹雳一个接着一个，只在战士头顶炸响。蚩尤急忙命大家俯伏在地。

四围各路诸侯惊心动魄。有道是外行看热闹，内行看门道，这时轩辕议论说："术器的河图、洛书两个方阵，就好像是两仪。两仪生四象，四象又裂变为八卦，形成变化莫测的圆阵。曾听人说，伏羲是受到河图、洛书的启发研制成八卦的，难道是真的吗？"

风后说："伏羲东迁过程中曾在河、洛交汇处定居过，他的八卦图也是在这里定稿的，有可能真的见到过龙马、神龟。共工氏代代治理水患，对河图、洛书有较深的研究，把它用于战阵也颇显威力。至于是否已经演化成八卦阵，还要看下面的进展。"

此时的蚩尤已惊出一身冷汗。他和轩辕想的一样，认为自己的队伍已经陷入八卦阵中。按八卦推演，霹雳过后，必定是天火降临。眼下唯一的出路，是抢在天火降临之前破阵，否则，赤金遇火，将面临灭顶之灾。他下意识地抽动天弩。万不得已，他想起用那唯一的一次主动权，用天弩的毁灭性一击，来拯救自己的弟兄。这个念头一动，蚩尤耳边立即响起了女娲的告诫。八卦阵外人山人海，那里面也有淖子和他的东夷子民，无数生命将在一瞬间同归于尽。他的手颤抖了，缩回了。

蚩尤把天弩变作一根大殳，头粗尾细，抱在怀中。听炸雷渐渐稀疏，他大吼一声，挺殳冲前；战士们闻声跃起，杀声震天，紧跟他们的统帅，进行殊死一搏！只听一声巨响，天摇地动，飞旋的共工大阵戛然而止。

蚩尤和他的弟兄们惊呆了，这显然不是他们的功劳。

这是泰山石敢当干的。出于对昆吾赤金基地安全的考虑，淖子没有通知石敢当和西岳参加大会。听到消息后，石敢当向西岳打个招呼，便带上三十六名战士，风风火火赶来有熊。他守卫昆吾几年，没有离开一步，十分想念少昊、蚩尤等一帮弟兄。石敢当训练了三十六名亲兵，都是泰山采石场上的弟兄，如今鸟枪换炮，人人手中两柄赤金大锤，敲山撼岳，威力无穷。这次带来有熊，也是想在诸侯面前炫耀炫耀。不想他来得正是时候，七十二柄赤金重锤，以迅雷不及掩耳之势力砸向河洛阴阳阵，立破其势。

广场上座座石垒忽地化作数个小型战阵，形态变化无定，遍地穿插游走，伺机袭击东夷大阵。东夷方阵一分为二，分进合击，欲将敌人各个击破，以报被困之辱。石敢当的赤金锤更是乘胜施威，大显身手。演武场变成你死我活的战场，双方新仇旧恨一齐迸发，战况异常惨烈。观战的诸侯们个个心惊胆战，战栗不已，大气也不敢出。

轩辕安坐不动。他知道，场面已无法控制，只有静观进展，随机应变。日交正午，战场形势已见优劣。术器的木石之旅终归不敌蚩尤的金戈雄师，纷纷败下阵来。术器收罗残兵，一路退去，丢下一地碎石断棒，血肉残肢。

会场上好一阵沉寂，人们似乎忘了比武选帅那回事。直到轩辕站起身来，才"轰"的一声欢呼起来，夸父、赤冀和昌意等涌进广场，抬起蚩尤，登上城楼。

天雨粟，鬼夜哭[1]

轩辕高声说道："天子圣明，早下诏书封蚩尤为军师。轩辕怕诸侯不服，故传檄海内，召开有熊比武大会，让天下英雄一睹蚩尤风采。今日轩辕代天子城楼拜将，命蚩尤统帅万国兵丁，惩罚愚顽凶劣之徒，以保天下太平。"说罢，对蚩尤一笑，又小声道："此举虽是轩辕为之，却也是天子有意，诸侯拥护，你就辛苦些吧！"

蚩尤说："我是炎帝臣子，炎帝有旨，自当效犬马之劳。蚩尤鲁莽，还请摄政多加指教。"

蚩尤站在城头，双手高擎俞罔诏书；轩辕推金山、倒玉柱，拜了三拜。城下万众欢呼，鼓乐齐鸣。当蚩尤转身向民众示意时，一团乌云翩然而至，卷起诏书随风飘去。蚩尤快如闪电，如影随形赶将上去。众人惊讶地望着上空的乌云，只听得阵阵格斗声，却见不到人影。当少昊鸷和句芒终于想起飞上去帮忙时，那片乌云却裹挟着蚩尤忽然不见了踪影，他们的飞龙和战鹰只在空中打旋，已是望尘莫及。

这位不速之客是应龙。当年蚩尤离开西王国，一去不返，这下

---

[1]《淮南子·本经训》："仓颉作书而天雨粟，鬼夜哭。"

可苦了女魃，她天天抱着古琴花韵在玉山顶上弹唱，任谁也叫不应，拉不动。西王母劝大家不要去打扰她，听其自然，而素女却是放心不下。她发现这丫头比自己还痴心，那情状像是得了相思病。素女托三青鸟找来忘忧草、解忧鱼，给女魃煎茶炖汤，只是不见疗效。她哪里知道，女魃体内凝聚着巨量太阳能，已是天神体质，那些凡人服用的药物对她岂能奏效？另有一位神秘人物比素女还要焦心，那就是应龙。应龙苦恋着女魃，见她如此作践自己，心疼不已，一刻不离地暗中陪伴着她。应龙的苦处还在于，他没有勇气上前表达他的爱和安慰，只是把酸甜苦辣强压在心头，那种滋味也是常人难以忍受的。终于有一天，应龙再也忍耐不住了。不过他还是不敢面见女魃，而是满天下去找蚩尤出气。

应龙抢走诏书，把蚩尤引到广场上空，本想迅速将他制服，没想到蚩尤手中剑出神入化，招式看似古朴拙笨，实则神鬼莫测，杀机暗涌，竟使他疲于应付。应龙一怒之下，将蚩尤带到荥泽，想发挥自己的水中优势战胜他。

荥泽接远山，吞大河，浩浩荡荡。应龙拉扯着蚩尤一头扎进水里，满以为会把他呛个半死；谁知蚩尤身上藏有避水珠，人影到处，水势砰然分开，舞起剑来，比在空中还要方便。应龙把脸一抹，忽然变作一条飞龙，摇头摆尾，搅动涡流，掀起恶浪，张牙舞爪地向蚩尤攻来。恶斗一个时辰，飞龙性起，大发神威，几乎把荥泽翻个底朝天。蚩尤不敢恋战，虚晃一剑，冲天而起，随即转身滑下，落在沙洲上。那飞龙如影随形俯冲下来，钢爪抓向蚩尤头顶。蚩尤就地打滚，只听"轰"的一声响，飞龙不见了。应龙垂手站立，乌衣上布满密密麻麻的圆洞，活像一只金钱豹子。

应龙的脸色由惊讶到疑惑，由疑惑到欣喜，忽然一揖到地。

蚩尤纳闷，说："你搞什么名堂？"

"我终于找到你了。原来他就是你。"

"你是谁？你说的'他'又是谁？"

"我是西海应龙,刚出道时遭到天神危和十巫的追杀;'他'是当年那个光屁股的男孩,用这套剑法缴了危的兵器,引走十巫,帮我脱离了险境。"

蚩尤脑海里浮现初登大陆时的那一幕。刚才这位凶神恶煞,原来就是当年那个可怜兮兮的少年。他打量着应龙问:"你今天是专门找'他'来报恩的吗?"

"不,我是来找你出气的。"

"此话怎讲?"

"你只顾一个人到处风光炫耀,却把一位女子撇在那里苦等苦熬,我咽不下这口气。"

应龙的话马上勾起了蚩尤的心事和思念,他叹口气,说:"一言难尽,我何尝不想她?……你打算怎么办吧!"

"我本想把你抓回去送给她,但现在改变了主意。男人吗,总有些自己的事要做。"应龙把诏书递给蚩尤说,"你那套君子剑法只吓人,不伤人;只夺人兵器,不制人手足。我从来不使用兵器,也了解了君子剑的秘密,今后这套剑法对我不会再起作用。不过,我也不会轻易再和你对阵,除非你对不起她。"说罢,抱拳告别。

蚩尤回到城南广场,发现人们已经走了,只有轩辕孤零零地立在城头,几位东夷弟兄在城下徘徊。见蚩尤回来,轩辕说:"你走后,有消息说洧水一带天降粟雨,大家都去看稀罕了。咱们也去瞧瞧吧!"

轩辕带领蚩尤等一班弟兄赶到洧水时,太阳即将落山。天空飘着绚丽的云彩,五彩的凤凰飞来飞去,鸣声回荡,罕见的祥瑞之兽麒麟也现身河畔,率领百兽翩翩起舞。这时,忽听欢呼声四起,又"唰唰"地落下一阵五谷来。男女老少挑着箩筐,抬着陶瓮,欢天喜地地奔走相告。此时正值冬去春来、青黄不接,谷雨的降落,真真是喜煞了愁度春荒的黎民。在以后的岁月里,每到这一天,人们都企盼着天上落下谷雨来,为此,还把"谷雨"用作二十四节气中的一个冠名。但奇迹再也没有出现过。老天只是经常降下甘霖来,催促人们及时播种，用勤劳的汗水换取收获，不要再梦想那空前绝后的一次好事。

是什么事令苍天如此感动，给人间这么重的奖赏呢？原来是仓颉造的文字发布了！仓颉的造字台就设在洧水岸边的土山上，出人意料的是，旁边还建了一座制陶场。仓颉把文字刻绘在大大小小的陶器上，每发出一批陶瓮陶罐，天上就落下一阵粟雨，接踵而来的人们用陶罐装满粟，连粟带字一块背回家去。嫘姑、风后和各部落头人齐集土山，听仓颉说文解字，还不时进行讨论，气氛热烈。轩辕一行到来后，经风后临时动议，举行了个祭天活动，庆祝仓颉造字成功。

入夜，繁星点点。轩辕忽见北斗第一星大放光明，心中诧异。大桡说，他夜观星象多年，也从来没有见过这种现象。蚩尤说："北斗第一星叫作天枢，也叫魁星，是周天二十八宿之一，主文，应是仓颉先生的在天命星。今日文字发布，正是魁星显耀之时。此星既谓天枢，定有旋转宇宙之机缘。以此推断，今后能够用来真正一统海内、平治天下的武器，不是我的天弩，也不是你的天鼋剑，而是仓颉先生的文字。"轩辕不住地点头，说："得蚩尤而明乎天道，这真是我的幸运啊！"

轩辕感慨未了，忽然刮起一阵寒风，阴森森的，轩辕身边的嫘姑不禁打了个寒战。霎时，土山下阴霾四起，遮蔽了星空，闪烁不定的鬼火替代了亮晶晶的星星。人们正在诧异，一声号叫划破夜空的沉寂，凄厉而哀怨。接着，从四面八方传来鬼哭声，有的尖细高亢，有的沙哑低沉，此起彼伏，令人毛骨悚然。

嫘姑辛劳过度，体弱多病，此时受阴气侵袭，浑身瑟瑟颤抖。轩辕护住她，客气地喊话道："众仙家从哪里来？轩辕能为你们做些什么？"他喊了三遍，每一次都被"嗷嗷"的起哄声打断，根本听不明白它们要干什么。鬼火越集越密，哭声越来越大，大有吞没土山之势。

轩辕对蚩尤说："你有没有办法把它们遣散？"

蚩尤说："我已经默念过咒语了，它们丝毫不为所动。看来这些东西不是魑魅，而是鬼魂；我只能役使魑魅，对鬼魂却是无能为力。"

"鬼魂和魑魅不一样吗？"

蚩尤说："人死后精气若能长存于天地，谓之神；若精气不存，化作游魂，则谓之鬼。魑魅不是来自人，而是来自人以外的其他物种，如山精水怪之类。"接着又问轩辕："你好像有颗珠子，为何不拿出来试一试？"

一句话提醒了轩辕。他摸摸怀里，才发现玄珠不见了！嫘姑也说没见到。轩辕一时想不起来何时丢失，忙让昌意通知离珠去寻找，但眼下却无法解除鬼困之厄。阴霾逼上山来，冷气袭人，嫘姑都快要支持不住了。轩辕叹道："方相不在，谁能击退这些阴兵呢？"说罢，他和蚩尤同时拔剑，准备用天弩和天鼋剑镇一镇邪气。

"慢！不要伤害他们。"这时仓颉走上来说。他怀里抱着一摞卜骨，一把一把地抛撒开去。鬼们停止了哭号，代之以喊喊喳喳的交谈声。好一阵，点点鬼火飘向四面八方，星空下又恢复了夜的寂静。

人们围住仓颉，问他施用了什么魔法。不爱多说话的仓颉只好解释说："它们都是各个族落的先人，无缘成神，流落为孤魂野鬼，唯有在家祭时才能得到后代子孙的一些安慰。每个族群都有自己的一套符号，特别是东夷各部，早就流行骨刻文字，用于记事刻辞和向天地鬼神问卜求告。对这次颁发的通用文字，鬼魂们一时不能通晓，妨碍了它们与人间的沟通，因此产生恐慌，相互串联来这里闹事，想阻止新文字的发行。我曾经收集了各地的卜骨刻画，并在上面标注了对应的新字，散发后，它们的疑虑得到解决，故悄然退去。"

众人佩服得五体投地，感慨不已。轩辕说："仓颉造字之举，惊天地，泣鬼神，结绳记事将成为过去，人类文明始乎今日矣。伟哉仓颉！"

风后主持用文字下达了各地进贡的品种、数额，并和蚩尤商议颁布了象刑，一时天下无事。庆功会后，淖子告诉蚩尤和少昊鸷，她打算秋后招亲。候选人除他俩外，还有昌意。按她的说法，少昊鸷是现任夫婿，算是坐庄，应由蚩尤和昌意进行半决赛，争夺挑战权。见少昊鸷皱眉头，淖子又解释说："候选人不能少于三位，这是不能通融的原则，必须再找一个。我已身为国母，再把一个陌生男人招来试婚，多有不便，心里也老大不乐意。昌意对我是真心的。他至今违抗父命，拒不娶妻，而再三要求我给他一次机会。我反复考虑，还得给他个面子，不能太绝情。"二人点头，没再说什么。因伯夷父不在，其他几位长老唯国母之命是从，比武招婿的事就这么定了下来。

应少昊鸷的邀请，东夷各国首领又从阳丘移师寿丘，继续庆祝有熊争霸战的胜利。本来，蚩尤打算尽快去西王国找女魃，怕扫了弟兄们的兴，也只好推迟行期。正在酒酣耳热之际，谁也没有料到，轩辕也跟踪赶到了寿丘。

轩辕的随从只有昌意和丁零。望着一张张惊讶的面孔，轩辕说："你们喝庆功酒，怎么也不招呼我一声啊？蚩尤胜出，可不只是东夷的荣耀，也是天下百姓的幸运。来，大家一起干杯！"说罢，举酒一饮而尽。

轩辕的豪爽，正对了东夷汉子的脾气，酒宴立刻活跃起来。从少昊、蚩尤开始，挨个给轩辕敬酒。他们双手捧起满满的黑陶酒爵，也不劝酒，来个先喝为敬，然后把酒爵翻转底朝上，让你检验他的实在。轩辕也不含糊，来者不拒，放开海量喝了个痛快。

夜深人静，众人倒头呼呼大睡。轩辕向蚩尤道出了他匆匆赶来的目的。骆明镇守轩辕丘，派丁零送来紧急边报，说被力牧赶跑的荤粥又卷土重来，并扬言钟山神烛阴支持他大举南进，逐鹿中原。轩辕是来和蚩尤商议对策的。蚩尤说："听说荤粥很残暴，钟山神怎么会和他搞到一起呢？"轩辕说："这源于一个古老的传说，得从头说起。"

混沌帝鸿[1]

古时候，南海的帝王叫作倏，北海的帝王叫作忽，中央的帝王名叫混沌。倏和忽常常到混沌的领地中相会，受到混沌的热情款待。倏和忽筹谋报答混沌的恩德，商议说："人人都有七窍，用来看、听、饮食和呼吸，唯独混沌没有，我俩试着给他开出七窍吧！"两位说干就干，日凿一窍。七窍终于凿成了，却发现混沌也没有了气息，化作一股浊气，就地消失了。"钟山神烛阴就是当时的忽帝。"轩辕接着说，"由于好事没做成，倒害死了朋友，令他伤心不已，心灰意懒，从此避居钟山，不再踏入中原一步。荤粥本是我姬氏族落的一个不肖之子，被逐出族门，后来坐大成势。荤粥被逐走后，一心想打回来，又力不从心，便谎称自己是混沌再生，要求烛阴帮他重回中原。那烛阴常怀悔恨之心，又一时难辨真假，便答应了他，北方局势一下严峻起来。"

蚩尤问："听说烛阴神通广大，摄政王想如何处置呢？"

轩辕说："他毕竟是地上神祇，你的天弩和我的天鼋剑未必镇不了他。但是，还是以不战解决为上策。"

"那么，你就派人和他谈判吧，蚩尤随时准备一战！"

轩辕笑了，说："唉，你是个战神，时刻以争战为己任。不过，我倒是想让你去当一次说客。"

"我去当说客？"

"对，"轩辕诚恳地说，"谈，也要派令他有所顾忌的人，只

---

[1]《山海经·西山经》："天山……有神焉，其状如黄囊，赤如丹火，六足四翼，浑敦无面目，是识歌舞，实惟帝江也。"

有你和我具备这个实力。我杀了他的两个儿子，他不会不存忌恨，见面难免尴尬。"

"好吧，我带少昊鸷、句芒和雷震走一趟。我这几位弟兄性子刚烈，要是说不成打起来，你可不能怪我。"

玄珠丢失后，轩辕曾请三头离珠去寻找。离珠眼观六路，明察秋毫，发现玄珠裹在一团黄乎乎的东西里，时隐时现，终归弄不清楚从哪里来，到哪里去。离珠推荐善于寻找物件的朋友吃吼帮忙。那吃吼是位高人，一路大呼小叫，声音远达千里之外；但常人和动物之类却听不到他的吆喝，只有碰到玄珠那样的神物，才能把他的声波反射回来。吃吼就是靠这种技能专门为人搜寻神器异宝的。但玄珠对他的呼叫却没有丝毫反应，因为声波全被包裹玄珠的神秘物质吸收了。吃吼无功而返，又把朋友象罔推荐给轩辕。

那象罔迷迷怔怔，像喝醉了酒一般，似听非听，似应非应，恍恍惚惚地走了。大家甚至以为他没有听懂轩辕的话，因此也没有抱多大希望。出乎意料的是，象罔说他找到了玄珠的下落。"玄珠在帝鸿肚子里。"象罔说。这时的他神志清醒，不像是醉话。"帝鸿是谁？他在哪里？""古时的中央之帝混沌，开窍而死，其魂魄游荡于中原，悠悠百世。不久前偶得玄珠，吞而食之，起死回生，自称帝鸿。帝鸿依然混沌无面目，只是多了六足四翼，浑身赤如丹火，来去无声，无休无止，我不知道它会去哪里，您另请高人吧！"

象罔走了，寻找玄珠的事又没了头绪。岐伯编撰的《神农本草》脱稿，要送给俞罔请他补正，轩辕和一班大臣送他到郊外。大家目送岐伯的鹿车消失在天际，正要转身回城，忽听空中有人呼唤："天鼋，你好自在呀！"那声音宛如辘轳汲水一般。

人们吃了一惊，发现冷不丁降下一位天神来：身着虎皮花纹，背生鸟翼，马身人面。不等回话，这位不速之客只顾自己说下去："我是槐江山英韶，主管天帝下方的悬空园圃，巡行四海，宣示帝命。接天帝密旨，近有混沌复出，欲冲击天帝下都昆仑，命天鼋速率文武众臣赶赴昆仑,协助陆吾捉拿混沌。"英韶说完,也不等回话,鼓起翅膀飞走了。

轩辕带领风后、嫫母、仓颉和大桡,风风火火一路西行。一日,他们在一条山腰小道上行走,但见山清水秀,时有玉石闪耀;野牛哞哞,长尾羊其大如驴,白色的豪猪好奇地望着行人。这时,一群怪鸟迎面飞来,状如雄鸡而人面,"凫奚、凫奚"地惊叫着,似乎是告诉人们前面有危险。风后说,这种鸟的名字就如它的鸣叫声,唤作凫奚,它的出现,往往伴随着兵祸。

前面是一个天然牧场。四周三山鼎足而立,当中二水汇流,马群、牛群、羊群散落其间,隔水相望,互不往来。好一派平和的自然风光。轩辕一行正在驻足观看,忽见右前方山坳里闪出七骑奔牛来,领头的那位骑士还抱着一位姑娘,在他们的身后,一群武士骑着高大的山羊紧紧追赶。

见姑娘在牛背上哭叫挣扎,一旁恼了嫫母。她扬鞭催马,就要冲过去搭救,被轩辕伸手拦住,说:"一些氏族有抢亲风俗,不要一时误会坏了人家的好事。"这时,只听得人喊马啸,十几骑黑马从脚下的山谷中冲出,骑士们踏过溪水,手持玉刀石斧,挡住奔牛的去路。牛骑士见后有追兵,前遇堵截,寡不敌众,忽然就地一滚,变作人面牛身的山神,四足踏地,背生一臂,手持一根又粗又长的拐杖,行走如飞。那位姑娘被无形的绳索缚在牛背上,动弹不得。

"飞兽之神!"大桡脱口而出,"我曾听师傅老夸父讲,当年牛、马、羊三个部落争夺一处肥美的草场,六世神农炎帝派夸父前去处理。他制服了最强悍的'飞兽之神',就是眼前这七位背生单臂的牛部落祖神,以河为界划定了三家的放牧区域,从此相安无事。不知如今为何又起战端。"

说话间,黑马骑士早已变成人面马身的山神,长尾如鞭;山羊和骑手也化为一体,变作人面羊身的山神,两只粗壮的羊角撞击着牛头。面对敌众我寡、前后夹击,飞兽之神毫无怯意,愈战愈勇,只杀得风沙滚滚，日色无光。头戴马、牛、羊面具的人群，分别出现在三座山的斜坡上。他们吹着号角，敲起战鼓，呼号着为本部山神助威，并向战场步步靠近，大规模的族群械斗一触即发。

"看来不像是一般的抢亲活动。你们不要动，我去问问是怎么回事。"轩辕说着，顺手拔剑出鞘。嫫母说："几个毛神，哪里需要惊动天鼋剑！"话音刚落，已飞身下马，拔腿跑下山去——她打架时习惯靠双脚走路。

风后不放心，一拍凤鸟起在空中。只听嫫母一声断喝："呔！别打啦，跟姑奶奶走一趟！"声如响雷，群山回应，溪水倒流。山神们和三山众人吃那一惊，一时鸦雀无声。飞兽之神回头一看，见是孤零零一个光着大脚的女人，冷笑道："从哪儿钻出来个黄毛丫头，你管得了爷们儿的事吗？"

嫫母见他出言不逊，勃然大怒，一扬手甩出她的宝贝勿忘我，无数绳套从天而降，恰恰地落在牛马羊诸神的头上，他们顿时感到脖子上套了一副千斤枷锁，失去抵抗能力。"哎呀，我的姑奶奶，你怎么把老祖宗的结疙瘩记事绳祭起来了？想给我们算陈年老账啊！"不知是哪位神尊发现了绳套的秘密，登时惊叫起来。诸神们一听，个个吓黄了脸，就地一滚，逃之夭夭。嫫母只好把一群牛、马、羊，连同它们背上的骑士，一股脑牵到轩辕面前，接受问话。

原来，这个水草丰美的牧场叫作两河口，它周围的山分别叫作鹿台山、鸟危山和崇吾山。在两河口四周幅员广阔的山川坡坝上，散布着马、牛、羊三个部落族群，两河口就是他们游牧领地的交汇处。自从夸父勘定地界后，三部落不再为争夺地盘而械斗，有好一阵子相安无事。在平和的环境中，各族少男少女隔水对歌，绕山嬉戏，渐滋风情。首先是马氏族的小王子看上了羊氏族的窈窕淑女，过河求亲，但遭到拒绝。理由是，马氏部落祭天祭祖时，用羊作为供品，大大伤害了羊氏族众的感情。年轻人求偶心切，在羊氏族的强烈要求下，马氏部落终于修改了祖宗成法，用雄鸡代替羊作了牺牲品。马、羊两部落从此互通婚姻，进而结为联盟。牛氏部落霸气十足，他们祭祀的规格更高，坚持用所谓的"少牢"，也就是同时用整猪整羊作为祭品。为此，羊氏族严禁本族青年男女与他们交往。但牛小伙常常为羊姑娘的温柔妩媚所倾倒，于是便结伙过河抢人，时常酿起族群间的战争。而在这时，他们的保护神便借本族骑士的精气神，现出本相，参加打斗。

听完俘虏们的诉说，轩辕感慨道："男欢女爱，孕育新的生命，恰如春潮涌动，势不可当，有什么样的坚冰不可以打破呢？"他转向羊氏头领，"你族既然已和鹿台山马氏通婚，能不能也允许姑娘嫁到崇吾山牛氏部落呢？"

"除非他们不再拿羊作祭品。"羊氏众人异口同声地回答，口气坚决。

轩辕转向牛氏小伙，领头的牛骑士吞吞吐吐地说："我们年轻人早就有这种要求，就怕长老们和祖神不答应。"

大桡说："这是天子摄政王，代天行事，天下神鬼百姓都在管辖之列，你们的先人长老怎敢违背天意呢！"

牛骑士望望嫫母，大着胆子说："我看祖神爷对姑奶奶的疙瘩绳敬畏有加，您能不能到神庙里去给他们打个招呼？"

"这好说。走！"嫫母说完，大踏步走向牛氏驻地崇吾山。

昆仑山方圆八百里，高五千丈，横亘云天，莽莽苍苍。轩辕一行正不知如何进山，忽听一个声音传来，嗡嗡然如松涛一般："天鼋听着：昆仑山乃天帝设在地上的都城，众神会聚之所。近为回避天弩，远离人间是非，他们皆逍遥天外，此地已是神走楼空。我是天神陆吾[1]，主管天上九域界和苑圃的时节。近闻中央大帝混沌死而复生，扬言要抢占昆仑，以为重新安身立命之所；遵照天帝密旨，招尔等前来，将他收归中原。"

---

[1]《山海经·西山经》："昆仑之丘，实惟帝之下都，神陆吾司之。其神状虎而身九尾，人面而虎爪。是神也，司天之九部及帝之囿时。"

这时雾幕徐徐拉开，落日映出陆吾法身：似云非云，似山非山，人面虎爪，虎身而九尾。"混沌还没有出现，你们先上来拜谒一下昆仑宫阙吧！"陆吾说罢，抛下一片彩云，把他的客人接到主峰上。

昆仑主峰方方正正，层层叠叠，有九重之多，气象雄伟肃穆；它的每面有九口井，每口井都围有玉石栏杆；每面有九道门洞，深入山体，从门洞张望，但见光亮隐隐，似有日月藏匿其中。轩辕想进去探视究竟，被守护神开明兽客气地挡住。那开明兽身形似虎而有九个脑袋，皆为人面，威风凛凛，虎视眈眈。借着月色仰视峰顶，见有金台五座、玉楼十二半悬空中。有一赤金柱，周圆如削，高入星空，是方便众神上下天庭的天柱。玉树琼花遍布山岩。最令中原来客叹为观止的，是一株傲然耸立的五谷树。那树高有四丈，粗可五人合抱，金色灿灿，粟香四溢。轩辕浮想联翩，要是每个氏族栽种几棵这样的五谷树，黎民不愁饥馑矣！

"混沌来啦！"开明兽众口齐呼，惊醒了轩辕的美梦。只见一物赤如丹火，六足四翼，无头无尾无面目，正是象罔描述的那个混沌帝鸿！帝鸿体大翼短，不能高飞；但它连飞带跳，犹如飙风闪电，一跃百丈，直朝宫阙门洞蹿来。轩辕催马跃到悬崖边，挥剑连击，剑影烁烁，光焰烈烈。帝鸿见遭遇天鼋神剑，心有忌惮，急忙返回。这时，只见一个人影从侧面山岩上冲下，双手握剑撞向帝鸿。

"蚩尤小心！"轩辕见是蚩尤赶到，又惊又喜，大声呼叫。这时，帝鸿身形忽然膨胀数倍，水火交融、热气腾腾，把蚩尤罩住。谁知帝鸿像吞下一块顽石，不仅不能消化它，反而惹来杀身之祸。天弩变换着十种长短兵刃，在它的肚子里劈、砍、刺、砸，搅得帝鸿发疯似的东跑西颠，跃上滚下。轩辕等人为蚩尤捏着一把汗，正不知如何是好，忽听"砰"的一声，帝鸿身躯炸裂，烟火气浪迸飞，只剩下蚩尤还兀自抡动宝剑。

众人和开明兽为蚩尤的胜利而欢呼，声动山峦。蚩尤收住手脚，如梦初醒，怔怔地望着轩辕。轩辕高兴地呼喊："蚩尤，你赢啦，上来吧！"此时蚩尤精神大振，也不答话，双手握剑，冲天而起。人们大惊，抬眼望去，只见云烟汇集，帝鸿又现，正在风风火火地逃窜，被蚩尤追上，死死缠住。

帝鸿散而复聚，蚩尤战而又战，如此反反复复，没完没了。轩辕心下大急，他怕蚩尤熬不过这个没头没脸、没肝没肺的混沌球，于是瞅准机会大喝一声："蚩尤稍歇，我来啦！"飞身离鞍，扑进那团浑浑噩噩的世界里。

这一次帝鸿不再暴躁，而是伴着悦耳的旋律，原地踏步跳起舞来。大桡抬头观看，见天鼋星座忽明忽暗，不知是福是祸，心下踌躇；蚩尤投鼠忌器，怕误伤轩辕，不敢杀入，只是焦急地围着帝鸿团团转。只听嫫母哭喊道："我的天哪！你怎么一声不吭就没命啦，你那天鼋剑怎么这么没用啊！……"她忽然想起自己的宝贝勿忘我，急忙祭起。勿忘我变作蛇一样的长绳，上面布满拳头大的绳结，一头钻入帝鸿体内，只听见一阵"噼噼啪啪"的响声，便再也没有回头。

轩辕生死未卜，大家束手无策。仓颉发觉自己的璇玑琢字石朗朗有声，闪闪发光，忽有所悟，便随手抛去。奇迹出现了：琢字石一路飞去，喷洒出无数方块字，金光闪闪；继而，组成一行行、一列列，在帝鸿身体内外穿插游弋，像千百条火蛇翩翩起舞。帝鸿的轮廓渐渐模糊，最后消失在轩辕身上。条条字串首尾相接，像凯旋的英雄，游向璇玑琢字石，然后鱼贯而入。琢字石欢快地绕行一周，回到仓颉手中。

轩辕正襟危坐，闭目弹剑，低吟浅唱，似在反刍着混沌帝鸿的绵绵余味，玄珠和勿忘我安静地待在他的身旁。

俞罔归天

回头再交代一下蚩尤的行程。先时,蚩尤一行随丁零来到钟山。昏暗中,但见山峦连绵起伏,云蒸雾绕,像一道阴沉沉的天然屏障横陈北天。山脚下俯伏着一条赤色大蛇,不吃不喝不动,也没有气息,依山随势,蜿蜒千里,不见头尾。丁零说,这就是钟山神烛阴的身躯。蚩尤没有惊动它,而是顺藤摸瓜去见它的头面。正走之间,忽然天光大亮,一阵湿漉漉的风迎面吹来。"烛阴醒了,这风是它的气息。"丁零说。

"蚩尤听着,烛阴在对你说话。"声音如洪钟,缓慢而悠长,群山呼应,"帝鸿在天山出现,它就是混沌再生。你若能降伏帝鸿,把他带回中原,会修下莫大的功德。荤粥冒名顶替,我不会助他。去吧,去吧,你一个人去试试运气吧!"

风停了,天空降下帷幕,四周一片黑暗,万籁无声。

蚩尤把众人打发回去,只身赶赴天山,果然发现了帝鸿,便一路追到昆仑。他把帝鸿无数次肢解,但最终没能使帝鸿归附;而幸运之神却落在了轩辕身上。因此,后世也称轩辕为帝鸿。

轩辕和随从走了。陆吾非常欣赏蚩尤,劝他在昆仑小住,最好留下来潜心修行。蚩尤心里惦记着女魃,草草浏览了一遭昆仑盛景,便匆匆告辞,来到西王国。玉山顶上,女魃跪坐抚琴,如石雕一般,琴声悠悠,如泣如诉。蚩尤静静地卧倒在她的身旁,滚烫的泪珠落在他的面颊上。他整个人都瘫软下来。

在蚩尤亲密接触过的女子中,女娃始终是一个梦,一个令他不懈追求的梦;淖子则是一坛浓香四溢的酒;而一闪霞,可遇而不可求,只在记忆的长河中留下一个不时闪现的亮点；只有这位青梅竹马的女魃，才是他的家人，他那颗漂泊的心，只有在这儿才能找到归宿。

他们在玉山顶上厮守着，哪儿也不去，似乎每离开一步，都是生命的损失。日出日落，月圆月缺，他们心有灵犀，伴随着风雷雨露，沉醉在两人世界里。西王母和希有等人，都不去打扰这对痴男怨女；只有一个人躲在云山里向下窥视，他就是应龙。起初，应龙为蚩尤的到来感到由衷的高兴，因为他终于看到了女魃舒心的笑容；后来，见这对鸳鸯情意缠绵，如火如荼，终于妒火汹涌，按捺不住。应龙大口大口地呼出一肚子酸气，在玉山上凝成遍地寒霜。

秋天真的到了，落叶飘飘，长空雁叫。蚩尤要走，他没有忘记淖子比武招亲排定的日程。

女魃说："吃哥哥，你把我带走吧，不然，我会变成玉山顶上的一尊石雕。"

"我也需要你，就怕王母不放行。"蚩尤郁郁地说。

"你来之前，我母亲被接走了，王母准许她嫁出国门了。"

蚩尤拜见王母，要求带走女魃，理由是轩辕带走了素女，有例在先。西王母回答说："当年轩辕以听訞远嫁炎帝为借口，要求放素女跟他走，被我拒绝了；今天，我也要拒绝你。你不能和轩辕比。他身为炎帝摄政，一人之下，万人之上；俞罔一死，他就是天子。我为什么不能提前满足他的要求呢？"

蚩尤说："俞罔还没有归天。再说，四海英雄辈出，中原豪杰如林，天子之位怎能偏偏由轩辕坐定了呢？是奶奶喜欢轩辕，破格给了他方便罢了。"

西王母看着蚩尤，眼神里流露出一丝不易觉察的怜悯。她温柔地说："孩子，你是最棒的，奶奶也喜欢你。为满足你和女魃在一起的愿望，奶奶也要破一次西王国的规矩。"蚩尤睁大眼睛听她说下去，"西王国从来不吸纳成年男性公民，今天奶奶决定封你为护国使者，落户西王国。这也是你爷爷的意思。"

"爷爷？"蚩尤呼出声来。此时的他又喜又忧：喜的是从此和女魃不再分离，又可得到爷爷奶奶的关照；忧的是疏远了那帮子东夷弟兄。他说："谢谢奶奶的关爱。蚩尤愿意效忠西王国，只是还有一些俗务需要处理，请允许我去一趟东夷，回来赴任。"西王母面无表情地望着他，没有点头，也没有摇头。

蚩尤向希有告别。他跪在地上，把头埋在她的怀里，任她用纤纤十指梳理自己的头发。打记事起，希有就是用这种方式爱抚他的。在蚩尤的心目中，希有永远是他的姑姑；而这个姑姑，就是母亲的代名词。希有抚摸着他那钢丝般的虬髯和头发，唏嘘不已，说："你长大了，不能再长了，再长就老了，我就不是你的希有姑姑、鬼车姐姐了。"

抬头望望希有依然青春如故的脸，蚩尤喃喃地说："我也可以不老吗？"

"能，肯定能！"希有说，"王母培育了一株雪桃树，一次结三个果，一万年一成熟，食后就能长生不老。她说要送给你一颗，希望你不要错过机会。"

蚩尤高兴得跳起来，说："奶奶真好！我也可以做神仙了。女魃妹妹有吗？"

"经过'炼日'大法，她已经脱胎换骨，成为永葆青春的不死之身了。"希有说。

蚩尤安静下来，认真地对希有说："我要去东夷走一遭，如果雪桃收获下来，请姑姑，不，鬼车姐姐，代我收藏。"

"不行，你不能离开这里！"希有十分着急地说，"雪桃不是寻常之物，它在入冬第一场雪时成熟，当时就要就着雪花吞食。只要雪一停，它立刻就化成了水，我怎么替你保管？"

蚩尤犹豫了。他遇到了第一次痛苦的人生抉择。肉身成仙，白日飞升，是人人梦寐以求的归宿，不少人为此终生修炼，遭受数不尽的磨难而不得其果。而自己一夜之间就可踏入仙界，与心爱的人优游于天地之间，是何等幸运、又是何等惬意啊！人间的一切荣耀显赫，与神仙生活比较起来，都犹如粪土一般，可随时弃之而无可顾惜。但是，有一件事却令他难割难舍。他曾经答应参与淖子的比武招亲，按约定，同昌意的比试在即，自己有什么理由临阵退缩呢？在蚩尤看来，鸷大哥和淖子自幼青梅竹马，本来是天生一对，只因为卷入了世间的是是非非，才遭遇离合悲欢的种种折磨。他出战昌意，实际上是为少昊鸷的连任扫清障碍，是为朋友两肋插刀。这一点，东夷的弟兄们心里都十分清楚。他如果突然放弃，又该如何向弟兄们交代呢？

"蚩尤兄弟，留下来吧，有你在，我们姐妹就不感到寂寞了。"说话的是王子登，身后站着一群仙女，大鹂，少骊，青鸟，女魃……一个个都用期待的目光看着他。令蚩尤吃惊的是，其中一位竟是女娃！此时的她盛冠华服，袅袅婷婷地走上前来，面带笑意，一阵熟悉的、醉人的芳香扑面而来。

"你……你怎么会在这里？"蚩尤恍恍惚惚，仿佛又堕入梦境，疑惑地问。

"你能来，我怎么就不能来？"那女娃不停地笑着说，"留下吧，大家在一起多热闹，多好玩！"

"光华夫人，你和他什么时候相识的？"王子登惊讶地问。

"说来话长，你问他吧！"被称作光华夫人的女娃笑得前仰后合。

蚩尤蹲在地上，双手抱头。那边有众弟兄翘首以盼，这里的好姐妹苦苦挽留。众仙女七嘴八舌，叽叽喳喳，蚩尤心乱如麻。他忽然站起来，说："容我好生想想，明天给大家一个明确答复。"说完，脚步艰涩地登上玉山。

第二天，西王母率众上山。蚩尤不见了，只见石上留下八个仓颉图画字：背信弃义，枉为神仙！

旭日冲破云层露出地平线。西王母意味深长地说："这就是蚩尤，留下来就不是蚩尤了。"

众仙女久久地望着东方，耳边响起凄美悠扬的旋律；女魃弹着古琴花韵，又开始了漫长的等待。

蚩尤来到阳丘，发现昌意已乘虚入住淖子宫室，少昊鸷和众弟兄各回本国，石敢当也应母命赴泰山完婚去了。淖子召集长老们做见证，择定十日后日出时，由蚩尤和昌意比武，届时不到者视为弃权，并快马晓谕邻国。

少昊鸷等弟兄和邻近诸侯陆续会聚阳丘。就在比武前的夜间，忽然收到来自昆吾的报告，说发现大队人马偷袭赤金场。蚩尤同少昊鸷、石敢当等急忙赶去。雾浓露重，入侵者来路不明。经过一场混战，敌人遁去，此时云开雾散，已是日上三竿。待蚩尤赶回阳丘，发现昌意不在。淖子告诉他，昌意黎明时分就来到了比武场，一直等在这里，刚才居余用吉量把他接走。昌意还留下话说，让蚩尤也立即赶到有熊城。

按照约定成俗的说法，蚩尤违约在先，应以弃权论处，除非昌意同意重新另订比武日期。在去有熊的路上，蚩尤还在琢磨说服昌意的理由，但突如其来的变化使他没能如愿，留下终生遗憾。

一到有熊，风后就告诉蚩尤：俞罔病危，派岐伯来召轩辕和蚩尤，立即赶到泛林枭阳处，有要事相托；轩辕安排昌意去召集本部人马，辅助风后守城，便随岐伯提前出发了。听到噩耗，蚩尤心急如焚，风风火火地奔向南方。

单说轩辕骑着神驹吉量，岐伯驾驶鹿车，追风赶云，来到泛林，却不见了俞罔和女娃。枭阳一五一十地诉说了父女俩失踪的过程：岐伯离开后的当夜，风雨大作，从云层里降下一条蟒身龙首的怪物。俞罔惊惧未定，忽听蟒怪口出人言："我是苍梧神茶山山神。当初从北方来到南方，落脚未定，便在争夺山林的厮杀中受伤，奄奄一息，多亏您喂药疗伤，方得活命。后来在深山老林中发现一株万年古茶树，常年食用，激发出体内千载修炼的潜能，慢慢长出龙头来。我把那座山命名为神茶山,自己便做了山神。古茶树的叶子确有起死回生、返老还童的神奇功效,坚持饮食,定能消除你体内的积毒,恢复健康,跟我去吧!"说罢,不由分说,就地卷起一阵狂风,把炎帝父女俩摄走了。"

苍梧山峰峦叠翠,地广人稀,要在这茫茫林海里寻找一个陌生去处,着实不容易。但驾车的神鹿对俞罔有天生的趋向性,在它们的引导下,岐伯和轩辕毫不费力就找到了神茶山。

这里古树参天,树冠蔽日。蟒身缠在树干上,龙头埋在枝叶间,似是在采摘新茶。俞罔靠树坐着,面色已见好转。女娃跪坐一旁给他喂药。轩辕和岐伯请安,俞罔问:"蚩尤为什么没来?"

"军师他正在九淖和犬子昌意比武,已派人前去宣召。"轩辕据实回答。

俞罔有气无力地说:"蚩尤已是军师,还和人比什么武?"

"九淖国女王淖子通过比武选婿,轮到蚩尤和昌意比试,这也是他们的风俗。"

俞罔没有说什么,却听女娃"啊"的一声叫,失手打碎了陶钵。她尴尬地笑笑,红着脸转向树后。俞罔面无表情,说:"俞罔做了一世天子,却无力匡正天下;如今病入膏肓,想做一项实实在在的善举。你和蚩尤都是旷世奇才,深受黎民拥戴。我积一生心血,炮制了两粒药丸,送给你们二人。"他从怀里摸出两粒雀卵大小的乌黑发亮的药丸,接着说,"这两粒叫作日月丸。吃了日丸可做明主,吃了月丸则能成为贤臣。明主贤臣,通力合作,可保天下太平。你先到了,就挑一粒吧!"

轩辕见两粒药丸一模一样,便随意拈一粒吞下肚去,只觉神清气爽,浑身上下金光闪闪,随即又恢复正常。俞罔目不转睛地盯着他,少顷,语气平静地说:"你走吧,这里没你的事了。"

俞罔百感交集。他希望蚩尤继天子位,可蚩尤没有这个福分,日丸被轩辕挑走了。那就让他甘心情愿辅佐轩辕吧!人民的福祉才是他俞罔梦寐以求的愿望。他双手捧着月丸，盼望着蚩尤的到来。

狂风大作。缠绕在树上的那条巨蟒探下龙头，突然伸出长舌，把药丸卷进嘴里。俞罔吃了一惊，只听得龙口出声道："是我孕育了蚩尤。一颗顽石在腹中孵化了七千载，才铸就一位铮铮侠骨、大智大勇的人类英杰，怎么能让一颗药丸子给消磨了呢？我愿用几千个寒暑修炼的功果，给他换回争夺天子的机会。"说罢，发出几声凄厉的哀鸣，飞离荼树，窜入丛林。

俞罔目瞪口呆，转而站起身来，两臂朝天，大呼曰："战火将起，黎民涂炭；天意如此，我奈其何！我奈其何！"狂笑三声，倒在尘埃，溘然长逝。

天地晦暗如磐，暴风骤雨七天七夜方停。当蚩尤终于找到神荼树下时，只发现一个坟包和坟包上盘着的一条蛇。它向蚩尤点点头，缓缓移动，消失在草丛里。他身上的赭鞭也长啸一声，化作一条蛇，钻入坟堆。

刑天请愿

南海有个神叫因因乎，常化作白云在海天之间飘荡。他就是曾经参与给混沌开凿七窍的南帝。因因乎自由自在，无忧无虑，唯一令他耿耿于怀的，就是早年那次愚蠢之举。前些时，钟山神烛阴化作鲲鹏，展翅遮天蔽日，扶摇直上九万余里，越过中原来到南海。他告诉因因乎："混沌现身世间，现已脱胎换骨，借轩辕之身重回中原。[1]只待俞罔一死，便可促他为帝，以了却内心的歉疚。"烛阴

---

[1]《左传·文公十八年》："帝鸿氏有不才子……天下之民谓之浑沌。"杜预注："帝鸿，黄帝。"毕源云："帝鸿即浑沌。"

还表示,他本人与轩辕有杀子之仇,不愿亲自出面,请因因乎多加费心。

因因乎最先得知俞罔升天的消息。他忽悠忽悠地飘向北方,边欣赏大陆风光,边察看动静。水碧山青,大地如画。忽然,地面上鼓乐声起,歌声嘹亮,直透云霄:

> 净身洗发,用那兰蕙香汤,
> 鲜花般的服饰华采飞扬。
> 舞姿舒曲回环,灵气洋洋,
> 容光灿烂辉煌,情深意长。
> 家住在福地仙乡,
> 功德无量,与日月同光……

因因乎看得清楚,听得明白,原来地面上有个部落正在祭祀云中君。云中君是位云神,给这一方带来风调雨顺的好年景,深受黎民爱戴。人群中那位身段优雅、婆娑起舞的女巫,用云中君的口气唱着真挚的赞歌。"哼,她的那些云层雨汽还不是从我南海借来的?功劳全是她云中君的,却没我因因乎的份!"因因乎愤愤不平。云中君已升级为天神,今年受天帝禁出令的约束,不能下来享受盛大的祭祀。想到这里,因因乎灵机一动,计上心来,随口接着女巫唱道:

> 乘着龙车,穿上天帝赐给的彩衣,
> 聊且自由自在地遨游天空,浏览四方……

这位女巫不是别人,正是十巫中的巫姑。此时巫姑如痴如醉,情绪已进入虚无缥缈的仙乡,仿佛我就是云神,云神就是我。听到有人接唱,声音悠扬,神韵异常,不觉吃了一惊,从梦幻中醒来。她抬头一看,见一仙子现身空中,云是衣裳,花一样的面容,不是云中君又是谁？

巫姑毕竟道行深厚，是见过大世面的；今见云中君亮相，大为高兴，朗声说："小仙请来云中君，请受下民一拜！"说罢，带领众人一跪三叩首。

殊不知这位云中君是因因乎变的，他一本正经地说："烦琐的礼仪劳民伤财，今后就免了吧！有件事倒是应该办一下，神农炎帝已死，轩辕天子当立，你们联络其他部落，快到有熊去请命吧！"

"恭敬不如从命。上仙既有吩咐，小仙这就行动。我……"

"好了，好了，快去吧。我去也！"巫姑还想说几句赞美的话，被因因乎打断；看来，对云中君的被爱戴，他真的有点儿妒忌。

有熊城里十分热闹。先是以巫姑为首的云梦一带的部族代表，络绎不绝前来请命，异口同声地拥戴轩辕氏登天子位；接着是西面氐羌的牛、马、羊部落，因为在轩辕的调解下，他们之间结束了多年的摩擦械斗，得以和睦相处，深感厚德，闻讯后陆续赶来；驻守轩辕丘的骆明、力牧，也听到了俞冈归天的消息，派来丁零上达他们的建议，督促轩辕早日即位。

轩辕没有回来，消息得不到证实。风后派丁零和飞毛腿居余去各地探听动静，最后和众臣商议说："天下不可一日无君。如今轩辕氏民心所向，呼声甚高，良机不可错过。应立即传檄各路诸侯，召开继任天子登基大会；在摄政王归来之前，一切准备就绪。"她皱皱眉头，转向昌意和大桡说："我最关心东夷和夸父国的态度，至今没见他们的人来，有烦二位分头走一趟。可在边界一带部署些兵将，以应不测。"

昌意正准备出发，忽然接到聂耳的报告，说从海湾方向传来颛顼说话的声音，与他同行的还有另外两个人。昌意立即带领二十余名亲兵快马加鞭赶去，并吩咐大队人马随后接应。

颛顼在昌意心目中的位置越来越重要，因为颛顼决定着今后他在轩辕家族中的地位。随着基业的扩展，轩辕希望自己的子孙越多越好。他尤其喜欢男孩,因为男孩不仅更适合上阵对敌,而且可以多多地娶妻纳妾,更多地繁衍下一代。对于女孩来说,为壮大自己的血亲族群,不得不一次接一次地亲自怀孕、生产,不仅节奏缓慢,而且十分辛苦。

嫘姑是轩辕正妻,轩辕对昌意本来寄予厚望,垂爱有加。到如今,他的弟弟玄嚣,还有众多的同父异母兄弟,早已儿女成行,唯有他还是光杆一个,令轩辕大为光火。为此,嫘姑在轩辕家族中也感到没有面子。她坚决离开轩辕到南方去养蚕,也和这事不无关系。

自从颛顼失踪后,昌意非常着急,也后悔自己的莽撞。几年来,他让儋耳、聂耳一直在搜索颛顼的下落。昌意相信关于颛顼的神话,相信他不会夭折,相信他总有一天会飞黄腾达,光显门庭。"到那时,他们纵有十个儿子,也比不上我这一个颛顼。"昌意时常这样安慰自己。

"左前方发现目标。"儋耳告诉思绪翩翩的昌意。他始终与在空中跟踪颛顼的聂耳保持着联系。昌意登上高坡瞭望,见芦苇丛中的小道上走来一人,挎弓背箭,肩担长矛,雄风赳赳,一看就知道是个不好对付的人。伯夷父背着个孩子跟在后面,定是颛顼无疑。昌意告诉随从,一旦抢到颛顼,立即把他护送到轩辕丘,交给力牧看护,并嘱咐不要伤害那位老人伯夷父。

交代完毕,昌意独自一人拍马迎上,高声叫道:"伯夷父,你带颛顼跑到哪儿去了?让我找得好苦!颛顼我儿,快让爹爹看看你!"昌意真情流露,喊声带着哭腔。

伯夷父老谋深算。根据蚩尤讲的情况,他推测,上次肯定是昌意把颛顼藏到女神庙的,后来也是昌意发兵追抢颛顼,逼得他们远涉重洋。在海外期间,羲和来到少昊国,把少昊青的身份告诉了他本人。遵照帝俊的旨意,羲和没有透露少昊青和方雷氏的关系,只是说他出生在万里之外的泰山少昊国,并让老国王拿出襁褓为证。伯夷父给年轻的国王讲述故国山川、风俗民情和东夷好汉的故事,令他无限向往。少昊青和颛顼叔侄相称，两人同病相怜，亲如父子。每当颛顼想娘的时候，都会勾起少昊青返回故乡的冲动。终于有一天，他下决心把王冠还给老国王，谢绝国人的挽留，携一老一少，乘坐大人国的快船回到梦中的故园。没想到，他们登陆的高兴劲儿还没退，就遭遇拦截。

虽然有三个男人自称是颛顼的父亲，但颛顼只知有母，不知有父，对昌意的呼唤竟是无动于衷。伯夷父说："昌意，当初是我鼓励你去向淖子求婚的吧！你在九淖住了半年多，不会不知道九淖国的国策吧？九淖国的老规矩还没有变，好女不外嫁，广招良婿辅助国政，并留下品质优良的后代。不要说颛顼是不是你的儿子，国民还存在颇多争议；就真的是你儿子，也不允许你把他带走，你就死了这份心吧！"

昌意在马上抱拳说："我有幸和淖子结缘，多亏老伯的美意，此事昌意铭刻在心。您老博古通今，洞彻时事，不会不了解轩辕氏的新规矩吧！在我的家族中，男孩就是希望，倍受关爱。族中女子在外野合生下的男孩，出嫁时不许带走；妻妾孕后再嫁或出走生下男孩，族中要用牛羊把他赎回来，有时不惜发起械斗抢回来。颛顼是轩辕氏嫡亲长孙，怎能长期流落他乡，不去归宗认祖呢？请老伯见谅，昌意今天抢也要把儿子接回去。"

昌意话音刚落，放马冲向伯夷父。少昊青听他们的对话，早知不免一战，于是长矛一横，拦在马前。昌意甩出长鞭，缠住对方兵器，用力一扯，就势跃离马背。两人各持一端，较起力来。昌意感到对手力量甚强，不是一般武士，开口问道："这位兄弟面生，敢问高姓大名？"

"在下少昊青，颛顼的叔叔，少昊鸷的兄弟。有我在，你就甭打颛顼的主意。"少昊青说着，突然发力，把昌意拽了个趔趄。

"叔叔加油！叔叔加油！"见二人打架，颛顼亢奋起来，拍着伯夷父的肩膀大叫。伯夷父没有兴趣看比武，一心想带颛顼脱离险境，见昌意被少昊青缠住，忽然飞身跳上昌意的枣红马，双脚一磕，就要飞马逃跑。"好！好！"少昊青没想到这位老人还有如此轻功，赞不绝口。

"老人家，不要着忙，小心摔坏了我的儿子！"昌意说完，接着发出两声急促的口哨，高坡上十余骑人马呼啸着卷来；枣红马也不听伯夷父的吆喝，反而掉头向群马迎去。

伯夷父被拉下马，眼睁睁看着颛顼被裹挟而去，知道中了昌意的算计，叫苦不迭；只好跑回阳丘，去搬取救兵。

昌意见大功告成，久持无益，说："少昊老弟，你的功力不在乃兄之下。眼下昌意有要务在身，不便久陪，咱们改日再会。"说罢手腕一抖，鞭梢脱开长矛，转身溜走，其速度之快，竟如奔马。

少昊青满怀深情地踏上自己的出生地，不想当头挨了一棒，把颛顼给丢了，还有何面目去见父老乡亲？他怒火中烧，展开他那用褪褓做的斗篷，呼啦啦腾空飞起，又老鹰扑食一般滑下，将昌意扑倒在地，骂道："狗东西，你不把侄子还给我，就甭想逃出我的手心！"

少昊青和昌意徒手搏斗，坡上坡下，打了个昏天黑地，不可开交。一个声音不耐烦地叫道："你俩还有完没完？怎么都是尿包？打了半天一个赢的也没有，小爷还等着打胜家呢！"

昌意往芦苇丛里扫了一眼，没有发现人，只看到一只硕大的长方形斗笠，说话声就是从斗笠底下飘出来的。他顿时有了脱身的主意。

原来斗笠下面盖着刑天。那只斗笠就是他的盾牌，平时就顶在头上。刑天长大了，但个头却没有长高，身体总是朝横向发展，又粗又壮。来这里之前，刑天奉母命娶媳妇，走在迎亲的路上。一路上，刑天拽着牛尾跳起扶犁之舞，还唱着自编的歌谣：

老黄牛儿，拉犁头儿，
割了谷子插柳头儿，
长成柳条儿编箩头儿，

背起箩头儿拣砖头儿,
盘个锅灶蒸窝头儿,
背来媳妇上热炕头儿,
养个娃娃放牛头儿,
吃饱了牛头儿拉犁头儿……

大家欢欢喜喜,好不热闹。这时,迎面窜来十几只猛犬,猖猖狂吠,吓得人们四散奔逃。群犬的后面还跟着几十骑人马,兀自击鼓吹号,一点儿也没有避让的表示。刑天大怒,一顿拳脚,将猛犬打趴一片,剩下的夹起尾巴就跑。刑天怎肯罢休?只见他舒展双臂,两手各捞起一只牛犊大的猛犬,抓住后腿,车轮般地抡将开去。

走在前面的几位骑士,还没有看清当道者是谁,就被连人带马砸倒在地;后面的见一个凶神恶煞滚地而来,势不可挡,吓得屁滚尿流,落荒而逃。

刑天自幼好打抱不平,有时不问青红皂白,管错事、打错人的事常有。他的母亲嬽妍不得不到处给人赔不是。自打刑天和蚩尤那次恶斗之后,嬽妍就给他立了一条规矩:打架之前,要先问清对方的来历和出事原因,该动手时再动手;如果打错了人,回家要跪门槛受罚。刑天听娘的话,逐渐养成了习惯,不再莽撞行事。此时,刑天见自己打的已不是犬,而换成了人,于是急忙丢下手中充当兵器的两只犬,从马上拉下一个人来,喝问道:"狗日的,从哪儿来的?到哪儿去?快说!"

那位俘虏战战兢兢地说:"壮士饶命。我们是犬戎国人,要到有熊去请愿。"

"请什么鸟愿?快说!"

"请摄政王轩辕当天子。"

"胡说!"刑天"啪"的一掌,把俘虏扇了个眼冒金花,"天子是俺爷爷神农氏俞罔,他轩辕氏又要当谁家的天子?"

"神农天子归天了，我们才去拥戴轩辕。"那人捂着脸说。

"你说什么？我爷爷归天啦？死啦？"刑天不相信自己的耳朵，扯着犬戎的头发大声问。

"是的，壮士。说谎话黑夜撞上厉鬼。"那位犬戎骑士惶恐地说。

刑天一路哭着回到家，闹着要去请愿，让舅舅蚩尤当天子，"这是当初俺和爷爷早就说好的，爷爷还把赫鞭送给舅舅作见证，怎么能轮上他轩辕呢？"在刑天的心目中，蚩尤早已是俞冈铁定的接班人了。

最后，嬬妍只好同意他去找蚩尤，条件是半个月之内必须赶回来娶媳妇。"等你生了儿子，就放你跟舅舅出去闯天下，一辈子不回来都没关系。"嬬妍如是说。

刑天走到九淖国地界，发现两人打架，招式新奇，那架势不像是一般的凡夫俗子。他驻足观看，不觉技痒。喊了几声，人家不理不睬。刑天正要发作，忽见其中一人失足跌倒，一个就地十八滚逃出圈外，还一边喊叫："小兄弟，我输了，你来接着比赛吧！"说罢，扭头就跑。

刑天一个箭步跳过去，左手持盾，右手轮起赶山斧就砍。少昊青后退几步，用脚挑起长矛，朝刑天分心刺来。刑天转身用盾牌挡住，赶山斧随即夹着风声劈下。少昊青来个二郎担山，双手用矛柄向上一托，想硬接一招，试一试这位不速之客究竟有多大功力；不想托了个空，大斧子在半空戛然收住。只听愣小子大声吆喝："兀那汉子，快报上名来，赶山斧下不杀无名之鬼！"

少昊青见半路杀出个矮子，呵斥道："行不更名，坐不改姓，少昊青就是我。你是何人，胆敢阻我行事！"

"什么，什么，你叫少昊青？那少昊鸷是你什么人？怎么到这儿寻人打架？"刑天惊奇地问，把大斧头收起来。

"少昊鸷是我大哥。他的儿子，也就是我的侄子颛顼，被刚才那小子抢走了。"少昊青扼要地回答。

刑天一句话不说，转身去追昌意。少昊青也不怠慢，两人一前一后飞奔。翻过土丘,一彪人马当头摆开,羽箭飞蝗般射在脚下,阻住他二人的去路。

昌意换乘一匹白马,立在阵前。待射箭停止,昌意喊话说:"那位持盾牌的小兄弟,你叫什么名字?多亏你的帮忙,昌意才得以脱身,这里多谢了。"说罢抱拳致意。

刑天说:"小爷刑天,从来不要人谢。你把少昊鸷的儿子还回来,咱就两清,谁也不欠谁;不然,咱就没完!"

昌意没有理会刑天的话,又说:"少昊青,我特意转回来给你说句话。俞罔已经归天,当今摄政王马上就要践登天子之位;颛顼归了我,他就是轩辕氏的嫡亲长孙,以后有望君临天下,强似当个小国寡君一百倍。请你告诉少昊鸷,不要再和我争来争去了……"

昌意的话还没有说完,这边厢早已恼了刑天,他大声嚷嚷道:"天子是俺让舅舅去当的,早就和爷爷说定了;谁敢来争,小爷就砍他一百板斧!"说罢,抡起赶山斧冲着昌意奔来。

箭矢急如骤雨,刑天的盾牌变成刺猬皮,光光的双脚上也插着几支箭。他似乎没有感觉,一个劲儿地疯跑。

昌意没有动。投枪队严阵以待,只等一声令下,百十支投枪就会同时飞出,把目标扎成蜂窝。少昊青舞动长矛冲上前来,想把刑天拉回,却中箭无数,扑倒在地。

刑天还在冲刺。突然喊声大震,无数猎手出现在山坡上,强弓硬弩一齐发射,投枪手应声"噗噗"倒地。那为首的将领手持赤金大棍,威风凛凛,正是九淖酋帅西岳。昌意见对方居高临下,攻势凌厉,他的战士几乎中箭即倒,此时刑天也已逼近自己的马头,虽然浑身带箭,依然气势汹汹,不可阻挡,心中顿时着慌,掉转马头就跑。

西岳的队伍是一路召集猎手组成的,用的是赤金镞矢,百发百中,全部是步战。见敌军逃跑,双脚赶不上四蹄,只好救起少昊青,拽回刑天,收兵回城。淖子一面请巫医给二人疗伤,一面派人去请少昊鸷、黎奔等,商议应对当前突发的事变。

刑天吃过俞罔的药丸，身体如有神助，他自己把箭一支一支拔下来，拍拍打打就止住了血。伤口还没有痊愈，他就闹着要走，说："俺是来请舅舅替爷爷当天子的，不是出来打架的。俺娘说了，等俺有了儿子，再出来跟舅舅打天下，眼下还得回去给俺娘娶媳妇，生儿子。"

嫘祖魂

一年前，嫘姑坚持要去南方植桑养蚕。理由是，早年曾发下宏愿，此生要走遍东西南北，让各地人民都学会养蚕，穿上丝织的衣衫。嫘姑自西陵国出来后，先到了北方，接着来到中原；东部已有她的姑姑在，就不打算去了，就只剩下南方还是个空白。由于操劳过度，嫘姑身体日见憔悴，她坚持要在有生之年实现自己的夙愿。轩辕无奈，自己脱不开身，只好派人把她送往江南。从昆仑回来时，路经西王国，讨来了素女，轩辕又派嬷母去看视嫘姑。但他还是不放心，决计借参拜俞罔的机会，把嫘姑接回来。

轩辕吞下俞罔的药丸，也不知是日丸还是月丸，对它的疗效更是半信半疑。他相信，天道欣赏强者，人民敬慕英雄，而留给弱者的，只有怜悯和施舍。他立志要做主宰天下的圣主，扭转乾坤的英雄，大概不是吃个药丸就能奏效的；只有具备大智大勇、高尚的道德和超凡的毅力，才能赢得上天的垂青和人民的拥戴。当然，如果蚩尤能甘心当个臣子，就真的要感谢俞罔的良苦用心了。

轩辕信马由缰，任凭宝马吉量去寻找嫘姑的踪迹；而他自己则神思飞扬，浮想联翩，搜索着通往天子之位的途径。突然，吉量长啸连声，飞身跃起，踏着树梢一路狂奔。轩辕心知有异，心情顿时紧张起来。

吉量停在一个村落的广场上，这里的男女老少都号啕大哭。巫师们跳着招魂舞，嫫母趴在嫘姑的身上大声呼唤："姐姐呀，你醒醒！嫘姑，回来吧！"已是声音嘶哑，身体痉挛。轩辕拉开嫫母，把嫘姑抱在怀里。只见她面色蜡黄，双目紧闭，不觉悲从中来，泪如泉涌，哽咽道："嫘姑，咱们回家吧，吉量也来接你了。"

嫘姑忽然张开眼皮，面露微笑，声音微弱却十分清晰地说："见到你我就满足了。唉，光阴短暂，事情还没做完，我还是不想离开这儿。"说完，又闭上眼睛。她太劳累了，一觉睡去，再也没有醒来。她那最后的微笑凝固在人间，只是唇边流露出一丝憾意。

轩辕抱起嫘姑，登上半山腰，把她放在一棵古桑下，独自一人守候一晚，连嫫母也打发开去。天刚一放亮，又默不作声地挥剑砍藤伐木，亲手制作双轮大车。

虽然天气又闷又热，但嫘姑的肉身却经久不腐，躺在白马驾辕的大车上，就好像熟睡了一般。嫫母头前开路，充当险道神，轩辕紧随车后，一路长途跋涉，护送嫘姑北上。

轩辕一行路经衡山山麓，但见莺歌燕舞，溪水淙淙，野桑连片，郁郁葱葱。"真是一个天然的养蚕之乡！"轩辕心里赞叹，看看沉睡不醒的爱妻，不觉潸然泪下，"如果嫘姑此时醒来，我宁愿陪她在这里养蚕。"嫘姑的倩影，在他眼前一幕幕闪过。

轩辕正在想入非非，忽听"咔嚓、咔嚓"连响几声，原本粗壮的枣木车轴无端折断，两个车轮也同时脱轴裂开。从嫘姑随身的锦囊里，飞出一群金蚕，霎时撒下黑压压的幼虫，转瞬间又变作千万条金头银体的成虫——这一幕，在他初遇嫘姑时曾经上演过，轩辕永远不会忘记；不过，这一次被蚕茧包装的，不是他轩辕，而是嫘姑。

轩辕明白了，嫘姑相中了这块宝地，决心长眠在这里，继续她那未完的事业。他尊重她的选择，挖了个大大的墓穴，把蚕茧放在里面，头部朝着北方——他希望嫘姑的灵魂回归轩辕氏的故乡。

出乎意料的是，蚕茧竟自动旋转起来。最终，嫘姑的头朝着西方，也就是她的故乡西陵国的方位停止下来。金蚕破壳而出，飞向四面八方。

嫘姑被后人誉为蚕神，尊称作嫘祖。[1]她在人间存活的时间是短暂的，人间拥有她，却是永远、永远。

轩辕遇到了丁零。由于情况紧急，风后命他迅速前来报告摄政王。自通报俞罔归天，发布召开拥戴新天子大会的消息之后，各地大小部落纷纷响应，来有熊请愿的人应接不暇，但有几个举足轻重的诸侯和势力出现异动。共工国的术器亲自去找句龙，请他返回故国，践天子位，被句龙一口拒绝。他仍醉心于勘测江河，研究水土整治，称自己早已无心问津帝王。夸父认为自己是炎帝族团的正宗，欲自立为炎帝，正在联络周边诸侯，观望形势。雄踞中原的炎帝十二支神，响应赤冀的号召，统统闭关修炼，似是暂且回避世间纷争。以上情况，风后都做了安排，派人进行抚慰、游说，有的甚至暗中调兵进行防范。

"蚩尤回来了吗？东夷有什么动静？"这是轩辕最关心的，他迫不及待地问。

"这是我要回报的重点，问题就出在东夷。"前面大江拦路，丁零拽着马尾，上气不接下气。轩辕和嫫母双双下马休息，让丁零喘口气，听他继续讲下去："自从蚩尤去南方后，还没有听到他的消息。不过，九淖、九黎、少昊和太昊等国已联合发出了倡议，拥戴军师蚩尤为天子，东夷诸国一致响应。中原一带诸侯畏惧蚩尤和东夷的势力，已经停止拥戴轩辕氏的宣传活动，有的甚至被迫反水，掉头加入东夷的行列。"

轩辕默不作声地踱到江边，望着浩浩荡荡的东流水，心潮澎湃。吃了俞罔那粒药丸，自己非但没有滋生为臣之意，登临九五之尊的雄心反倒更强烈了。难道自己吞下的是日丸？那么，留给蚩尤的就是月丸了？若是蚩尤被软化，带头称臣，谁人还敢有疑义？天下不

---

[1]〔宋〕罗泌《路史·后记五》："黄帝元妃西陵氏曰嫘祖，以其始蚕，故又祀先蚕。"

就太平了吗？如果月丸不管用，蚩尤早就表明过态度，他得按东夷弟兄们的意愿行事，一场争夺帝位之战就在所难免了。想到这里，轩辕问："东夷的战斗队伍有什么动向？"

丁零说："前些时，各国的方队已经遣散，最近又开始召集，似是恢复集中训练。传说少昊般到了昆吾，专门组织制造赤金兵器，少昊国暂由少昊青管理。"

"少昊青？怎么以前没有听说过？"

"身份不明。据传是从海外归来的，只和昌意打过一仗，是为了争夺淖子生的儿子颛顼。"丁零第一次向轩辕透露了昌意的秘密。

"争夺淖子生的儿子？"轩辕迷惑地望着丁零，一字一句地说道，"你从头到尾给我说清楚！"因为当年出于南进的战略考虑，轩辕同意了风后的建议，支持昌意追求淖子。不料昌意堕入情网，长期不能自拔，令轩辕大为失望。今天又冒出个儿子问题，引起他的格外关切。

丁零是个百事通，什么事情也瞒不过他。如今将要引发战争，应该让轩辕了解事情的真相了。他从淖子招亲说起，把昌意争抢颛顼的来龙去脉一五一十地讲给轩辕听，最后说："我来时刚刚听到消息，九淖的战斗队伍已经组成，扬言不送回颛顼就要进军有熊城。"

"颛顼在什么地方？"轩辕问。

"已由昌意的亲兵送到了轩辕丘。"丁零答道。

"畜生！一味儿女情长，把我的计划全打乱了。咱们已经没有了喘息的机会，我估计，这仗已经打起来了。"轩辕边说边招呼嫘母上马，"不过，假若颛顼这孩子真如传说的那么神，也可慰藉嫘姑的在天之灵了，这个孙子我也认定了。"

江面上无风无浪，平静得出奇。白马吉量踏着清波欢快地驰骋。突然，白马四蹄踏空，像落进陷阱一般，没入水下。丁零是个旱鸭子，能在水面上行走，如履平地，却不会游泳。他见状大惊失色，没命地大声呼叫："吉量！吉量！快快出来！""轰"的一声，吉量从水中跃出，带起巨浪冲天。

轩辕和嫫母安然无恙。他们回望悠悠江水，惊诧莫名。

按照枭阳提供的路线图，蚩尤找遍了江南俞罔曾经到过的每一个部落。他要陪伴俞罔走过最后的时光，以报答他的知遇之恩。还有一个谜团需要解开，就是梦幻一般的女娃。赭鞭变作蛇，钻入坟丘，蚩尤最后认定那儿就是俞罔的葬处，但女娃却不知去向。

蚩尤要给俞罔守灵七天，他靠着神荼树坐下，不觉昏昏入睡。他做了个梦，梦见女娃和女魃各给他生了一群孩子，他们忽而在蓝天下采集捕捞，忽而在草原上游牧围猎，又忽而扶犁开荒、播种五谷……忽然，一条巨蟒从森林里蹿出，妻子儿女受到惊吓，都变成了人面鸟身，哄然飞散。蚩尤醒了，眼前空空如也，只有一条青蛇在舔舐自己的脚心。

蚩尤赶到精卫氏居住的森林地带，遍访大大小小的鸟巢，也没有找到女娃。在这里，他得知东夷弟兄已推举他为天子，正在进军有熊，与轩辕大战在即。他估计女娃可能回到了漳河边的家，本来打算去追寻，这时不得已改道有熊，赶赴戎机。

泽水之战

颛顼得而复失，淖子大为悲切。少昊鸷闻讯，率先带鹰队飞临阳丘。得知肇事者又是昌意，他异常恼怒，不等各国兵马会集，便与西岳带领九淖的战士进军有熊。

有熊城城门紧闭，悄无声息。少昊鸷从身后摘下夷弩，随着一阵控弦声，雨矢疾射，城门轰然洞开。他正要麾军冲上，只见一彪人马从城内飞奔而出，为首的正是轩辕。轩辕故技重施，用天鼋剑抵住雨矢，一步步逼近前来。少昊鸷急令放箭，欲稳住阵脚，忽听喊声大震，左有昌意的马队，右有居余率领的熊罴军团，从两边包抄过来。

九淖军都是步兵，还没有经过大战，见两路马军突然冲来，还有张牙舞爪的熊罴，黑压压的一片，顿时乱了阵脚。少昊鸷见敌兵数倍于己，怕被包围，急令撤退。他同西岳分头迎住轩辕和昌意，欲阻滞两路马军的进攻势头，掩护队伍突围。

轩辕曾向一位牧马人请教治国之道，牧马人没有回答。经轩辕一再催问，牧马人不耐烦地说："治理国家不就和牧马一样吗？把害群之马除掉就行了。"这句话使轩辕大受启发。当今之世，已与神农天子初立时大相径庭，想得到所有诸侯、部落的拥护是不可能的；只有在以德服众的同时，振兴武备，征服反抗者，才能主宰天下。东夷集团是他通向天子之位的主要障碍，既然摊牌了，就不能示弱，要抓住战机，打出威风来。轩辕已同少昊鸷交过手，这一次决心活捉这位悍将，作为筹码，同蚩尤进行谈判。

少昊鸷身陷重围。他的战鹰轮番俯冲，欲搭救主人，怎奈枪戟如林，矢石如雨，无法接近。眼看猎物就要到手，轩辕再也没有想到，头顶上空不知何时聚集了一块厚厚的乌云，此时突然下降，变成一场浓重的大雾，笼罩整个战场。随即，魑魅魍魉一拨接一拨地出现，在人前马后骚扰冲撞，战场如同鬼域，人人毛骨悚然。

轩辕仰天哈哈大笑，高声叫道："蚩尤，你不该在这个时候出现。你既然吃了神农天子的月丸，总该秉承他老人家的遗愿，安心做我的贤辅忠臣。我怕你在东夷诸侯面前不好说话，正在帮你管教这帮不懂规矩的弟兄。你既然来了，就该站远点儿袖手旁观，为什么还要兴云弄雾、唆使这些劳什子出来烦人呢？我身上有九天玄女赠送的玄珠，这些阴暗伎俩能奈我何？"轩辕边说边从贴身处摸出锦囊，把玄珠举过头顶连连摇晃。

玄珠好像还在睡觉，没有射出光芒；浓雾看不出散开的征兆，魑魅魍魉依然我行我素。轩辕十分诧异，把玄珠贴近眼睛一瞧，不禁"呀"地叫出声来：这哪里还是玄珠，明明是一粒光滑的卵形石子，真玄珠不知何时已被调包！

在轩辕忙乱犹疑之际，少昊鹫腾空跳起，在蚩尤的协助下跨上战鹰，撤离险境，西岳和其他九淖战士也趁机溜走。轩辕的将士怕误伤自家人，收起刀枪，只在原地打旋。此时，一个声音飘来："轩辕听着，我蚩尤的确参拜过神农天子，不过没有吃到什么月丸，只是见到了一个属于他的坟丘。他是病死的还是被人谋杀的，因为没有找到当时可能在场的女娃，我心中至今疑窦难消。各地诸侯还没有来得及给炎帝举哀，你就迫不及待地想当新天子，大张旗鼓地发动什么拥戴活动，可谓居心叵测，也难怪我的弟兄们群起抵制。好了，咱们的合作到此为止，战场上见！"

敌人走了，但雾还没有散，魑魅魍魉还死缠不休，直到日头落山，轩辕还走不出阴兵阵。嫫母曾听轩辕讲过被大雾围困的经历，此时她在城上观敌掠阵，看到这种情景，愤然起身，让自己的女兵戴上鬼头面具，手持火把，随自己去闯阴兵阵，解救丈夫和兵士。她曾经充当过险道神，鬼魂妖孽见而走避，小小魑魅有何惧哉！

二八神归顺轩辕后，便承担起维护城中治安的差事，昼伏夜出，连臂边走边呼，可谓兢兢业业。今日刚刚上岗，便遇见风风火火的嫫母一行。野仲、游光上前问明事由，不觉大喜："这正是吾辈拿手好戏！"随即踊跃冲出城门。

魑魅魍魉遇到这群神不神、鬼不鬼的恶煞，不知什么来路，纷纷逃避。前有嫫母举着火把引路，又有二八神连臂断后，轩辕的人马终于走出迷途，安然回城。

回到阳丘，众弟兄群情激愤。蚩尤说："大家推我为天子，无非是让我带领东夷将士打天下。但是，号称天子为时尚早。既为天子，理应得到中原及海内各部落的承认，包括北狄、西戎、南蛮、东夷，不是由我们几位弟兄包办的。如今既然已经喊了出去，也不要再去把话收回，以免在诸侯面前失去信用和威望。不过，今后大家不要呼我为天子，也不实行天子礼仪，我还是九黎之长、东夷统帅。箭已离弦，没有回头的余地，弟兄们唯有同舟共济，舍命向前，征服劲敌轩辕氏，才有望实现一个由我们主宰的天下。到那时，会有真命天子出世，我们再拥戴他登基不迟。"蚩尤望望凝目出神的淖子，又说："征战轩辕，还有一个重要任务，那就是夺回颛顼，他是我们的未来和希望。弟兄们回去扩招队伍，在昆吾领取武器装备，待命出征；后方就请嫂子负责了，要管住石敢当，不要让他往前线跑，守住昆吾至关重要。"

轩辕调来丁零、居余，让他俩传喻大小诸侯：天子拥戴大会无限期推迟，摄政王本人无意称帝，愿竭尽职守平定海内，为继任天子扫清障碍，待诸侯们达成共识，再召开公推新天子大会。二人得令，分头行事。

昌意说："蚩尤能称天子，摄政王德高望重，为什么不能？依我之见，趁东夷各国的军兵还没有整合，速调力牧、大鸿和鬼臾区大军南下，会战中原，一举歼灭九淖、少昊主力，大事定矣！"

轩辕见风后闭目沉思，问："军师有何见教？"

"北狄虽在这里筑城立国，但周边诸侯多为炎帝臣属，各怀异志，其向背难料。特别是夸父和共工，皆有称帝之心，大战一起，定会坐山观虎斗，坐收渔翁之利。此其一也。其二，我们的兵员远在千里之外，大多散布在草原上放羊牧马，编制成军，开进中原，也须时日；且千里奔袭，师劳兵疲，战斗力也会下降。其三，东夷近在咫尺，他们用昆吾赤金打造的坚甲利刃无坚不摧，已使传统的木石兵器黯然失色，如同泥土朽木。本人愚见，若在中原决战，我们胜算甚少。"说完这段话，风后又陷入沉思，然后缓慢地、似是自言自语地说："当年朱明若不是跑到阪泉去，也不会招致杀身之祸，轩辕也不会这么快在中原当上摄政王。如果蚩尤也肯把东夷人拉到北方去打仗，我们没有理由不奉陪，宁肯放弃有熊城，暂时撤离中原。"

轩辕听完风后的话，半天不作声，好像还在等她接着说下去似的。他拿出玄女天书，就是那片发黄的无花果叶，翻来覆去地看了好几遍，上面始终没有透露一字一画。最后，他忽然省悟，说："其实玄女早就预料到，我和蚩尤的合作不会长久，迟早会有内战爆发，提醒我做好九败一胜的思想准备。这样吧，放弃有熊，暂避蚩尤锋芒。但也不能退到阪泉。若那样的话，一旦蚩尤不想跟进而据中原称帝，我们再打回来就困难了。我想在共工国以北选址扎营，与蚩尤接战。那里已离开炎帝族团的中心地带，接近我游牧区域，可进可退。请军师安排吧！"

共工国河渠纵横，俨然是个"共"字，把国中田地分割成九块，因此也称九土。也许，仓颉就是照葫芦画瓢，造了这么个"共"字。后来，所谓"共工国田地以北的地方"屡屡发生重大事件，为表达方便，仓颉把它简化成一个"冀"字，沿用下来。

泽水从多产玉石的绣山流下，淌过枸木丛生的山麓，来到平原，拓展为河床宽阔的大沙河，注入浩渺的大陆泽。已是枯水季节，泽水水流缓慢，深不过膝。成群的白鱼和蝌蚪，匆匆忙忙地向大陆泽游去，大概它们已经嗅到了刀兵的气息。

涉过泽水往北走，有一道山梁，梁上树木丛生，是西山向平原延伸的余脉，叫鳄头山。鳄头山和泽水之间，是一片开阔地，风后准备在这里迎战蚩尤，并进行了精心部署。她让有熊的战斗部队在山梁上安营扎寨，正面应敌；通知鬼臾区部翻过西山，届时从右侧穿插；命活动在大陆泽畔的玄嚣部，准备从左侧发动攻击。风后又派人到泽水上游拦坝蓄水，事先约定：当敌兵渡河过半时，以烟火为号，开坝放水，将敌一半围歼岸上，一半淹没河中，一役解除东夷威胁。

万事俱备，只等蚩尤自投罗网。一日，从南面飞来一群怪鸟，六目三足，背生四翅。风后说，这种鸟的名字叫酸与，它们的出现，说明恐怖的事件就要发生了。"昌意率骑兵到南岸牧羊，与敌接战后，或进或退，视东夷部队集结情况掌握，务必把蚩尤的主力引过河来。"轩辕发布命令。

一切都在预料之中。少昊鸷率少昊部头前开道，行进中遭遇昌意，蚩尤麾军跟进。昌意不敌，边战边退；少昊鸷咬住不放，追过河去。轩辕等蚩尤驱动主力进入河床，下令点燃柴垛。

烟火蒸腾，直冲霄汉。轩辕眺望河滩上游，只待洪峰压来，水漫河中之敌，便下令出击。

洪水没有出现，敌兵却洪水般地拥过河来。轩辕急忙派居余上去察看，同时又命点燃一堆柴垛。但直到灰飞烟灭，也没有盼来滚滚流水。少昊鸷的先头部队逼近山梁脚下，昌意已无退路，翻身死战。轩辕别无选择，下令全线出击，并命风后驾凤鸟北上迎接力牧，催他急速前来增援。

洪水终于来了，其势排山倒海。不过没有淹着东夷的一兵一卒，因为他们已经全部登陆。一场血战开始了。

轩辕后来才知道，一场必胜的战役，竟然坏在一个叫刑天的小子手上。那天，刑天和他的伙伴们来到泽水岸边，把牛群轰下河滩吃草、饮水，便开始摔跤、打闹。忽听有人大声吆喝："点火了，冒烟了！赶快放水！"刑天循声望去，发现上水头不知何时筑起一道拦水坝，一群人正在中间挖土。刑天大吃一惊，抓起赶山斧，一路狂奔大呼："等一等！让我把牛赶回来！等一等……"

那帮人不理会，依然挖土不止。刑天气冲牛斗，飞身跃上水坝，连踢带砍，把人打倒在水里，急忙补好破损处。他提着开山斧在堤坝上溜达，看看有人从水里爬上来，就一脚踢下去，说："等我的牛一个个吃饱喝足上了岸，你们不扒，我还要扒开让同伴们看浪头呢！"

刑天正在得意，忽见一个黑影足不点地疾风般地驰来，招呼也不打就一头撞上身来。刑天应对极快。他来了个马步蹲裆，像一个粗树桩子在堤坝上落地生根。

来者是居余。他想借快速奔跑之势，突然袭击，把这个碍事的家伙撞进水里，以解燃眉之急；没想到自己却碰了个满脸花，差点儿倒在水里。居余爬起，一声不吭，又一头撞来。

刑天对这位不速之客大为赞赏。像牛一样抵架是自己的强项，他一口气能撞趴三头公牛，还没有哪个愣头青敢和他碰第二下。刑天一把抓住居余的肩头，用硕大的脑袋抵住他的头，说："想和我比赛顶牛，保你一步也进不得！"硬是像推车一样，把居余推到水坝的一端；又稍一用力，居余踉跄后退几步，坐倒在地。

这时，山道上驰来一支人马，转眼来到跟前，为首的是大将鬼臾区。趁刑天观望之间，居余突然来了个黑狗钻裆，一把抱住刑天的双脚，同时大呼："鬼将军，快扒堤放水！"

居余是轩辕近臣，又经常传达朝廷旨意，鬼臾区对他很是熟悉；此时听见叫喊，知是军情紧急，来不及细问，便一个空翻，落在坝上，手中玉耒如车轮一般舞动，霎时劈开缺口。堤坝崩溃，水头一落千丈。

刑天怒吼一声，踢开居余，抡起斧头扑向鬼臾区，嘴里不停地嚷嚷："你赔我的牛，赔我的牛！"鬼臾区不知他在说什么，只好举耒接战。

两人正打得难分难解，忽听一个女人喝道："住手！"刑天应声弹出。

断崖绝壁间的山道上跑来一群乡民，手持柴刀木棍、锄头石铲之类的应手家什。领头的是位英气飒爽的大嫂，手里拿着一根烧火棍，她就是刑天的母亲嬧妍。刑天跪下哭诉："娘，不是俺欺负他！他放水冲走俺们的牛，不但不赔，还和俺打架。"刑天说着，又勾起满腔怒火，抓住板斧跳将起来，回头大声吼叫："不赔给我牛，就给我的牛赔命！"嬧妍一烧火棍打在他的肩上："给我放下！"刑天不情愿地把板斧扔在地上。

鬼臾区听明白了，愣小子和人拼命，原来是为了他的牛。鬼臾区也是开荒种地出身，知道牛在庄户人家中的地位，对眼前这位小哥的愤怒十分理解。山道上人越聚越多，若不果断解决牛的问题，部队很难顺利通过，定会贻误战机。

不等嬺妍问什么，鬼臾区抢先上前一步说："这位大嫂教子有方。不过，刚才的确不是令郎的错，我应当赔他的牛。"说着，从身后扯出一支令箭，递给刑天："翻过山去，打听一位叫叔均的人，他会加倍送给你耕牛。"

"叔均？是那位教人耕种的三郎叔吗？"刑天惊讶地问。鬼臾区点头说："是，正是他。他是我的管家，我不骗你。"

刑天仰着头打量鬼臾区，然后回头对嬺妍说："娘，我发现只有人才学会了说瞎话。你瞧他那张脸，怎么看都不像是个人，肯定不会说瞎话。我早就想见见这位三郎叔，向他讨教讨教，这正好是个机会。娘，我去了！"

恒山蛇率然[1]

当鬼臾区率队赶到战场时，看到的是一片惨烈景象。到处都是伤亡的兵丁、熊罴，双方损失都很大，北狄军尤为惨重。东夷军显然占了上风，轩辕和玄嚣部凭借山梁勉力抵抗，战线已成累卵之势。鬼臾区麾军向敌军侧后冲击，喊声震天。东夷兵将发现敌人包抄过来，不知多少人马，心下着慌，攻势骤减。轩辕将士见援兵已到，精神大振，居高临下压将过去。战场形势很快发生逆转，东夷军开始向河边溃退。

一条汹涌澎湃的大河切断退路，溃兵叫苦不迭。蚩尤等一班将领齐声高呼："东夷弟兄们，后路已断，横竖是死，杀呀！杀呀！

[1]《神异经·西荒经》："西方山中有蛇，头尾差大，有色五采。人物触之者，中头则尾至，中尾则头至，中腰则头尾并至，名曰率然……《孙子兵法》'三军势如率然'者是也。"

杀出一条活路来！"

呼声引起共鸣，战场上杀声一片，震耳欲聋。东夷将士为求生的欲望所激励，发起绝地反击，个个以一当十，勇不可当。鏖战多时，北狄兵将终于支持不住，节节败退下去。蚩尤军追杀一阵，见有骑兵接应，不敢深入，便收兵回营。

残阳如血。蚩尤在浴血后的战场上漫步，心情久久不能平静。这场胜利，是弟兄们用顽强拼杀加上赤金兵刃的锐利赢来的，而他的指挥却是失败的。如果不是上天垂顾，让山洪迟到了一个时辰（蚩尤一直不知道，这是刑天无意间拯救了他的队伍），几乎酿成全军覆没的惨剧。相比之下，轩辕要高明得多。轩辕善于运用地形地物，据高守隘，可进可退，借势制敌。北狄是游牧部族，善于围猎，轩辕又将围猎方式用于指挥作战。他往往在正面挥军应敌，而让侧翼部队突然出击，或穿插，或包抄，出奇制胜。当初在伏羲洞里，女娲曾给自己演示过一些战术和战阵，可惜当时不甚了了，眼下更无印象。

略做补充休整，蚩尤又率师北征。一路上不断遭到小股骑兵的袭击，虽然伤亡不大，却也使部队受到惊扰。蚩尤跑前跑后地照应，少昊鸷在空中来回巡察，不胜烦恼。

来到恒山地面，前队忽然一片叫声，停止不前。蚩尤以为与敌兵遭遇，急忙赶去观看，原来是一条长蛇横断去路。

东夷人呼蛇为长虫，认为它是飞龙升天之前的幼虫，因此又称其为小龙，敬畏有加。蛇横穿大路是风雨雷霆来临的先兆，与它争道会有灾祸临头，因此，众人只是呐喊，催蛇快爬，给人腾道，却不敢从它身上跨过。

这条蛇长一丈有余，身披五彩花纹，别处很少见到如此帅气的长虫。面对悍卒凶器，它视而不见，镇静自若，缓缓地蠕动，好像是说："咋呼什么！这是我家地盘，我爱怎么走就怎么走！"碍于国人禁忌，蚩尤也拿它没办法，只好耐心等待。

一只凶兽在对面出现，状似豪猪，毛色火红，见长蛇当道，好像遇见仇敌一般，"嗷嗷"地吼叫着，向蛇头进逼。恒山蛇高高地昂起头颅，准备随时搏击。就在凶兽纵身前扑的一刹那，蛇尾突然卷起，狠狠扫来，将其击倒在地。一个回合过后，恒山蛇依然横身大道，干脆停止前行，似乎是说："老子不走了，有种你就再来试试！"

凶兽也不是个孬种。它就地打个滚，抖一抖皮毛，以迅雷不及掩耳之势扑向蛇尾。恒山蛇早有防备。也就在同一时刻，蛇头后发先至，大嘴张开，朝凶兽的脖子钳来。凶兽转身躲过，长尾巴险些落入蛇口。

恒山蛇伏地不动，头和尾微微翘起。凶兽或许是不愿放弃这道美味，或许是受人之托，不好复命，虽经两次受挫，仍然不言放弃。它踯躅良久，见长蛇首尾互相支援，已形成牢固的战略同盟，均不好下口，思谋另选薄弱环节作为突破口。决心已定，只见它腾空跃起，以泰山压顶之势冲向蛇身的中间。

凶兽一击奏效，它终于咬住了蛇身，蛇血的腥味刺激着它的贪婪。但是，它也发现自己陷入了死地。恒山蛇首尾并至，把它紧紧缠住，张开的大嘴正对着它的头。

蚩尤和他的一班将士自始至终观看了这场虫兽大战。凶兽的勇猛令人赞赏，而蛇克敌制胜的战术更给人以启迪。蚩尤不愿看到两败俱伤的惨剧，正在考虑用什么办法将它们拉开，忽见一物飘然而至，落入蛇口。蚩尤细看，原来是一根竹棍，把蛇口上下两片恰恰地支撑起来，无法合拢。一个声音说道："不要你死我活地斗下去了，各自走开吧。"众人抬头望去，见一位妇人立在石崖上，目若无人地继续训斥："孟槐，你在谯明山上称王称霸，连虎狼都让你三分，没想到今天差点儿葬身蛇腹。记住，以后不要轻易跑到人家的地面上逞凶了。"

蛇身松动，被称为孟槐的野兽哼着跑走了。长蛇吐不出竹棍，只好朝那位妇人频频点头求救。妇人说："率然，你不要以为自己是个地头蛇,就可以公然蔑视外来强龙。你那点儿三脚猫的本事,应付孟槐这样的对手还凑合,若遇到实力强大的敌人,就只能算作垂死挣扎了。"说完,一招手,竹棍从蛇口脱出,变作竹杖回到手中。妇人跨上竹杖,倏忽不见。

恒山蛇率然迅速溜走了。蚩尤让少昊鸷带队前行,择地安营;他一个人留在率然斗孟槐的地方,彻夜长思。

东方破晓,蚩尤胸有成竹地走到军营,宣布暂停行军,就地整编部队,演练阵法。

北狄的部队编制是五人一伍,二伍一什,十什为一卒,形成基本战斗团队。东夷的兵员比北狄少,但兵器先进,对阵时能够以少胜多,所以蚩尤将其编为三人为伍,三伍九人为一什,九什八十一人组成一个卒,然后由数量不等的卒组成旅、军等大部队。蚩尤把主要兵力编为左、中、右三军。

整编后的部队,其基本战斗组织,即一卒的人数,恰恰与原来少昊方阵的人数相等,但蚩尤给它注入了恒山蛇率然的灵魂,使整个部队面貌为之一新,灵活机动,浑然一体。大到左、中、右三军,小到只有三人的一伍,皆似有头有尾的率然,可长可短,能方能圆,互相策应,变化多端。

蚩尤率领这支新军,又浩浩荡荡地踏上征途,寻找轩辕主力进行决战。一日,鹤敌突然出现在蚩尤面前,还领来十几位弟兄。蚩尤一见大喜,把他们统统背在身上,一同行军。鹤敌告诉蚩尤,他们是来投军的,不再离开部队了。蚩尤笑了,说:"你们又不能披坚执锐、冲锋陷阵,留在部队干什么?还不如到各地去游玩。哦,对了,如果有工夫,拜托你替我打听打听女魃、女娃和一闪霞的消息。我忙着打仗,连亲人都顾不上找了。"听口气,蚩尤多少有点儿伤感。

"她们是要找的,可眼下最重要的事是协助你打胜仗。"鹤敌说,"我们可以给你侦察敌情。目前就有一个重要情况向大帅报告,力牧大军已在前方安营扎寨,请速定夺。"蚩尤茅塞顿开,打仗既要知己,也要知敌，才好从容用兵布阵，克敌制胜。鹞敌们头脑机灵，行动敏捷，又善于隐蔽，正是天量地裁的侦探材料，自己怎么忘了呢？

力牧的部队人兽混编，一字摆开六个团队，分别是熊、罴、貔、貅、䝙、虎六军，骑兵隐在阵后。东夷方面，由犁奔、西岳和宿沙分别率领左、中、右三军，摆为长蛇阵，三头六尾，稳步推进。力牧知道东夷军长弓大弩的强劲和赤金镞矢的坚利，为避免同它对射，一开始就凭借占据顺风上坡的优势，突然发起冲击，很快与敌短兵相接。

长蛇阵应对迅速：一边展开队形，三人结伍对抗洪水似的悍卒猛兽；一边劈波斩浪，继续推进，欲穿透敌阵，将其冲散、分割。怎奈北狄六军一重接一重，对楔入阵中的三路长蛇纵队进行猛烈夹击、挤压，激烈的肉搏战全方位展开。

力牧站在高处，见敌军的进攻已被遏制，战场处于胶着状态，便将大旗摆动，两路骑兵如利箭离弦一般从阵后奔出，插向敌人侧后方。东夷军早有准备，只见两条蛇尾左右倒卷，对骑兵实行反包围。两军依然相持不下。

句芒率领太昊军团，从国都宛丘出发，一路马不停蹄，直到这时才赶上东夷大军。蚩尤让他们暂时观战，待机而动。少昊鸷说："敌阵厚重，难以摇动，我去阵后骚扰骚扰，或能乱其军心。"蚩尤点头同意。

百十只战鹰把几十名百里挑一的战士空降到敌后，放起几把火来，地空联合发起冲击。北狄后队不得不转身应付，东夷中路纵队渐觉压力减轻。西岳大声呼喊，舞动赤金棍当先开路；长蛇阵俨然一体，又开始向前推进。

按原来的打算，中路突破后，要分兵接应其他两路，形成对敌人的分割包围之势，这也是率然长蛇阵左右勾连、头尾策应的妙用。但战场变化难随人意。就在西岳有望冲出敌阵，和少昊鸷会合之际，忽听杀声一片，一彪人马在少昊鸷背后出现。

原来，为防止敌兵迂回到主力大军背后，力牧让从南面退下来的昌意、玄嚣两部，分别在自己的左后和右后两侧扎营，保护六军两翼，以免除后顾之忧。少昊鸷战鹰起飞后，力牧已料到阵后有虞，急忙放出远飞鸡通知昌意前来增援。昌意首先命令向空中放箭，赶走战鹰；然后将少昊鸷等人团团围困，并分兵加强六军后阵，阻滞西岳的攻势。

少昊鸷已成瓮中之鳖，昌意下令要活捉少昊鸷。昌意的想法是，少昊鸷是东夷最强硬的鹰派分子，只要他服输了，媾和就容易得多。他还有一个不想表明的心理预期：在淖子比武招亲问题上，蚩尤没有按时赴约，应按弃权论处；剩下的就只有少昊鸷这一关了，如果他成了自己手下败军之将，大概就没有脸面参加赛事了；要是让少昊鸷死在自己手上，淖子无论如何也不会原谅他昌意的。

昌意想入非非，抽出红崖鞭，准备随时缚住筋疲力尽的少昊鸷，不料一个晴天霹雳在头上炸响，打破了他的美梦。原来是雷震从震泽驾着云头赶来，见两军鏖战正酣，来不及参见蚩尤，便在上空巡视战场。雷震发现少昊鸷陷入死地，处境万分危急，于是吞风运气，鼓腹如球，大吼一声，将昌意兵马连同少昊将士，统统震倒在地。声波未停，雷震已摄起少昊鸷，飞向空中；战鹰也纷纷扑下，救回自己的战友。

空谷无声，偌大的战场一片沉寂。战士停止了格斗，野兽停止了嚎叫。句芒驱动飞龙升空，迎接凯旋的雷震，忽然发现敌方指挥旗下，有只鸟儿飞出。他心知有异，于是随手抛出祖传宝贝网罗，那网打着旋儿飞过去，将鸟儿网个正着。

力牧放飞报信使者远飞鸡，召唤玄嚣部，却眼看着它自投罗网。他怕贻误军情，干脆打开笼子，把六七只远飞鸡抛向空中，心想总会有一只漏网之鸡到达目的地。没想到句芒也照此办理，把他豢养的晨风鸟一股脑地推出。晨风鸟是猛禽，飞速极快，专爱捕杀其他弱势鸟类。远飞鸡见一群天敌扑来，慌不择路，远飞他乡逃命，哪里还顾得上去报信？

这一切都被蚩尤看在眼里。他断定力牧一时很难调来援军，于是把太昊部和待命的四条蛇尾一并投入战场，一举打破了僵持局面。北狄军又坚持多时，毕竟不敌扑面而来的生力军，只有节节败退。昌意的人马虽然苏醒过来，但早已心胆俱碎，爬起来不思向前助战，反而抱头鼠窜。往日战无不胜的力牧大军终于支持不住，溃堤般垮了下去，兵败如山倒。闻讯来迟的玄嚣军立脚不住，也只好望风而逃。

蚩尤传令，以队为战，以伍为战，穷追不舍；由句芒和少昊挚在百里之外择地收军安营，再回头打扫战场。东夷兵丁个个狩猎成瘾，见力牧败兵中的虎豹熊罴满山遍野奔跑，野性大发，不知疲倦地追逐射杀，把围猎猛兽当成了筹措军粮活动，反而放过了不事抵抗的北狄士兵。

八阵图

蚩尤收拢得胜之师，在土山上建立大寨，休整养息。力牧收集败残人马，在轩辕丘城外依山扎寨，与轩辕丘相呼应。他一面招兵驯兽，重整六军；一面请玄嚣去肃慎国借兵，图谋报仇雪耻。力牧向轩辕汇报了整个战役的过程，并检讨说："东夷军虽然装备了赤金兵刃铠甲，但我军勇猛强悍，用双倍的兵力完全可以阻遏它的进攻，是突然炸响的霹雳扰乱了我的后阵。再就是远飞鸡被捉，通讯联络遭到破坏，无法调动援军，导致溃败。我已经了解清楚，发出雷霆的是震泽雷兽，捕捉信鸡的是太昊之子句芒。这两人不设法除掉，后患无穷。"

风后说："东夷山海相连，河湖交错，奇人异物甚多，我们若是去打他们，再难成功。如今蚩尤把队伍拉到这里来打我们，虽然逞着锐气赢了一仗，但最终逃不出朱明的下场。"她建议坚垒避战，养精蓄锐，扰敌后方，待机决战。轩辕采纳风后的意见，任蚩尤百般叫阵，只是闭城不出，暗中却选派多名将领到大草原上去练兵。同时命昌意潜回中原，见机行事，离间东夷。肜鱼氏阿珠的次子也已成人，赐姓姬，单名一个辛字。轩辕让姬辛到南方去找哥哥夷鼓，就地开展活动。

　　守城的日子十分难熬。东夷九国天天轮流到城下骂阵，雷震隔三岔五就来吼叫一声，搞得人心惶惶。当年朱明围城日久，给城中军民带来的灾难，轩辕记忆犹新；他不希望拖延太久，日夜与风后谋划反攻大计。

　　一日，玄女天书忽然发出一阵悦耳的音乐，长风鸣镝，战马啸啸，一股肃杀之气顿生。乐声中，天书上赫然浮现一幅图：中间圆心阴阳相互消长，天地、风云、龙虎、鸟蛇等图形分布八方；稍后，又变作一个方阵，由八八六十四个小图形组成。接下来，图形不停地变化，方圆递出，错综相成，且速度越变越快，目不暇接；然后戛然而止，眼前只剩下一片发黄的无花果叶，安静地待在那里，好像什么事也没有发生。

　　轩辕和风后面面相觑，犹如大梦初醒。不过，耳边犹存绕梁余音，在提示他们的记忆。良久，轩辕开口道："这是一个阵形图，一个随时变化的战阵演示图。阵形的开端由八阵组成，不妨称它为八阵图。我揣度，八阵图里似乎潜伏着伏羲八卦的影子。"

　　"对，可以肯定地说，八阵是按照八卦原理摆成的。"风后有过目不忘、见微知著的天分，八阵图的奥妙早已了然于胸，分析说，"不过，八卦两两叠加，形成六十四个方阵图，我还是第一次发现。粗略看来，此阵混沌纷纭，杳冥恍惚，包容天地，辟阖乾坤，静则坚重如山，动若行云流水；阵内勾连互设，奇正相生，上下一体，左右呼应，收天下万物之力以致敌，可谓博大精深，神奇不可言喻。

摆设此阵，需要有一人精通玄微，把握全局，及时调度四面八方，方可克敌制胜。"

轩辕以手加额，赞道："军师见解如神，无人可及，主持此阵者非军师莫属！就请你全权运筹帷幄，调兵遣将，轩辕和诸将悉听驱使。"

蚩尤大军驻扎在土山上，筑起坚固的营寨，以为久计。土山旁临宽阔的河谷，通往中原来路。句芒驾龙在前线与后方穿梭飞行，传递消息，催办给养。一日，句芒从南方回来，遇见少昊鸷驾战鹰在营寨上空盘旋，对句芒说："轩辕丘中不断有远飞鸡飞进飞出，似将发生什么情况。"句芒说："我去捉几只来。"少昊鸷说："小心飞箭！我几次靠近都被城上弓弩手射回。""知道了。"句芒一面答应，一面径直升入云端。

句芒在几朵白云的掩护下，从高空飞越城墙，发现下面有人正在放飞远飞鸡。他突然垂直下降，接近鸡群，同时放出晨风鸟。晨风鸟争先恐后急速俯冲，直扑远飞鸡。养鸟驯鸟也是句芒的拿手绝活。他的晨风鸟虽然没有少昊战鹰那样雄壮威武，但捕猎的本领却毫不逊色。他眼看着它们马到成功，抓起俘虏返航，不料却突然接二连三栽下地去，连叫一声都没有来得及。

句芒大惊。他环顾四周，发现一只凤鸟从大树上飞起，翩翩而至。一位女子坐在凤鸟背上，仙风飘逸，气清神闲，款款说道："句芒，你的双龙果然飞行有术。你乘着它来抓人家的鸡，未免大材小用了吧？不过我还是要感谢你，你给我送来个增长见识的机会。我的凤鸟可是货真价实的鸟中之王，今天我要检验一下，看看你这两条飞龙是活体还是死物。"说话间，从长袖中摸出一根木棒。

句芒断定，眼前这位女子就是闻名天下的风后。听说她有一根防身的风狸杖，用来指点有气息的飞禽，无不立即栽地。句芒先下手为强，顾不上答话，一抬手将网罗掷将过去。

有道是智者千虑，必有一失。风后本来知道句芒有一个可以捕获雀鸟的网罗，但她对自己的坐骑凤鸟估计过高，没有把它与其他雀鸟归为一类。谁知那网罗是不分尊卑贵贱的，见鸟就收，一出手就直奔凤鸟，连它的主人一并俘获。

句芒自以为得计，没想到死神已经降临到自己头上。当他在轩辕丘上空出现时，就被一双眼睛死死盯住。那人就是力牧，他的眼睛赛似鹰隼。就在句芒抛出网罗的同时，一支长矛般的利箭飞至他的后胸，穿体而过。

句芒的热血好像被点燃，人和飞龙化作一团火，在空中上下翻腾。晨风鸟追逐火球，接二连三地投火自焚。网罗也不解自开，放出风后，飘入火球。这时，人们惊奇地发现，两条飞龙又恢复了原貌，只是句芒已变成人面鸟身，身跨双龙向东南方向飞去。他就是太昊氏后代敬奉的神。

少昊鸷发现句芒浴火成神，大吃一惊，急忙回营报告，并要求立即攻城，为句芒报仇。消息不胫而走，各路将士群情激愤，特别是太昊、少昊两国的弟兄，更是急不可待。在蚩尤心目中，句芒既是自己的生死弟兄，又是一员担负着特殊任务的大将，他的作用是别人无法替代的。他强压悲情，冷静部署这次战役。命西岳留守大营，少昊、太昊两部担任正面主攻，由他亲自指挥，并分兵侧翼，以为掩护。

攻城开始了。少昊鸷对准城门连连扣动夷弩，城门轰然打开，蚩尤挥军拥入。城内兵马不多，见大军压来，稍做抵抗便望风逃跑。

意想不到的顺利引起蚩尤的警惕。他纵身登上城楼，举目瞭望，发现四围杀气冲天，在东夷大寨方向，于无声处似有阵阵惊雷滚动。

蚩尤大惊，急命少昊鸷传令："后队变前队，前队变后队，迅速撤出城去，往救大寨！"蚩尤令雷震断后，自己腾空跳跃，赶到前队，率兵急速前进。

东夷大寨安然无恙。西岳向蚩尤汇报说："主力离开不久，营盘左右两侧忽然如海啸般隆隆作响，大地也瑟瑟抖动，似有千军万马袭来。我急忙分兵阻挡，正在担心兵力不足，鸷大哥的鹰队及时赶来。也就是在这时，敌情也像海水退潮似的，很快就销声匿迹了。"蚩尤登高远望，只见山峦起伏，林木幽幽，没有看到任何刀兵气象。少昊鸷又起飞巡视一遭，也没有发现异常。大家默默相对，不知遇见了什么鬼魅。

一阵嘤嘤的哭声打破了沉寂。原来是鹤敌出现了，伏在蚩尤肩膀上恸哭。他蓬头垢面，身上带伤，浑身不停地颤抖。蚩尤把他放在手掌上，惊讶地问："你这是怎么了？你的伙伴呢？"

"一言难尽。我还是先报告军情吧！"鹤敌止住啜泣说道，"轩辕在周围方圆百里之内，按八卦方位设下八个兵阵，总称八阵图。它们分别是天覆阵、地载阵、风扬阵、云垂阵、龙飞阵、虎翼阵、鸟翔阵、蛇盘阵。每个兵阵又由八个小阵组成，全阵共有六十四个小阵。八阵图上应天文，下顺地理，借用天地间各种动、静之物，因势发动，威力无穷。就是天神落入此阵，若不通晓它的奥妙，也难逃厄运。"

蚩尤问："我刚才登高观察，怎不见任何人马踪影？我们既然已被裹入八阵，轩辕为何不发动攻击？"

"这就是八阵图的神秘所在。需要隐蔽时，可升入九天之上，可藏于九地之下；机会一到，疾速发动，等它显现出来，已是排山倒海，势不可当。八阵图还设有八门，分别是休、伤、杜、景、死、惊、开、生。我们的大营正好占据休门方位，利于休养生息，如不轻举妄动，八阵不会轻易启动。轩辕丘接近死门方向，风后已使它成为空城，千方百计将我军诱入，一举围歼。我们不顾性命地跑回来，就是要告诉你，千万不要离开大寨，风后就是要等我们离开休门后启动八阵。"说到这里，鹤敌又呜咽起来，引起下面一片号啕。原来蚩尤脚旁还有八九个鹤敌的伙伴，一样的伤痕累累，悲痛欲绝。接着，鹤敌讲述了他们的侦探经历。

鹤民国的族人凭着先天的敏感，嗅出周围隐藏着杀机。他们三人一组分头打探，发现了八阵图。为弄清楚八阵图的内涵，鹤敌甚至潜伏到轩辕、风后议事处窃听。他们的活动终于被发觉,引起怀疑;于是力牧放出成群的猫、狗和家禽,到处捕捉这种小人儿。等到他们会合时,发现已有十几位弟兄失踪。最令鹤敌们痛心疾首的是,在即将逃离险境的归途中,又有一批弟兄献出了生命。

那是在他们刚刚摆脱恶犬的追踪后,个个如同惊弓之鸟、漏网之鱼,慌不择路,一头撞进一片沼泽地。真是应了那句话,不是冤家不聚头,一群尖嘴长颈的海鹤正在这里觅食,发现美味送上门来,毫不客气地吞下肚去。鹤敌和那些机灵敏捷的弟兄连滚带爬地逃回芦草丛中躲藏。鹤敌怕重新遭遇猫、狗搜索队,不敢绕道行走,于是心生一计,智斗海鹤。他教大家用泥土抟成自己的形状,成十成百地摆在泽畔;海鹤一见大喜,呼亲唤友踊跃赴宴。饱餐之后,海鹤们才亲身体会到,原来的美味佳肴如今变了味道,而且胀胃塞肠,不易消化。如此反复多次,海鹤们看见小人儿就发呕,相互提醒,避之唯恐不及。这时,鹤敌带领他的伙伴,大摇大摆地通过了沼泽地。

蚩尤把鹤敌弟兄们抱在胸前,用眼泪为他们冲洗污垢,用舌尖为他们舔净伤口。作为军帅,他第一次悟出一个道理,战前了解敌情,远比战场上厮杀重要得多。是鹤民用他们的智慧和生命挽救了东夷大军。蚩尤重新部署,一方面深沟高垒,巩固寨防,同时亲自组织侦察敌情,研究破阵突围战术。

八阵图中的所谓龙飞阵,只不过是一个深不见底的积水潭,人称龙潭。龙潭上悬一线瀑布,下泻涓涓溪水,风平浪静,谁也看不出其中有什么玄机。但是,它却和位于轩辕丘北方的龙鱼国相通。龙鱼状似鲤鱼,头生一角,水陆两栖,常载神圣道德之士遨游四海。接到风后信号,龙鱼们可在瞬间通过地下水道,驰援它的邻国,据龙潭兴风作浪。这些情况是雷震潜入龙潭,通过蟹言鳖语探听到的。蚩尤命雷震对付龙飞阵。

少昊鸷侦知,鸟翔阵是由大鸿驯养的九头鸟组成。蚩尤对九头鸟并不陌生,论起天下禽兽,它会时常被人们提及。九头鸟喜阴避阳,嗜好夜入农家猎户，摄人魂魄。一次，一只九头鸟被天狗咬掉一个头，它照飞不误，流血滴洒之处，人人遭殃。因此，人们畏之如鬼魅恶煞。但此鸟怕火，见火即落，是它的致命弱点。按风后的设计，九头鸟事先栖息在山岩背后，待龙鱼出渊腾飞后，天空晦暗如磬，九头鸟飞掠敌人头顶，发出恐怖鸣叫，以增添八阵的诡异气氛，震慑敌兵。蚩尤怕少昊鸷的夷弩将九头鸟射伤，滴血降灾，没有派他应对鸟翔阵，而是让犁奔率数十部下，携带火种草把，埋伏待命。

鹤敌重上征途，穿林涉涧，攀岩钻洞，穷尽搜索，终于发现了蛇盘阵的秘密。八个岩洞，栉比棋布，两两相通，蜿蜒于丘陵地下。北狄大将常先，常山人，谙熟率然阵法，藏兵于岩洞。蚩尤命西岳部署两倍于敌的兵力，以蛇制蛇，压住常先部，为大队人马打通开往生门的道路。

蚩尤夜探八阵，每经一地，天弩就发出低沉的啸鸣，似乎在警告他，这里藏有伏兵。蚩尤忙活了几个通宵，结果什么也没有找到。直到最后一个晚上，才探明虎翼阵的情况。虎翼阵由力牧掌管，设在天帝废弃的搏兽之丘上。因为此丘是供神仙观看斗兽的场所，所以有一个奇妙的特点：站在山丘上可以瞭望大地，而在丘下抬头望去，看到的只是祥云缭绕，彩霞飘飘，却见不到人踪兽影。蚩尤看好地形，命少昊鸷多带弓弩手，潜伏在紧要处。

八阵图是后发制人。如果没有重新调度，它会一直引而不发；只有当东夷人马离开营寨、进入运动状态时，才会自动连锁起爆。这期间，轩辕主动发起过几次挑战，企图引蛇出洞，倒是轮到蚩尤高挂起免战牌来。风后一时也无良策，只好观天地之变，待机动作。

如果不是应龙来搅局，假以时日，蚩尤有可能破译八阵图。但应龙的确出现了，还匪夷所思地蓄起一峡谷的水，改变了蚩尤的命运。

应龙蓄水

等待,就是女魃的全部。二十五弦已经不能表达她对蚩尤的思念。她撕开轩辕的绢封,把五十根琴弦尽情挥洒。琴瑟声使她更加烦躁,浑身热气蒸腾,玉山顶上顿时热浪冲天。应龙怜悯她,始终不渝地爱着她;但他依然不敢主动面对她,也不知道该怎样去安慰她。只有这时,应龙才满足地感到自己是女魃的捍卫者。他从西海汲来清水,漫天喷洒,给西王国带来凉爽,也使女魃冷静下来。接着又是琴声,热浪,降雨,反反复复。西王国没有了春夏秋冬,只剩下旱和雨的交替,倒也算风调雨顺。

希有建议说:"这丫头相思太苦了,不如让我把蚩尤找回来,成全他们。"

西王母说:"世上的事都有自己的法则,强制把它拉到自己的主观意志上来,就免不了弄巧成拙。正因为如此,天帝才给天神们下达了禁令。你我都在天帝的禁令约束之中,还是顺其自然吧!"希有本人惦念着蚩尤,心底很苦,总想把他救出是非之地。她这点儿心思,怎能瞒得过西王母?于是讲出一番大道理告诫她。

一日,女魃突然发话:"你要是真心爱我,就把他找来见我。"

在别人听来,这句话或许无头无脑,但应龙却是心领神会,如接到命令一般,立即回应说:"请您暂时封起二十五根琴弦,我去去就来。"他怕自己离开后,女魃发起烧来无人救火,于是关照了一句。女魃领会,干脆连琴也不再弹,闭目养神。

应龙找到东夷大寨,正打算落下云头呼唤蚩尤,忽听一声断喝:"大胆奸细,怎敢在光天化日之下窥我营盘?你雷爷爷在此,快来受缚！"来者是雷震。如何对付龙飞阵，雷震已胸有成竹，又在空中漫无目的地寻找其他军情，见应龙探头探脑，边喊边伸手劈面抓来。

应龙不慌不忙，二十个回合下来，已使雷震手忙脚乱，渐落下风。雷震见来人手重招狠，自己只有招架之功，便摇身一变，现出人首龙体的法身模样，吸气鼓腹，摇头摆尾，对准应龙就是一声大吼。

应龙着实吃了一惊。不过他一动没动，还等着雷震再来一遍，好仔细欣赏一下这位同类的特技。遗憾的是，雷震吭哧憋气，半天也没发出声来。应龙笑道："就你这模样，就你这能耐，忙活半天也放不出个屁来，还敢在空中撒野？老弟，我让你见识见识什么才是真龙！"话音刚落，一条潇洒的飞龙出现，爪牙凌厉，直击雷震头面。

应龙那一击可碎石断玉。不过他触到的不是皮肉，而是异常坚利的戟刃，不得不急忙缩手。"勿伤我兄！"蚩尤从乱云中钻出来，惊异地说，"原来是应龙兄。你也跑来助轩辕？"

"她让我找你去见她。"应龙恢复人形，答非所问。他不眨眼地望着蚩尤，再不做解释。

"谢谢你。"蚩尤低头望望脚下的军营，说，"请你转告她，眼下我去不了。"

"我已经答应她带人回去，"应龙依旧不眨眼，"带几句话不能交差。"

蚩尤说："你也看到了，这么多人马滞留在险地，我要对他们负责。蚩尤只好请她原谅，也请你原谅。"

"我只对她负责，对我说过的话负责。"应龙毫不通融，"她度日如年，延迟一刻都会增加她的痛苦，只好委屈你了。"说话间，他倏忽变作飞龙，双爪齐出，搂头抓来。

应龙想来个突然袭击，一招制胜，但还是被蚩尤躲过。一人一龙展开一场惊心动魄的大战。根据上次交手的经验，应龙还想发挥自己的水上优势，尽快制服他；于是边打边退，把蚩尤向北海方向诱引。蚩尤顾及着自己的兵马大营,离开稍远一点儿,就立即跳出战圈,落在山头上。应龙只好回头再战。如此三番五次,蚩尤执意不肯跟进,惹得应龙性起,一头撞在蚩尤立足的山峰上。

蚩尤跳在半空。那座山拦腰折断,轰然倒在峡谷里,将河流湮塞。

望着越来越多的积水,应龙忽然异想天开。它高高飞起,一头扎入北海,然后冲天而起,裹挟着海水一路飞回。奇迹出现了。一道长虹般的弧形水柱破空而来,如滚滚天河,倾入峡谷。一夜之间,高峡出平湖。

蚩尤目睹应龙排山倒海,惊叹不已。他站在堤坝上,见应龙从水里钻出来,说:"应龙兄,你的虹吸大法果真是了不起。不过我不明白,你蓄水造湖究竟是想干什么?"

应龙说:"蚩尤,我也有个问题一直想不通,我应龙哪里比不上你蚩尤?你不就仗着手里的兵器天弩吗?天神怕它,我可不怕它!你在陆上能和我打个平手,要是敢下水,我就立时活捉你!"应龙用双翅扑打着水面,朝蚩尤叫喊。

蚩尤苦笑说:"应龙兄,将士们还在等我回去谋划应敌,今日实在不能奉陪,让你落寞了。以后我会到西海去拜访,陪你玩个痛快。"说罢,扬长而去。

应龙大怒,一头撞破大坝,向蚩尤追来。盛怒之下,龙尾摆动划地,在身后辟出一道河渠,决堤之水顺着渠道一路向东夷大寨奔来!

蚩尤大惊失色。土山将溃,营盘不保!他闪电般跳到营寨上空,高声发布命令:"诸位将领听令,立即率领本部人马按计划行动,不得有误!其余人等,跟我来!"

应龙的到来早已引起风后的关注,但她没有料到应龙会水漫土山。当蚩尤大寨节节坍塌,东夷人马大部撤离休门时,风后频频翘首龙飞阵,焦急地等待龙鱼腾空,拉开八阵图序幕。

更令风后想不到的是,她的阵图已被部分侦破。通往龙潭的地下水道被巨石堵住,龙鱼只好改道从空中飞来,又遇雷震迎头痛击,整个龙飞阵未能如期展开，且面目全非。力牧发现龙鱼在空中大战，立即驱虎冲下搏兽之山，但遭遇密集的镞矢阻击，死伤过半；侥幸躲过的，也惶惶如丧家之犬，落荒而走。统帅蛇盘阵的常先，听到外面龙吟虎啸，指挥八个团队同时翻出岩洞，但被西岳的队伍包围，只好钻进钻出，与敌周旋，极尽率然阵法之妙。

由于龙鱼未能按计划裹挟龙潭水，以形成云雾，所以天空依然日色朗朗。尽管战场上杀声阵阵传来，九头鸟们只是充耳不闻，心安理得地躲在阴山背后养神。犁奔守候半天不见九头鸟出现，便带领手下撤防，投入战场。

蚩尤大寨下的河谷成了应龙泄洪之所；放眼通往中原的大道，尽是滚滚洪流。蚩尤只好带领人马穿越开阔地，向另一个高岗地带转移，因为翻过高岗，就是八阵图中生门所在的位置。正行之间，狂风大作，沙石扑面，大地忽然颤抖起来；将士们立脚不住，纷纷倒地。狂风过后，一人如同从地下冒出来一般，手持方便铲高声呼叫："蚩尤慢走，句龙在此恭候多时了。"

"句龙？"蚩尤揉揉眼睛，没错，的确是句龙！蚩尤诧异地问道："句龙，你不是已经退出中原逐鹿，专心研究治水吗？怎么又跑来帮助轩辕打仗？是不是借机找我寻仇？"

句龙说："失国之恨怎能忘记？不过，我这次重披甲胄，再上战场，主要还是为了促进治水大业早日实现，完成共工氏祖上夙愿。"

"此话怎讲？"蚩尤不解其意，问道。

"江河源自昆仑，东归大海，一路缘山依脉，曲折婉转，浩浩荡荡，穿行于万国之间。为一地之利的局部治水，或湮或疏，都不可避免地殃及他国，甚至以邻为壑。这是我共工氏治水大业不成的根本所在。经过这些年的悉心探究，句龙更加相信，只有万国和合，江山一统，共工氏才能大有作为，建立不世之功。"句龙滔滔不绝，说到动心处，竟以为是在发表研究心得，忘了是来打仗，"蚩尤，你还有什么不明白的吗？"

蚩尤忽然觉得句龙伟大了许多，他的治水宏愿连自己也不觉向往起来。不过，蚩尤十分清醒，这是在战场上，眼下最现实的是请他给大军让路，于是说道："共工氏治理水患的决心令蚩尤感动。天下诸侯大半已认同我的领导，等征服了轩辕，蚩尤全力支持你平整水土，消弭水灾，再造山河。今日特向你借路行军，来日再会。"说罢挥军向前。

四处传来阵阵杀声。句龙似乎想起了自己的任务，把方便铲一横，说："莫急，听我说完。由于你我都知道的原因，句龙是不会和东夷结盟的。何况，天意偏向轩辕，这八阵图就是九天玄女示意摆下的，你的厄运已到。我劝你还是放下武器，率军投降，届时句龙会不记前仇，推荐你入朝为官，共同治理天下。不然就请你见识见识我的地载阵。"

蚩尤大怒："一个小小阵图，岂能困住我东夷金戈虎狼之师？你看我如何横扫八阵！"说着，举矛刺来，和句龙战作一团。

眼看东夷大军如潮水般涌来，句龙不敢恋战，就地一滚，变作百丈蛇身，人面头颅大若山丘，红发似火。只见它不停地屈伸舒卷、摇头摆尾。大地隆隆作响，东夷将士顿感地动山摇，遍地滚爬，不得前进。

蚩尤怒不可遏，飞身跳到蛇身七寸处，一阵猛捣。尽管鳞甲坚如岩石，怎禁得蚩尤神力冲击？句龙疼痛难挨，身躯渐趋沉重，就势滚入地下躲开蚩尤，大地也随之平静。

东夷战士爬起身来，随蚩尤向山冈挺进。只见一团黑云压至头顶，轰然炸开，分作八块散布开来；又同步垂直下降，接近地面。蚩尤看得清楚，每片云上都立着一位少年，宽袖跣足，披发仗剑，各自扯下几片乌云，撒下一阵疾雨来。蚩尤暗想，云垂阵开始了。

这八位少年都是轩辕的儿子[1]，人称"八少"，分别赐姓酉、祁、已、任、荀、僖、佶、衣。还是婴孩时，轩辕就把他们送到崆峒山

---

[1]〔汉〕司马迁《史记·五帝本纪》："黄帝二十五子，其得姓者十四人。"

随广成子学道，修炼成一身的好本事，驭风御气，撒豆成兵，已经是拿手好戏。只见阵雨落下处，从地下冒出八个旅团来，人兽混编，嗷嗷吼叫着向东夷人马扑来。

这是除力牧六军之外，轩辕亲自打造的又一个兵团，称作八旅云师，由他的八个儿子各掌一旅，是真正的神出鬼没、出奇制胜之师。

八少见部下已投入战斗，一声口哨，横转身形来个夜叉探海，持剑从八面向蚩尤冲刺过来。蚩尤一鹤冲天，避开八少合击，又立即脚上头下，剑画圆弧，凌空回击，只听"砰"的一声，八少弹开。如此不断地重复，双方招式不变，一个回合快似一个回合，出手也愈来愈重，好像蚩尤有意在卖弄自己的实力，也好像八少在故意表现弟兄间的默契配合。

双方将帅一时难分胜败，军士间的格斗也越来越惨烈。东夷战士凭借坚甲锐器，略占上风。这时，一阵大风刮过，原本朗朗天日，忽地变作星斗满天。当蚩尤又一次腾空时，抬头望见天鼋十七星电光大炽，旋转成一张偌大的天罗，罩将下来。此时，句龙又开始作法，遍地都是飞舞的方便铲。蚩尤大惊，发现自己遭到上下合击，景况不妙。

蚩尤头顶上空的十七星，原来是轩辕祭起的天鼋剑所化，借助八阵图的神韵，布下天覆阵。天覆阵与句龙的地载阵、八雄的云垂阵相呼应，在风后自身形成的风扬阵的协调下，组成天罗地网，围剿蚩尤。

周围巨大的压力和险情激怒了天鼋。它发出低沉的啸鸣，似乎是在警告围攻者：离我远点儿，不要碰我！天鼋的威慑，使天鼋剑不敢轻举妄动，句龙和八少的动作也有所收敛，大家只是围而不攻，一时陷入僵持状态。

此时的东夷大军却处境险恶。原来，力牧的虎翼阵遭到破坏后，他恼羞成怒，自作主张把自己的骑兵招来增援；九头鸟也趁着夜黑风高，飞到东夷阵地上空，制造恐怖气氛。战场形势发生逆转。风后抓住战机，重新调动兵力，布成弧形战线，把敌人压向一个山谷。

蚩尤眼见兵将被赶进谷口，大惊失色。那个山谷是葫芦形，没有其他出口，是八阵图中的死门！他本人被封锁在天罗地网里，无法脱身。他求助地弹一弹天弩，希望它破天一击，帮他冲出包围，去救自己的弟兄；但天弩无动于衷，似乎它的责任只限于防护他的安全，袭击天鼋剑不在设计程序之中。

蚩尤又一次面临抉择。剑鞘作弓，剑刃为箭，蚩尤果断地弯弓搭箭。为了拯救全军，他决定行使那唯一的一次天弩发射权。

上空响起炸雷，头顶上被电光撕开一道蛇形缝隙。蚩尤应声撞出天罗地网，挥戟横扫千军。东夷将士见大帅接应，士气大振，拼命发起反攻，杀出一条血路，抢占一片山冈。

蚩尤辨认方向，发现此地是八阵图中的景门所在，部队暂时脱离了危险。少昊鸷、西岳也先后率队前来会合，分别择地扎下三个营寨，互成掎角之势。

蚩尤清楚地记得，他的天弩并没有射出。他一直纳闷儿，是谁把天罗击破的呢？直到有一天应龙找上门来，蚩尤才惊异地发现，帮自己逃出天罗地网的竟是应龙！

大风雨

起初，应龙撞开大坝追赶蚩尤，拱塌半个土山，山洪冲入蚩尤寨下的河滩，一泻千里。待回过头来寻找蚩尤时，发现他被困天罗地网。应龙不愿乘人之危拿下蚩尤，那样做会被女魃看不起，也会在天下英雄面前大丢脸面。但他也怕蚩尤被别人擒走，使他没法向女魃交差，于是出手震破天罗，救出蚩尤。应龙的举动被句龙发现，赶上前去质问道:"你怎么帮助蚩尤呢?"

"应龙有难言之隐。"

"你不怕得罪轩辕吗?"

"应龙会还他一个公道。"

进入阴雨季节,时有山洪暴发。轩辕收拾起八阵图,休整队伍,观测天象,打探敌情,寻找新的战机。蚩尤的队伍伤亡不甚严重,但锐气大受挫伤。所幸新驻地是个天然的营盘,临水据险,背后是连绵起伏的群山,可以打猎取柴,也能迂回到达中原。

鹤民伤亡惨重,最后只剩下六名,还大多带伤。蚩尤不忍看着他们为自己而灭种,力劝鹤敌带领弟兄们返回故乡。蚩尤欲作持久打算,即使一时不能征服轩辕,也要扼住他的南下之路,阻止他在中原称帝。于是,经众弟兄商议,每国派一名使者回去,带回如下意见:在国内另外推选国王、狄帅和其他首领,来代替出征人员,以维持局面。

一日,天空放晴,蚩尤和弟兄们在后山射猎,忽见应龙远远地立在山巅上,发话道:"蚩尤,你好清闲!应龙帮你逃出天罗地网,是让你去拜会女魃,不想你竟在这里贪玩儿。"

蚩尤心中的谜团一下子解开了,真诚地说:"谢谢应龙兄出手相助。你的吩咐蚩尤岂能忘记?只是大战过后,军心不稳,蚩尤不便擅自出走,还望应龙兄体谅。"

"我不管你的军心民心,我只要安慰女魃的心。"应龙不耐烦地说,"蚩尤你听着,三天之内不见你赶往西王国,应龙就水漫兵营!你来看!"说着向身后一指。

蚩尤登高远望,不禁胆战心惊:群山中不知何时蓄起一个天池,波光粼粼,高悬在东夷新营寨的上游;一旦决口,人马皆为鱼鳖矣!

夜里电闪雷鸣,下了一夜的雨。蚩尤也一夜没有合眼。应龙说到做到,对他的警告必须认真对待。该想的都想到了:移营高处?很难再高过天池,应龙能够划地成河,把洪水引向周围任何适合屯兵的地方。班师回国？实在心有不甘，他也不愿把战火带回中原，让他此时离开队伍更是不可能的……

天蒙蒙亮，应龙的叫唤声从山上传来："蚩尤快快出来见我，不然应龙就放水啦！"

蚩尤跃上山头，见应龙立在峡谷对面，责问道："应龙，大丈夫怎的说话不算数！本来约定三天后回话，为什么只隔一夜就变卦？"

"不是我应龙说话不算数，是你蚩尤使用诡计，暗算应龙。"

"蚩尤夜来并无动作，你怎无端猜测？"

"雷震不是你的弟兄吗？他偷偷地到天池对岸开山排水，难道你蚩尤不知道？"

"雷震？他昨夜去放水？"蚩尤吃了一惊，心想，把天池里的水从别的地方排出去，这个主意不错；只是夜里雷声不断，怕是雷震凶多吉少，便焦急地问："他人呢？"

"为躲避我的追击，他逃向北方，遭到一群龙鱼围攻致死，现出原形飞回震泽了。"应龙轻描淡写地说，然后话锋一转，"蚩尤！我的耐心已经用光了。你不要过来，我也不想和你打架纠缠；我要你马上跟我走，如果不答应，我就即刻倾覆天池！"

听说雷震战死，蚩尤心如刀绞，他真想奔过去与应龙决一死战，一泄满腔悲愤；但他不敢动，也不敢使用天弩。应龙的脚下就是悬空的湖水，有节奏地拍打着石岸，那是悬在全体东夷战士头顶上的一把剑！

悲壮的一幕出现了。少昊鸷和他的一群战鹰突然从云层中坠下，高速向应龙撞来！

应龙全神贯注地盯着蚩尤，没料到有人从后上方偷袭；等他察觉时，已被一股强大的冲力裹起。

高空下坠之势，即使应龙这样的超人也难以阻挡。他身不由己地横过峡谷，撞在对面蚩尤脚下的山壁上。

峡谷深而且窄，连雄鹰也来不及展翅攀升。蚩尤眼看着少昊鸷和他的战鹰落入谷底，集体殉难！一只人首鹰身的怪鸟，悲壮地鸣叫着向南飞去。它是少昊鸷死后变化的神，要飞回故乡去。

"天哪！"蚩尤撕心裂肺地大叫一声，纵身跳下深渊。少昊鸷是他最亲密的弟兄，两人意气相投，眼见那惨烈的一幕，蚩尤的脑海里一片空白。他忘记了处境，忘记了危险，甚至忘记了身为全军统帅的责任，舍身抢救少昊鸷，或者，追随他去死。

蚩尤不该死，他落在应龙身上。应龙毕竟是应龙，还没有落地就变出翅膀鼓气升空，不过有点昏头昏脑，他还以为一块石头砸在身上。

蚩尤找到了发泄的对象，应龙也试图用武力制服蚩尤，把他带走。两人打了个昏天黑地。蚩尤看见了那一湖水，忽然明白了自己的目的。他把应龙死死缠住，尽量往远处拖，决心不惜同归于尽，也不给他造成毁坝放水的机会。

东夷将士得知少昊鸷、雷震战死的消息，遍山哀号，悲声动天。蚩尤也从来没有像现在这样，一边打，一边号啕。

轩辕得知应龙又在高处蓄水，打算二次冲垮蚩尤寨，早已派兵遣将，四下埋伏，只待东夷人马离寨出走，就全面发起攻击。但等来等去没有动静，唯见蚩尤和应龙满山遍野、空中地下来回滚打，似乎没有了结的时候。风后提议请句龙开山放水。

句龙还未到达天池，忽遇狂风大作，云山骤起，"咔啦啦"炸雷在头顶上响起，不离前后。句龙心生怯意：天池下泻，不知会有多少人葬身鱼腹，莫非上天在警告我？他迟迟疑疑地登高瞭望，一幅奇异壮观的景象展现在面前：天池水面上旋起一道数十围粗的水柱，直上高空；然后被强风送向四面八方，形成浓重的、重重叠叠的云层，霹雳在哪里炸响，哪里就降下倾盆大雨。

句龙更加相信了自己的推断。他不愿、也不敢违天行事。他怀着敬畏的、虔诚地的心情，欣赏水朝天上流的奇观，直到天池蓄水降到谷底，水柱消失，句龙也没有动铲执行任务。

应龙大战蚩尤，打得不可开交，发现蓄水倒流空中，十分惊骇，心想：这是哪家神祇在施法，竟比我的虹吸大法还要厉害？他有心汲引北海水，注入天池，与施法者比个输赢，但被蚩尤不要命地缠斗，脱身不得。

蚩尤见神人出手相助，解除水患有望，精神大振，一把剑交替变作九种兵器，围着应龙飞舞。当湖水见底、危险终于消除时，蚩尤突然跳出战圈，用剑指着天空声嘶力竭地哭喊："糊涂的老天哪，你怎么才睁开眼！我那可怜的弟兄，你俩死得太早了！我们本来应该一起活着，一起去死，让我怎么活下去啊！"

蚩尤以头撞地，血流满面，泪飞如雨。山林间悲风呼号，云雾惨惨；军营里一片悲声，感天动地。应龙纵有铁石心肠，此时也失去了方寸，不知如何是好，呆呆地望着只顾号啕、毫无防备的蚩尤，竟然没有去动他。

蚩尤心力交瘁，终于平静下来，对应龙说："蚩尤求你一件事，请转告小妹。如果她非要见我不可，就到这里来；如果来不了，以后就请你多关照她。事到如今，我更不能离开这些东夷弟兄了。"他想了想，又说："你我的恩恩怨怨就不再提起了。我的两位弟兄因你而死，这种痛苦是刻骨铭心的，我永远不会忘记。但我不会再去找你寻仇。因为你我争斗没有结果，徒费力气，于事无补。"

应龙起身就走，走出几步，又停下来，头也不回地说："我应龙受人之托，这是第一次爽约，何况又是她。告诉你，如果她来了，你不能使她高兴，应龙会不遗余力杀死你！"

轩辕连续向东夷新寨发动几次进攻，都被一一击退。即使到了这种地步，手持赤金兵器的东夷军队仍然难以战胜。风后指望重新利用天池破寨。她发现，天池水不是应龙一次性从北海借来的，而是由他疏通数条山涧引来的，被抽干后还会积存起来。但积水一多，就会很快形成水柱流向空中，然后单单地向轩辕丘和北狄军兵的营地泼洒，军民们苦不堪言。风后觉得这风这雨实在蹊跷，不相信是天帝的旨意，但又不明所以；一直到巫咸从中原回来，才揭开谜底。

昌意被派往中原，是他求之不得的美差。眼下虽然是战争时期，但他一刻也没有忘记淖子。按照昌意的推算，夏至那天应该是他和少昊鸷决斗的日子。昌意明明知道少昊鸷还在前线打仗，不可能赶回来和他比武，还是刻意在那一天来到阳丘。

人们对昌意怒目而视，因为是他抢走了小王子颛顼；但又不能为难他，因为昌意是按九淖国规矩前来赴约的贵客。没人接待，没人主持，除了一群顽童，甚至没人围观。昌意十分尴尬，但他还是大方地宣布，自己是本届比武招亲决赛的胜家，是淖子女王的合法丈夫。

元老院无法否认，因为完全符合程序。淖子却不予接受。她的理由是，战争时期，不能拘泥于旧规。少昊鸷在前线浴血作战，不能脱身，国家据此认定他弃权是不公平的。何况昌意是轩辕之子，不把他赶走就已经是客气了，怎能把国内兵权交给敌国统帅之子呢？淖子甚至提出，当初蚩尤去看炎帝也是公派出差，不是他个人愿意放弃比武权力的。她认为，这次招亲应该整个推倒重来。因此，淖子行使了女王的权力，拒绝接纳昌意，也不给他授权。

昌意没有达到目的，但他并没有灰心。在九淖国，他亲身感受到，人们对轩辕国主要的怨恨是颛顼事件引起的，这也是他们参战的主要动力。至于谁是天子，普通国民并不十分在意。淖子倒是支持蚩尤当天子，那也是指望他将来禅位给颛顼。昌意看透了这个女人的心，儿子的前程，是她所有一切行为的出发点。她不让自己进宫，还有一个重要原因，就是没有把颛顼给她带来。

其实昌意也在为颛顼的前程考虑。昌意认为他的母亲嫘祖是轩辕正妻，将来他最有可能接替轩辕拥有天下。他把颛顼送到广成子处修炼学道，指望颛顼能接自己的班，做一位英明的君主。由于目前老爹轩辕的天下还没有拿到手，又怎能给儿子许愿呢？昌意思来想去，没敢向淖子说明自己的心思。

少昊鸷和雷震战死的消息传来，在阳丘引起的不是悲痛，而是惊慌，人们担心自己的儿子、丈夫不能返回家园。而淖子却似五雷轰顶，悲伤不已。昌意怕她伤了身子，决定把颛顼接来，给淖子一个惊喜，使她得到一些安慰，也给自己一个近身的机会。

巫咸应昌意之请，腾云驾雾，专程到崆峒山背上颛顼，又一路飞到阳丘。见颛顼已长成神采飘逸、英气勃勃的少年，淖子破涕为笑，满脸的乌云一扫而空。消息传开，阳丘城乃至整个九淖国到处鼓乐喧天，人们奔走相告，庆贺小王子的回归。借着吉庆，伯夷父请神卜巫咸对颛顼的前程进行占卜，结果是元、亨、利、贞，龙飞有日。人们对昌意的怨恨化为感激，他一时成了九淖最受欢迎的人。元老院有人提出为昌意正名，催促淖子接纳他为新一届夫君。

少昊鸷与淖子青梅竹马，是她的初恋情人。他死了，那锥心的疼痛总是不时涌上她的心头，挥之不去。淖子虽然没让昌意住进王宫，也已接纳他为座上客。

一股反战情绪在民间滋生。母亲们相互打听："淖子的儿子回来了，我们的儿子什么时候回来呀？"连伯夷父也进言："东夷联军劳师袭远，久战不下，拖下去凶多吉少，九淖国要预谋对策。"伯夷父的儿子西岳也在远征军，他当然担心。作为九淖首席元老，伯夷父经常教育儿子为将要不怕死，但要死得值。

淖子内心十分矛盾。她预感到蚩尤取胜的希望渺茫，九淖子弟命运堪忧，但自己是东夷联盟的主要发起人之一，怎能带头召回本国军队呢？若这样做，自己怎能对得起一个个有情有义的好兄弟呢？

这阵子，九淖朝野人士慕名而来，争相请巫咸看病，多年沉疴总是药到病除，人们把他敬为神。巫咸也乐意为人算命，多有询问出征子弟吉凶者，一时龟壳价贵。巫咸来者不拒，龟壳供不应求，便用兽骨替代。卜骨显示多为凶多吉少，巫咸解释精到，入情入理，不由你不信。九淖上空一时阴云密布，怨声载道，要求撤兵的呼声甚高，淖子的压力很大。

巫咸与昌意计议，九淖国从战场撤军的条件已近成熟，让昌意继续留在阳丘，找机会敦促淖子下令。巫咸南来时，风后请他设法运动友军，攻占昆吾，取得赤金兵器，用来装备北狄军队，那是打败蚩尤的主要保证。巫咸告别对他崇拜有加的九淖民众，起身去共工国找他的弟子女戚，进行游说。他的身上还带着句龙写给术器和女戚的亲笔信，力劝二人出兵援助轩辕。

雨师妾

中原通往蚩尤大寨的路被洪水淹没、冲毁，沿途也经常受到袭击，昆吾赤金场的兵器一时无法运出，堆积如山。少昊鸷死讯传来，石敢当痛不欲生。他要求护送兵器北上，到前线为少昊鸷报仇。少昊般说："昆吾重地，一时也离不开你。共工国虎视眈眈，常有吞并之意；近来又有北狄骑兵在周围游弋，都是奔赤金兵器来的。我最近制成一辆木车马，可用来一试；如果合用，即批量生产，运输问题会迎刃而解。"

木车马和普通的马车一样大小，不过驾辕的马和驾驭的人都是用木头雕刻的。装满弓矢刀枪后，少昊般吆喝着："去，去，去！"用木棒在马屁股上连敲三下，木车马隆隆然发动，转眼间消失在天际。"首次试车，怕它找错地方，待我赶去看看。"少昊般从窑洞里拖出一只木鸢来，展翅一丈有余，他跨上鸢背，升空飞去。

少昊般和他的木车马一去没有回头。他走后，昆吾发生了重大事变。

赤金场设在背山面河的低丘上。一日，天刚放亮，山上传来呼唤声："石敢当！快快出来摆阵，我今天要和你一决雌雄！"

石敢当手提大锤出来一看，原来是术器。他高高地站在山顶上，周围堆满了大块的石砣；他的兵丁还在不停地劈山凿石，制造不知作何用途的石砣子。

"术器兄弟，又是你。你想玩玩下来就是了，站那么老高干什么？"术器虽然是老对手，但石敢当始终对他抱有好感。

"石敢当，这回我是专门来对付你这块泰山石头的。看好啦，小心滚石！"术器说着，双手一挥，一个石砣子滚下山来。

石敢当不敢怠慢，连声高呼："来！来！来！"一方巨石闻声而至，稳稳地落在地上。石砣子来势正猛，一头撞上，顿时粉身碎骨。

术器的第一个石砣子是投石问路。接下来，第二个，第三个……一个比一个重，一个比一个快，只听一声巨响，巨石终于不敌高山滚石的连续撞击，碎成几块。

石砣子还在不停地滚来。石敢当迎头赶上，运起神力，抡锤挨个砸去，锤到石裂，一层层踩在脚下。

"好个泰山石敢当！……高山滚石大阵启动！"只见术器风车似的翻起跟头，山头上刮起强风暴，揭起层层岩石，汇成一股洪流，瀑布般倾泻下来！

"来啦！泰山积石大法！"石敢当大声一呼，展开双臂，陀螺似的旋转起来。山石流在他的脚下旋转、堆积，竟就地鼓起一座山包来！

术器大惊。他只知道石敢当擅长阻挡，没料到这个愣头青还能够聚石成山！巍巍泰山，莫非积石而成？看来，石敢当掌握了泰山真谛，他是名副其实的泰山之子！术器停止施法，呆呆地看着石敢当，不知如何是好。

"山包上那个汉子，你就是泰山石敢当？"这时，山坡上不知何时来了两位年轻人，指手画脚地发问。

"不错,在下正是石敢当。你二人找我何事?"石敢当坐在山包上养神,回答说。

"我们是找你试一试这把剑。"

其中一位答道,随手从背后抽出一把剑来,朗声念道:"藏剑千年,一啸惊天。破山剑,破山剑,给我炸掉那座山!"那剑飞向空中,化作一道蛇形闪电,忽明忽暗,上下翻腾,然后一个俯冲,钻入山包,只听山崩地裂一声巨响,石敢当和他屁股下的山石一起飞上天空!

投出破山剑的年轻人叫夷鼓,他是彤鱼氏阿珠在祝融国失踪的那个儿子。直到前不久,他的弟弟、奉轩辕之命来到中原的姬辛,几经周折才在神仙中黄子处找到他。中黄子答应夷鼓出山,临行时送他一把剑,说:"这把剑叫破山剑,威力无穷,但只能使用一次,切记。"后来,巫咸找到夷鼓兄弟二人,指使他们来到昆吾,暗助术器击破石敢当。

石敢当被抛向半空,这时快速飘来一块红云,将他裹挟而去。术器感到眼前发生的情况太离奇,疑窦丛生,如坠五里云雾,迟迟没有下山。直到昌意带领北狄人马拥进赤金场,他才大梦初醒,带人匆匆赶去。

昌意与夷鼓、姬辛相见,大为高兴。他们来不及叙谈兄弟之情,只顾指挥众人搬取兵器。术器也不和他们争抢,带人直接闯进炼炉场地。

昆吾伯正在铸鼎。他头也不回,把身边的最后几件刀枪投入炼炉;然后,他摸出燧笛,全神贯注地吹奏起来。

术器约住部下,恭恭敬敬地肃立在十步开外。他对昆吾伯十分仰慕,想把他请回共工国。笛声低沉婉转,如泣如诉,铸工们有条不紊地把最后一炉金汁注入砂模。

笛声突然高亢,直上云端。一条龙周身紫火缠绕,探下身来;昆吾伯跨上火龙,在昆吾上空盘旋几圈,没入云层。

术器命人取出金鼎,上面赫然铸就两个大字:颛顼。他拎起金鼎,带领兵丁扬长而去。昌意赶来打招呼,术器连头也没有回。

巫咸带回了来自中原的好消息,还解开了困扰着轩辕和风后等人的谜团。他说:"我发现在这一带行雨的是风伯和雨师夫妇俩,而且行为反常。通过与马师皇联系得知,朱明成神后把北海神禺京告上了天庭,说他违背天时降下雨雪,帮助轩辕打败他领导的炎帝联军。经过旷日持久的诉讼,天帝终于将禺京召回述职,他的辖区暂由风伯、雨师代为行云布雨。"

"他们是哪路神仙?为什么专门同北狄军民作对呢?"风后不解地问。

"风伯也叫风姨,雨师叫玄冥,我们原本都在五神山走动。他二人早被天帝钦点,名列仙班,分管东海一带云雨。"巫咸转向轩辕说,"你还记得少年蚩尤和天神危那场战斗吗?从那时起,我就注意调查蚩尤的来历;其中有一点,就是蚩尤曾经拜风伯、雨师为师。当然还涉及其他神仙,巫咸不便透露。"

"我早就发现蚩尤非同一般,果然大有来头。"轩辕说,"风伯、雨师违天行事,我们是否也可以把他俩告上天庭呢?"

"神仙之间互结朋党,民告神其实非常不易。再加上关系不熟,程序烦琐,不知哪年哪月才有个结果。我想起一个人来,不如……"巫咸如此这般、娓娓道来,轩辕、风后击节叫好。

姑妹国的女主持人乌霓,当年情窦初开,在运动会上和雨师玄冥一见钟情,以至到了非他不嫁的地步。玄冥自是希望接纳乌霓,只怕风姨阻拦,终日里神不守舍。风伯知道她这位搭档本性难移,自己终日四处奔波,他孤独一人怎能耐得了寂寞?与其让他满天下招蜂引蝶、采花折柳,还不如让那位风情万种的乌霓守在他身边,给自己省却了许多担心。一日,一阵暴风骤雨过后,淅淅沥沥的小雨还在下个不停,二人缠绵一番,又要分手。看着老公一脸的愁苦,风伯说:"你的辖区越来越大,旋龟的产蛋量必须相应地增加;应该请个人守在无名岛,照顾一下旋龟的吃喝。乌霓姑娘既勤快又可靠,你看是不是请她来帮忙？"

玄冥一拍脑袋，说："老婆，你真是英明伟大！这么冠冕堂皇的理由，我怎么没有想起来呢？"

乌霓很快进驻无名岛，名义上是个打工妹，毋宁说是个名副其实的妾室，人称雨师妾。雨师妾把无名岛打整得生机勃勃，直到这时，玄冥才把它当成自己的家来光顾。

乌霓心满意足。但令她遗憾的是，同居多年，自己一直没能怀孕生子。她把想法告诉了玄冥。玄冥不以为然地说："世上凡人生命如朝露，活不长就会死，孩子是他生命的延续。神仙长生不老，如果也一代接一代地生下去，光生不死，那不满世界都是神仙了？"

乌霓却不这么想。她认为女人就应该做母亲，不做母亲的女人不管是人还是神，都不是一个完整的女人。何况，自己能不能成仙，还两说着。她处心积虑想怀个孩子，但又不想按老家姑妹国的习俗，另找个男人野合，给玄冥戴绿帽子，于是把目光投向司幽国。

据说司幽国是帝俊的后代。帝俊生了晏龙，晏龙生了司幽，司幽生了一男一女，分别叫思士和思女。到了他们这一代，出现了反常现象：思士不婚，思女不嫁，只凭男女四目相视、通过精神感应便可坐胎有孕，生儿育女。这种传宗接代的方式是好是坏评论不一，但对乌霓来说倒是十分合适。乌霓的坐骑是一只化蛇，人面豺身，鸟翼而蛇行。每逢玄冥出差在外，乌霓就一大早起来，给旋龟备下一天的吃食，然后乘化蛇到司幽国去走访观光，以期得到他们的生育秘诀。

这天秋高气爽，司幽国收割完黍稷作物，开始狩猎活动。王子思士骑着一只高大凶猛的白虎，英俊潇洒；他的同伴也个个雄风赳赳，各自骑着虎、豹、熊、罴，向山林出发。乌霓靠在一棵大树上，目不转睛地盯着思士。直到人群走远，她的目光还在追寻着思士的背影。

乌霓已有十几次目送思士出猎了，每次思士也都会出神地看上她几眼。她听人说，轩辕的母亲附宝，曾经望见大电绕北斗心有所动而感孕；如今她的肚子里一点儿异样感觉都没有，不知道怀孕与否。乌霓疑疑惑惑，正准备返回无名岛，发现一位巫师一摇三摆地走下山来。

来者是巫咸。他本来想施用离间计，让雨师妾把玄冥缠住不得脱身；后来才发现，乌霓有红杏出墙的苗头。刚才巫咸在现场袖占一课，才恍然大悟，原来如此！差点儿冤枉了这位痴心的姑娘。

巫咸走近乌霓说："这位姑娘，我看你面有疑云，神色不定，需要我帮忙吗？"

乌霓抬头一看，发现是位卜者，反问道："您老从哪里来？到司幽国何干？"

"我是巫咸。司幽的女儿思女有孕，让我来卜一卜是男是女。"巫咸已经了解清楚，由于受孕方便，思女一个接一个地生，连来月事的工夫都没有。最近没听说她坐月子，那就肯定是怀着孕。

"您就是大巫巫咸先生？"乌霓惊喜地说，"那就请您给我占卜一下，是不是有孕在身了？"

巫咸给她号脉后，摇摇头。乌霓非常失望，说："听说您是神巫，又是神医，请问，我怎样才能像思女那样怀孕呢？"

"司幽国孤悬海外，与外族通婚不便。岛内同族男女相互交合，又被指为有伤风化。于是有好事的神仙，专门给他们打造了一种近亲繁殖精神感应法。问题倒是解决了，也方便了，但生的多，成活的少，人种退化。"巫咸有理有据地评论一番，转过话题说："看来小姐是姑妹国或黑身国人，与司幽人种差别较大，要想受孕，是需要辅助条件的，比较麻烦。"

"不怕麻烦，只要有结果就成。"乌霓恳切地说，"请先生教我。"

巫咸掐指一算，喜上眉梢，说："姑娘心诚，撞上了吉日。今天是七月七，正是牛郎、织女在鹊桥相会的日子。刚才我已经看到，那位骑白虎的王子思士也对你有意，如果今晚能和他在葡萄架下听着牛郎织女的悄悄话静卧对视，肯定会受到感应。"他又拿出玉龟，庄重地推算多时，说："不过，要想坐住胎，接下来还需每天在子、辰、酉三个时辰坚持约会，经二十一天方可有效。"

乌霓按巫咸的办法去做，后来的确身怀六甲，不过也付出了沉重的代价：旋龟因无人喂养拒绝下蛋，玄冥费了很大力气才把它调教好。这期间，蚩尤和轩辕的战争发生了根本逆转，令雨师懊悔不已。

指南车[1]

蚩尤屯兵高山湖下，虽有风伯、雨师护佑，暂时无虞，但毕竟不是久留之地。他与众将计议，打算利用有利地形，对轩辕军发动一场战役，然后转移驻地。雷霆不断地在轩辕驻军一带上空炸响，大雨依然无情地倾洒，轩辕营垒防务松散；但大大小小的沟壑流水湍急，行军不便，致使蚩尤迟迟无法展开进攻。

这几日，天气晴朗，沟壑里的水也渐渐平静下来，蚩尤通知各寨按计划出击。这时西岳急匆匆地跑来说："大事不好啦！昆吾失守！"

蚩尤心中一惊，忙说："消息从何处得来？慢慢说。"

"昨夜有人在寨外喊话，说颛顼已经回到九淖，应长老院的要求，女王要召回出征人员，共工国攻占了昆吾赤金场。今天一大早，军卒捡到几十支从营外射来的赤金箭矢，相互传言，人心思归。"西岳递上一把羽箭，蚩尤发现都是首次使用，方信传言不诬。

久战不下，后方生变，军心涣散，蚩尤最担心的情况终于出现了。

---

[1]《太平御览》卷十五引《志林》："黄帝与蚩尤战于涿鹿之野。蚩尤作大雾弥三日，军人皆惑。黄帝乃令风后法斗机，作指南车，以别四方，遂擒蚩尤。"

他要西岳立即封闭寨门，禁止人员出入，就地待命，以免波及他国军团。他要抓住最后一次机会，与轩辕决一死战，期望用战场上的胜利挽回不利局势。

　　天池方向传来惊天动地的轰鸣。蚩尤急忙跳到上空，发现天池水波涛汹涌，几十头夔牛立在岸边，朝着一物轮番吼叫。那物蛇身人首，赤发如火，原来是句龙！句龙已经得知风伯、雨师行雨真相，顾虑消除，趁雨师不在、池水又满之际，仗胆前来放水，不期被一群怪物用强大的声响所拒，无法靠近天池。

　　玄冥的雨工旋龟因饥饿而罢工，停止生产霹雳蛋，致使行雨无法进行。风伯及时传信到东海流波山上，请灵夔前来保护天池。蚩尤望见儿时的亲密伙伴灵夔，惊喜异常，高声叫道："灵夔，我是蚩尤！谢谢弟兄们帮忙，拜托了，咱们回头见！"灵夔朝天吼叫一声，作为回答。蚩尤相信夔牛们能够阻止句龙，转身回营；没想到与灵夔匆匆一见，竟成永别！

　　轩辕骑着吉量，带领八少，从蚩尤大寨右侧翻山越岭率先攻到；在他们的后面，力牧指挥大军漫山遍野赶来。上有洪水压顶，近有虎狼之师，东夷军营大乱，士无战心。蚩尤吹起尖利的口哨，八十一名飞虎战士迅速集合，组成应急飞虎营，迎战轩辕，掩护大队人马向左后侧山梁上转移。

　　飞虎营八十一名战士，个个头戴牛头金盔，身披百叶金甲，手持双戟，以一敌十；怎奈北狄兵将越聚越多，手中一样的赤金兵器，围住飞虎战士轮番厮杀。蚩尤见撤退中的东夷兵卒争相逃命，路上拥挤不堪，短时间内难以完成转移；如被敌兵冲过去拦腰截断，后果不堪设想，于是就地施起法来，顿时大雾天降。他又打开木公赠送的小葫芦，一股异香飘出，魑魅魍魉成群结伙地潜来，一时鬼影幢幢，轩辕人马犹如坠入幽府冥间。

　　"玄珠！玄珠找到了吗？三头离珠何在？"轩辕见蚩尤重施故技，忽然想起九天玄女赐给他的玄珠来。记得第二次丢失后，他请离珠再去寻找，不知是否找回来。

离珠刚刚寻珠回来，见轩辕正在战斗，没有机会回报，于是站在山头上观看。听见呼唤，他飞身落在轩辕面前说："离珠在这里，我找到玄珠了。"

轩辕一听大喜："快拿出来，眼下正派上用场。"

"不在我手上，被红衣女郎吃掉了。"离珠连连摆手说。

"什么，被人吃了？"轩辕吃惊地问。

"是的，我亲眼见她吞下玄珠，沉入江水，变成了马首龙身的江神。"

原来，离珠接受委托后，又去找朋友象罔帮忙。象罔说："玄珠隐在一片红霞中，早升东海，暮飞西山；或入大河涌浪戏水，或飘大江随波荡漾，居无定所。"

离珠按照象罔的指点，终日里东奔西走，南下北上，忙活了大半年，连玄珠的影子也没有见到。一个老渔翁使他受到启发。那渔翁白发苍苍，披蓑顶笠，独坐江渚，一年四季不动地方，终会有鱼跑来咬钩。于是，离珠稳稳地坐在伸入江水的燕子矶上，三个脑袋轮流值日，日夜观察江面动静。时间一长，人们还以为他是燕子矶上的一块石头。

这一天终于来了。一片红霞浮出水面，竟是一位身披红纱的女郎！她，就是久违的一闪霞。一闪霞有窃宝癖，这次窃来玄珠，不知是暗助蚩尤，还是另有他用，或者是兼而有之。离珠六只慧眼一齐睁开，洞察秋毫，发现玄珠明明握在女郎的手中！离珠无声地扑过去。一闪霞一闪躲过，顺流而下，竟比游龙还要迅捷。离珠死死盯住水中那一片红晕，踏着浪花紧追不舍。这是一场生死竞赛。他们从江口到江尾，从震泽到洞庭，跑了好几个来回，不分胜败。到后来，离珠好像忘记了那颗珠子，竟是在为比赛而比赛！

一闪霞终于支持不住，又无法摆脱三头怪人的追捕。她知道，三头人要的是玄珠。她誓与玄珠同在，于是吞下玄珠，即时沉入江底。

离珠一头扎进水里。他没有抓住女郎，却迎面撞上一物，马头龙身，张牙舞爪，说："我是江神，玄珠被我吃掉了，你不要在这儿闹腾了。"

听了离珠简单的说明，轩辕摇摇头说："可惜了，可惜了，玄珠和那位姑娘都可惜了。九天玄女曾经告诫我，不要把玄珠含在口里，现在验证厉害了。"他看看周围，自言自语地说："没有了玄珠，打败蚩尤会费事好多。"

三头离珠见轩辕没有别的吩咐，说："刚才我瞭望远处，见句龙孤零零一人在和一群怪物对峙。这里人多，我过去帮帮他吧。"

一句话提醒了轩辕，他拉着离珠纵马奔向高处。这里没有雾幕，远远望去，发现句龙还在和夔牛僵持着；东夷人马有三成还没有逃出洪水冲击区。轩辕马上让离珠找到力牧，向他下达了驱除夔牛的命令。

力牧箭无虚发，夔牛一只接一只应声扑倒。突如其来的袭击，令夔牛们惊慌失措，纷纷跳进水里。句龙运起神力一头撞去，山崩水泄，好似北海倾翻，天河漏底，山一样的洪峰压向蚩尤寨。

东夷大军损失惨重。幸存者如惊弓之鸟，慌不择路，向南逃命。蚩尤让西岳、黎奔和宿沙赶上前去收拢部队，自己带领飞虎营断后，且战且退，凭借浓雾和阴兵与轩辕周旋。

轩辕携得胜之师，却被大雾、阴兵搞得晕头转向，不能乘胜追击溃敌，十分懊恼。这时，一直没有露面的风后忽然出现。在低飞的凤鸟后面，两条长长的火龙破雾游来，魑魅魍魉纷纷逃避。来到近处才看清楚，那火龙原来是由后宫的女兵组成。右队第一人是嫫母。她高举火把，蓬头跣足，活脱脱一个驱鬼开路的险道神！其他战士都戴着面具，个个竟像嫫母一般模样。轩辕忍不住哑然失笑，心想，这风后可真会发掘人力资源，竟把我的后宫搬到了前线。

更令轩辕不解的是，那些假嫫母人人推着一辆双轮小车，车上立一木人，一手前指，行走如风。风后解释说，这是巧垂制作的指南车，可为行进中的士兵指示方向。

轩辕大感兴趣，从一位身段标致的女兵手上接过小车，亲自推着转来转去，那木人始终手指南方。轩辕赞叹道："神异哉，指南车！巧垂之巧，神仙莫及也。有指南车导向，擒获蚩尤之日为时不远矣！"

轩辕人马借助指南车，冲破重重迷雾，追击南逃溃兵。飞虎营一日数战，仍无法摆脱尾追敌人。蚩尤心生一计，他密令西岳、黎奔和宿沙分别带兵向左拐，在大雾的掩护下消失在万山丛中。附带交代一下：这些东夷远征军，由于受到北狄大军的堵截，只有一部分战士回到自己的部落，而大部分流落在幽燕一带，其中还有一批人辗转迁徙、跨过冰冻海峡远走海外。浩浩荡荡的蚩尤北伐大军就此解体了。

为使自己的弟兄免遭杀戮，蚩尤和他的飞虎营承担起与轩辕追兵周旋的重任。他们与追兵若即若离，走走打打，牵着轩辕大军在太行山中钻来钻去，向南面的中冀方向撤退。风后通过空中飞行侦察，发现东夷大部队已经分散消失，眼下所跟踪的不过是只有不足八十一人的飞虎营，于是建议调整追击方向和兵力部署。

轩辕说："鸟无首不飞，蛇无首不行。只要除掉蚩尤，东夷诸国就是一盘散沙，兵马再多也不堪一击。何况飞虎营八十一人，个个都是东夷各部落的军事首领，好战分子，若能一举征服这些人，今后东部半壁江山无战事矣！"不过他还是采纳风后的意见，选出精兵强将组成追剿兵团，其余人马交力牧指挥，分兵安营隘口，封阻东夷逃兵南下回国去路。

上有风后侦探敌情，下有力牧、大鸿等一班干将驱兵奔走，轩辕亲自指挥追剿兵团，对蚩尤的飞虎营进行围追堵截、分进合击。轩辕已有好几次将飞虎营合围，都被他们或是绝壁攀岩，或是飞越深涧，逃之夭夭。一日，蚩尤想让疲惫不堪的弟兄们休整一下，带领大家登上维龙山。夜半时分，喊杀声、鼓角声打破寂静，漫山火把点亮夜空，轩辕人马不知何时跟踪摸上山来，把飞虎营围了个水泄不通。飞虎营的背后是悬崖绝壁，万丈深渊，人人望而生畏，也许只有蚩尤一人能够飞越。但他不能撇下弟兄们，他要带领大家一起逃生。

蚩尤正在观察选择突破口，忽然发现右路敌军背后一阵骚乱。蚩尤忙把手一挥，抡动大戟当前开路，犹如猛虎下山，敌兵纷纷闪开，众将莫敢阻挡。这时，白马吉量好似飞龙一般，越过黑压压的人头，直接向蚩尤冲来，"咣当"一声，天鼋剑和大戟撞了个结实，轩辕和蚩尤稍一后退，随即又战作一团。

蚩尤不愿和轩辕缠斗，却又难以脱身，很是无奈。不料空中飞来一只大鸟，冷不丁扑向轩辕。轩辕正在全神贯注地对付蚩尤，毫无防备，竟被撞下马来！

轩辕爬起身来，发现一位东夷武士身披斗篷，手持长矛指着自己，飞虎战士则如一阵风似的夺路飞奔。轩辕大怒，天鼋剑劈头盖脸砸过去，那武士举矛接战。轩辕见来者威仪堂堂，身手不凡，暗自思忖，东夷何时又出了一位这样的人物？他怕久战失手，于是天鼋剑光芒吐露，热浪滚滚，逼得对手步步后退。

几位将领封住东夷武士的后路，轩辕下令活捉；只见那武士拔地而起，扯斗篷作鸟翼，竟成飞人，鼓翅翩翩逃走。轩辕眼疾手快，天鼋剑一指，电光如虹；飞人如遭雷轰电击，手被灼伤，坠下地来，他那一领斗篷也随风飘落。

轩辕驰马赶去捉人，却见一人红袍紫面，身形高大，伸手接住坠地飞人，拔腿就跑。轩辕目瞪口呆。原来红袍人竟是他的小舅子方雷！他稍一犹豫，又拍马赶去。

夔皮鼓[1]

少昊青代理国王后，把东海少昊国的政治体制搬来，建立了一个鸟之王国，文武百官皆用鸟来命名，百官即百鸟。他率领掌管天文的司历凤鸟氏和掌管民众事物的司徒祝鸠氏跑到昆吾，把百鸟之王的桂冠献给少昊般。当时少昊般正在埋头制作他的木鸢，极力推辞，说："挚领兵在外，为少昊国的尊严而战，是理所当然的百鸟之王。"此议一出，受到国中上下一致拥护。于是寿丘筑坛，祭告天地，少昊鸷在缺席的情况下被推为百鸟之王，国内政务仍由少昊青代理。

百官各司其职，国务治理井井有条，少昊青反而有了闲工夫。他只身一人，或飞或走，随心所欲，踏遍了国中的每一寸土地，走访了每一个部落、氏族。当然，作为一国之主，他需要尽快熟悉这块土地；然而，真正驱使他这么做的，是发自内心深处的呐喊：我的出生地在哪里？我的娘亲在哪里？

他不明白自己的身世，也无从打听自己的出生地；他热爱每一个氏族，对每一位成年女性都礼让有加。他深信，在她们当中，总有一位是他的生身之母。

一日，少昊青在济水岸边行走，竟对这里的山水备感亲切。那哗啦啦的流水声，像婴儿的啼哭，震撼着他的心房。他沉浸在梦一般的迷茫恍惚之中。忽然，一只老鹰从头顶掠过，抓起他的山形冠飞去。少昊青大惊。山形冠是他作为代理国王的标志，无论走到哪

---

[1]（清）吴任臣注《山海经》引《广成子传》："蚩尤铜头啖石，飞空走险，以夔牛皮为鼓，九击而止之。尤不能飞走，遂杀之。"（录自袁珂《中国神话传说词典》）

个氏族,见到山形冠,都会把他当作国王来礼遇。少昊青把斗篷迎风一展,飞上天空,盯住老鹰穷追不舍。

济水绕过一座山梁,圈出一个三面环水、一面是山的岛国,又向远处淌去。这就是方雷氏的家园。这天,方雷氏正在祭祖,天上忽然飘下一顶山形冠,恰恰地落在图腾柱上。主持巫师以为是天降神器,预示着方雷氏族落要出国王,庄重地指挥大家跪行三叩九拜大礼。正待起身,又见一只大鸟盘旋而下,抓起山形冠扣在头上。众人定睛一看,哪里是什么鸟,原来是国王驾到。

少昊青一落地,就像回到了自己的家,对方雷、方相,更像是久别重逢一般,一见如故。方雷氏族人见国王那件可以变作翅膀的斗篷,竟和本地婴儿的襁褓别无二致,更加相信巫师的判断:现在的国王是自己的祖神从天而降,重回人间;偏居一隅的方雷氏,从此要光显门庭了。

少昊青肯定地认为自己属于方雷氏,但还弄不清楚自己究竟是它的祖先呢还是它的婴儿,直到目前,还没有一个母亲来认他这个儿子。少昊青和方雷、方相以兄弟相称,亲如一家,形影不离,常常乐而忘返。

石敢当部下的幸存者跑回国,报告了昆吾失守、少昊般和石敢当失踪的消息,也带来了少昊鸷战死的传闻。少昊国上空一时阴云密布。但国人并没有过度惊恐和悲伤,祖祖辈辈的迁徙和动荡经历,养成了他们勇于面对残酷现实的性格;为部落、为氏族而战死,是每个热血男儿义不容辞的责任。人们纷纷要求上前线。少昊青一面派人和出征的部队联系,一面挑选武士、组织援军。

探马报告,东夷联军战败撤退,大部分人马散失在幽燕一带,蚩尤大帅带领飞虎营与轩辕周旋,沿太行山南来。少昊青决定与司寇爽鸠、司闭者丹鸟带少量武士先头探路,以期与蚩尤取得联系;命司马雎鸠训练部队,等候调遣。

方雷、方相也跑来要求随同前往。方雷声明,他兄弟俩只对少昊青的安全负责,不直接参与交战。因为方雷氏既要顾及东夷部落间的睦邻友好,又要维持和轩辕的亲戚关系,还是采取折中主义为好。

少昊青一行到处打听,几经周折,终于在维龙山赶上被轩辕军围困的蚩尤。少昊青飞向空中,以便观察战场形势,寻找出手机会。下面的方相早已发起威来。他发现,一个个披头散发、推着诡谲的木人的妖魔鬼怪,正在火光摇曳中奔跑喊叫。秉承着职业的敏感和责任,方相须发倒竖,目射神光,抡起桃木棍呜哇叫着挨个敲去。轩辕后阵突遭袭击,乱作一团,给蚩尤突围制造了机会。

方相正闹得起劲,一个木人劈面砸来,紧接着传来一声断喝:"方相,住手!"

声音好熟悉啊!方相稍一犹疑,一个黑影闪来,伸手抓住桃木棍。来人揭开面具,方相大吃一惊:原来是姐姐女节!

女节自幼在徂来山上学艺,有一身的好本事。方雷、方相在桃都山没回来时,方雷氏部落由她支撑门户。来到轩辕国后,女节真人不露相,一直深藏后宫相夫教子、纺绸织锦。轩辕和东夷开战后,女节心情极为矛盾,她既不愿看到少昊国被灭亡,又担心轩辕失败被伤害,整日里忧心忡忡,焦灼不安。她总想到前线去看看,于是偷偷地加入了嫘母的指南车护卫队。这事连风后也瞒过了,只有嫘母知道;但嫘母不知道女节身怀绝技,还安排了几位女弟子保护她。

方相从小受女节照顾,对她很是尊重;他丢下棍子抱住姐姐说:"大姐,你怎么和鬼怪混在一起?"

"一言难尽!她们哪里是鬼怪……"女节说到这里,天上忽然降下一物;方相手快,一把揽在手里。"少昊青的斗篷!不好,国王有难!"方相把斗篷往女节手里一塞,抓起桃木棍冲上前去。

女节展开斗篷、借着火光一看,旭日红霞,熠熠有光,明明是自己亲手绣成的图案!她"啊"的一声惊叫,浑身像受到电击一般颤抖不已。"不好,国王有难!"方相的话在她耳边重又响起,女节如梦方醒，飞一般追过去。

　　方雷在前面跑，轩辕在后面赶；方相撂倒一片截击方雷的将士，又迎头扫向吉量的前蹄。吉量跳到一旁，躲过一击。轩辕不备，差点儿闪下马来。他怨恨两个内弟翻脸不认人，一时怒火中烧，举起天鼋剑，"咔嚓"一声，将桃木棍砍断一节。方相拔腿就跑。

　　轩辕怒气未消，拍马又要追赶，天鼋剑吐露条条火蛇。一声凄厉的喊叫让他惊心动魄："放过他吧，他是我的孩子！"声到人到，一个黑衣女子扑向马头。

　　要说那吉量，可真是匹神马，单听声音，它已经断定来者是三主母，"咯噔"一声立在当地。轩辕倒是好一会儿回不过神来。看着她那矫捷的身影，仔细审视熟悉的凤目蚕眉、白齿朱唇，还是和宫中那位娴静的娇妻对不上茬，但她的确是方雷氏女节。他疑惑地问："你……你说什么，他是你的孩子？"

　　"对！他也是你的儿子。"女节不容置疑地说，"这是我一针一线用心血绣成的褓裸，一眼就能认出来。"

　　轩辕让人去制止追赶方雷的人马，坐下来听女节讲述了一个令人心碎的故事，两人唏嘘不已。沉默了好一阵子，轩辕忽然击掌叫好，把女节吓了一跳。"你生的那个怪胎，类似东夷祭祀神的形状。此儿定是天降神种，我看他强过我所有的儿子。"他压低声音说，"有他在那里当国王，少昊国就已经归属轩辕了，我还去争什么？老天真是惠顾轩辕哪！"他立刻召回巫咸，请他赶赴东夷为少昊青治疗剑伤，并嘱咐暂且不要谈起关于他们母子关系的事。

　　轩辕与风后计议，如今力牧已封锁了东夷大部队回国的路，等于把他们流放在北方荒远之地，如果再把蚩尤等八十一人抓住，东夷就算是平定了。眼下的问题是，蚩尤一方虽然人少，但个个刀枪不入，飞空走险，赛似魔头，单用人力很难制服，必须借用风雷水火等天象才能奏效。风后又如此这般，献出一条被后人称为欲擒故纵的计策，轩辕连声称妙。

秋风萧萧,蚩尤弟兄沿木马河快速行进。这几天逐渐摆脱了追兵,稍稍喘过一口气,蚩尤打算赶到潓池,从那里可以北上重招旧部,也方便南下回国。

他们进入一个葫芦状的峡谷。举目四望,周围山势陡峭,草木枯黄,落叶满地;中间夹着一个小山丘,一条小溪从脚下绕过。蚩尤感觉这里是一处险地,催促大家冲出谷口。这时,只听山上一阵喊叫,滚木礌石雪崩似的滚下山来。飞虎战士掉头往回跑,又见成捆的秸秆从天而降,把来路堵了个水泄不通。

蚩尤发现遭到算计,把队伍带到山丘上,观察出逃方向。他跳到半空,见术器正在和兵士一起伐木搬石,封堵左边谷口;右边,鬼臾区的队伍拉开长长的两列,人背驴驮,还在运送干柴秸草;四周山上倒是看不见人影,静悄悄的。蚩尤命大家卸下赤金盔甲,丢掉粗重的长矛大戟,只带腰刀短剑,悄悄地向山上爬去。接近山顶处是一段陡峭的石壁,勇士们运起轻功,飞身腾越,眼看就要逃离风后精心布置的伏击圈。

突然,惊天动地的轰鸣声从头顶滚过。似霹雳不是霹雳,似海啸不是海啸,那声响比霹雳、比海啸还要强过无数倍!蚩尤只觉被人猛击一掌,他就势一个鹞子翻身,翻上山巅;回头一看,身后空空,弟兄们一个也没有跟过来。

他们全都抱着脑袋,倒在草丛里。蚩尤唤醒被震晕的战士,准备穿过小溪,跨越对面的山梁逃生。但是,这巨大的声响一发动,整个山谷都在颤抖,除了蚩尤之外,没有哪一个还能动弹。

蚩尤把大家安置在山丘上,他要独自去侦察。"只有摧毁发声物,才能把弟兄们带出去。"他想。

断崖下,十五面大鼓一字排开,每面大鼓旁立着一位木人,手擎类似鼓槌一样的东西,准备随时砸下。"难道震天似的巨响,就是由这些普通的鼓发出的吗?"蚩尤满腹疑惑,想走近些看个仔细。

"蚩尤休要靠近，小心触发机关。"一位将军手持一根长笛，骑匹头上长角的怪马，出现在一箭之外的山坡上。

"来者可是骆明？轩辕藏身何处？你来就是提醒蚩尤这些吗？"蚩尤曾和骆明打过一个照面，依稀记得他的这身行头和那匹避火兽灌疏。

骆明指一指上面，说："家父在山顶上和风后对弈，不好意思当面向您说起往事，特命骆明下来提醒您一句话，'胜者接任天子，败者甘为辅臣'，可曾记否？"

蚩尤冷笑道："轩辕记性不错，不过也忒性急了些。前些时我进他退，眼下是他进我退，不过进退而已，遑论什么胜败？"

骆明也摇头冷笑道："人说蚩尤狂妄自大，果然不差！如今尔等已陷入夔皮鼓大阵，如同瓮中之鳖；如若还不承认失败，岂不是在欺骗自己吗？"

蚩尤听到"夔皮鼓"三个字，忽然打了个冷战，急切地问道："你说的是什么阵？"

"哦，你竟然没有听出刚才的巨响是你的朋友在号叫吗？"骆明故作惊讶地说，"那我就告诉你吧！那十五面大鼓，是用流波山的夔牛皮制成的；而那些木人手中的鼓槌，则是震泽雷兽的骨头。厉害呀！擂起来声震五百里，猛兽跌涧，飞鸟坠地……"

那里骆明还在说嘴，这边蚩尤早已悲愤交加，怒不可遏。"轩辕！你杀我的弟兄，还要剥其皮、刮其骨，欺人太甚！我要和你拼个你死我活！"一边大骂，一边向上冲。这时，骆明吹响手中的长笛，刺耳的笛声在空谷中回响。四面山梁上冒出无数人马，火箭、火把铺天盖地抛下来，山谷中顿时燃起熊熊烈火。

蚩尤拔地起在空中，见飞虎营所在的小山丘已成火海中的孤岛，众弟兄在劫难逃！蚩尤五内生烟、心急如焚。忽然，他发现骆明骑着灌疏四处游走，指挥放火，所到之处烟火纷纷让路。蚩尤顿时来了精神。他像鹰隼一样猛扑下去，把骆明撞下坐骑，自己跨上灌疏驰向小山丘。

蚩尤骑着避火兽在前面跑，弟兄们沿着他蹚出来的甬道艰难地向山上爬。风后望见，放出凤鸟，在上空来回穿飞，带起阵阵强风；风助火势，一次次把甬道淹没，飞虎战士不时重陷火海。蚩尤不得不上下奔波，一步一步接济导引。弟兄们感到出逃无望，不忍连累蚩尤，齐声哭求："大帅你走吧，不要再费力气了！告诉东夷父老，我们八十一位弟兄没有给他们丢脸！"

蚩尤大声呵斥："死在这里是孬种，冲出去的是好汉！走，都跟我走！"飞虎战士受到鼓舞，大声呼叫："冲啊！冲出去的是好汉！"

他们冲上去了，胜利就在眼前。但是，夔皮鼓又敲响了，战士们一个个抱着脑袋滚回火海里。蚩尤听那声音，像是灵夔和雷震无助的哀号。他的心碎了，和被震昏的避火兽一起倒了下去。

女魃鼓瑟

蚩尤被大雨浇醒。大雨是玄冥泼下来的。

误了大事的玄冥，这次来得很及时，使自己减轻了一点儿负罪感。起初，当他回无名岛取霹雳蛋时，发现乌霓出走，雨工旋龟罢产，立即打发爱妾回了老家。当然，玄冥之所以如此绝情，还有一层说不出口的原因。他认为，司幽国的公子思士、小姐思女，不和人婚配而凭对视感应就能生儿育女之说，纯属无稽之谈。这和乌霓的家乡姑妹国的故事一样，不过是自欺欺人而已。近些日子自己离家时间长，乌霓难耐寂寞，找这个借口红杏出墙，实在让他堂堂玄冥大丢其脸！

但麻烦来了。由于乌霓的精心饲养，旋龟对她产生了很大的依赖性。她走后，不管玄冥怎么鼓捣，旋龟就是产不下蛋来。风伯心里着急，劝玄冥把乌霓找回来。见他一时拉不开面皮，只好自己跑到姑妹国，好说歹说把乌霓拉来，又把他们撮合在一起，才拿到急用的霹雳蛋。谢天谢地，蚩尤弟兄又一次死里逃生。

苍穹沉沉如磐，霹雳一个接一个轰炸着周围的山头，冰冷的雨水一阵紧似一阵，好像玄冥在发泄心头的无名之火。轩辕撤离人马，只是把夔皮鼓不停地敲打，以防蚩尤逃出葫芦谷。

轩辕猜对了。蚩尤确实在利用雨夜的掩护组织突围，而且成功地突破了夔皮鼓大阵。天弩不怕震，蚩尤不怕震。他想到了利用了二者的组合。蚩尤把自己的打算告诉了大家，命全体起立，默默祷告："灵夔、雷震，好兄弟！请你们的在天之灵帮我等弟兄逃出葫芦谷，重整人马，为你们报仇。"之后，蚩尤把天弩交给少昊国勇士倍伐，拉着他向山上摸去。

鼓声和雷声交相轰击，山上的活物死的死，逃的逃，没有谁来打扰他们。蚩尤不敢亮起夜明珠，凭着天生的夜视本领，爬上山垭。不知是赖于天弩的震慑，还是雷震、灵夔的暗中相助，蚩尤二人有惊无险，连滚带爬地通过了危险地带。蚩尤拿过天弩，返回葫芦谷；临别嘱咐倍伐不要等待大家，要连夜逃回国去。

整整一夜，蚩尤穿梭于令人昏厥的声震区，把众弟兄一个一个地送出葫芦谷，体能消耗极大。玄冥大概发现了蚩尤的行动，有意给他做掩护，天亮后大雨依然下个不停。蚩尤背起最后一位身受重伤的弟兄，艰难地爬行。这位兄弟是方夷国之子，叫方卯，长相酷似蚩尤。方卯每每冲杀在前，不避矢石，敌人往往把他当作蚩尤进行追杀。蚩尤决心把他背出去，一直送到老国王的身边。

意外的变故还是发生了。一位女子从天而降，她的身上散发出相当于十个太阳的光芒，只闪烁了几下，便云消雾散，漫天淫雨一扫而光，把蚩尤暴露在光天化日之下。

她就是从西王国匆匆赶来寻找蚩尤的女魃。从此以后，人们就称她为旱魃。

"他不来，叫你过去见他。"应龙回到玉山，向望眼欲穿的女魃报告。

女魃没有动，轻轻抹了一下琴弦；在应龙听来，那声音依稀是她的抽泣。

"你不去，我就帮轩辕把他杀掉，拿人头给你。他们在打仗。"应龙站在她背后十步开外，说完转身跳向空中。

"站住！"女魃厉声喝道，捧起古琴花韵就地升空。赶上应龙后，又柔声说："我去看看他，你不要胡来。"

女魃凭空飞升，连云朵也不需要，使应龙大吃一惊。他万万没有想到，一个如此痴情、如此招人怜爱的姑娘，竟拥有天神才有的能量！原来他一直在暗中扮演保护人的身份，看来应该反省一下了。不过，应龙对自己的矢志不渝感到欣慰，他毕竟赢得了姑娘的芳心；这不，听她刚才说话的口气，明明是对恋人才有的嘛！

应龙没敢同女魃搭话，可心里热乎乎的。他想，等她同蚩尤这段感情纠纷一了结，两人就结伴上天或远游，做一对恩爱夫妻、逍遥神仙……应龙正在想入非非，脚下忽然涌起滚滚黄沙。"哦，要过流沙了。"他向女魃靠拢，两人径自垂直拔高，直上云霄，想从高空跨越这个魔鬼地带。

应龙时常穿越流沙，也曾多次遇到沙尘暴扬天气，都能顺利通过。但这次却异乎寻常。他们被裹胁在一个通天彻地、无边无际的龙卷风里，无论飞多高，都无法摆脱它的挟持。最后，当沙尘终于落下帷幕时，他们发现又回到了西王国。

在第二次行动之前，应龙不辞辛苦，在前去的路上泼洒了几场大雨。但结果滚滚沙浪从远方压来，把他们糊成了泥猴，又送回玉山脚下。

女魃绝望了。琴声伴着她的悲泣笼罩着玉山，一条小溪从山上流下，那是她滚烫的泪水，她感到无助。除了蚩尤，她也从不向人求助。

可是他不来见她,她也见不到他。

西王母来看女魃,说:"你的泪水都快把我的桃树烫死了。非要走,我也不拦着;不过,走了就不要再回来了,你也不是西王国人了。"她回头又对身后的众仙女说:"这话对你们都适用。世道变了,女孩子都学野了,我也得学乖点儿,少招些怨恨。不过,西王国的国策没有变。"

女魃走了,流沙没有为难她。事后王母对希有说:"我不想让女魃去干扰蚩尤和轩辕的战争,殊不知,我的所谓不干预,实际上也正是一种干预。看来,崇尚大道自然是回事,要真的实行起来,还是有不少牵挂放不下呢!"

女魃驱散风雨后,轩辕和他的八个儿子最先到来。不等轩辕开口,"八少"便一齐开弓放箭,欲置蚩尤死地而后快。原来,骆明从避火兽上摔下后,再也没有爬起来,他的弟兄是来给大哥报仇的。但是,那些赤金箭矢都掉在了蚩尤脚下,一支也没能插在他身上!轩辕十分惊异,以为有神灵保护,急忙喝令"八少"住手。他不知道,蚩尤身上佩戴着太阳圈和月光镜,是羲和与常羲送给侄子的护身宝贝,不要说区区箭矢,就是雷轰电击也无奈他何。

蚩尤放下方卵,发现他已经停止了呼吸。轩辕的人马越聚越多,葫芦谷杀气腾腾。蚩尤旁若无人,用三块大石垒起一孔墓穴,把方卵安放在里面。这是东夷人的习俗,人死了要在地面上用砖石封起来,让他的灵魂出走去投胎,然后再择日埋葬。

一切安排妥当,蚩尤忽然跳上一方巨石,扬剑长啸,把心中积压的悲愤尽情喷吐,巨大的声响在葫芦谷中回荡。士兵纷纷落马,战将们抖抖索索地举起刀枪,只有轩辕不动声色。

蚩尤平静下来,插剑入鞘,说:"轩辕,你迟迟不动手,莫非还想着当初的约定吗?"

"不错,当初说好'胜者接班做天子,败者甘愿为辅臣',我在耐心地等着你的表态,岂能下令杀人?"轩辕说。

蚩尤笑道:"且不说胜败还没有最后分晓,单说那个约定,你不感到太天真了吗?"

"此话怎讲?"

"如果我失败了,沦为草寇或者是阶下囚,即使轩辕不肯食言,想给我个官做,你手下的有功之臣服气吗?再者,东夷父老兄弟之所以拥戴蚩尤当天子,是因为不愿做你的臣民;如今他们为我战死的战死,流窜的流窜,家破人亡,我岂能心安理得地做你的大臣?蚩尤虽然粗鄙,又岂至于不义如此!"

轩辕想了想,说:"蚩尤,咱们俩总有相通的地方,对你这番话我颇有同感,假如我败在你的手下,肯定也会这么想……现在我给你想到了第二条出路,希望你不要推辞。"

"请讲。"

轩辕往山梁上一指,说:"那是我的女儿女魃,你和他一起当神仙去吧,从此不要再过问人世间的事情。"然后又补充一句:"西王母也曾经打过招呼。"

蚩尤这时才发现女魃。她用红肿的泪眼殷切地注视着自己。蚩尤躲开她的目光,低沉地说:"这是蚩尤本人十分乐意的选择。可是,如今的蚩尤,已经不再是原来的那个蚩尤了,我已经没有权力为个人选择出路了。为了对得起众多死去的弟兄和东夷父老,蚩尤只好对不起我最亲爱的人了。小妹妹,求你原谅你的吃哥哥吧!"

空谷传声,震人心魄。没有人说话,空气像凝固了一样。良久,轩辕发话说:"话都说尽了,你想干什么?说吧!"

"蚩尤也有两条路。我是一个曾经被东夷拥戴为天子的人,第一条路当然是重整人马,再战轩辕,扫平天下,当一个名副其实的天子。如果……"

"真是无耻之尤!到了这种地步还不认输,我看你是不见棺材不落泪!"发话的是媒母,边说边把勿忘我搂头抛来,"八少"和其他军将也迫不及待地掷出长矛短剑。

蚩尤见无数大圈小套漫天撒下，奔自己飞来，不敢大意，急忙拔出宝剑，朝天划了一圈，寒光凌厉。那些个圈圈套套躲开蚩尤，纷纷落地。

众人面面相觑。轩辕深知蚩尤的本事，要拿住他，若没有天神般的神通，人马再多也没有用。但如果错过今天的机会，以后麻烦就更大了。他忽然灵机一动，大声喝道："云层上的小子，你还等待什么？还不快快现身！"说着把天鼋剑向空中抛去。

蚩尤正不知轩辕搞什么名堂，抬头看见应龙在乱云间闪现，抄起天鼋剑，像流星一样扑来。蚩尤毫不迟疑，将手中宝剑挽起一朵花，冲天而起。接下来，蚩尤和应龙两条真龙、天弩和天鼋剑两件宝器，硬生生撞了个满怀，那声音竟如几十个霹雳同时炸响，所有的人马都被惊倒在地，只有女魃和轩辕安然无恙。

原来，应龙把女魃带来见蚩尤，心情极度矛盾。他明白，如果蚩尤活着，她永远不会去爱他；如果他出手击杀蚩尤，又怕招致她的怨恨。因此在云端犹豫不决，心情烦躁。轩辕早就从离珠那里了解了应龙的活动，揣摩透了他的心理，关键时刻出言一激，将其引爆。这实在是轩辕的过人之智。

蚩尤和应龙一撞分开，落在两个山头上。接着发声喊，又飞身面对面地冲撞在一起，就好像争夺牛王的两头野公牛，非要斗个你死我活不可。这样斗过几个回合，两人势均力敌，不分胜负。轩辕不愿错过除掉蚩尤的好机会，暗暗弯弓搭箭，准备助应龙一臂之力。就在蚩尤又一次腾空迎击应龙时，忽然一缕琴声传来，呜咽悲凄，随风飘荡。蚩尤顿感四肢发软，一头栽下地来，天弩宝剑也"哧溜"一声钻进剑鞘，萎缩成原始形状，化为蚩尤背上的胎记。

众人正在观看惊心动魄的空中大战，见此变故，不只如何是好。轩辕却是十分清醒，他丢下弓箭，从嫘母手中抓过勿忘我，抛将过去，把无力挣扎的蚩尤捆了个结实。

应龙见蚩尤忽然坠地，以为是他避战逃跑，随即俯冲下来，天鼋剑吐出三尺剑光，扫向束手待毙的蚩尤。

"住手！"随着一声断喝，一物早到面前；应龙手疾眼快，横剑一挡，"咣啷"一声响亮，那物掉在地上。应龙手臂发麻，打了个趔趄立在当地。

一个黑影闪来，站在蚩尤前面。原来是女魃。女魃听了蚩尤和轩辕的对话，心里非常痛苦；又见应龙与蚩尤进行生死决斗，更增添了无尽的烦恼，不由自主地鼓起花韵。当发现蚩尤落败、应龙逞凶时，女魃情急之下抛出古琴瑟花韵加以阻挡，并随即赶来施救。

"吃哥哥，吃哥哥，你怎么啦！"女魃抱住蚩尤不停地哭叫。他蓬头垢面，浑身是泥，好像在闭目养神。

"你来了就会明白，哥哥没骗你，我真的没工夫去看你。"蚩尤睁开眼，凄楚地说，"我想当天子，还有一个目的没有说，就是要堂堂正正地把你从西王国娶出来。现在看来，这个愿望只能是一种奢求了，因为我遭到暗算，成了阶下囚。"蚩尤看看浑身的五花大绑，苦笑着摇摇头。

"不，不，没有人能战胜我的吃哥哥！"女魃死命地撕扯绳索，但它纹丝不动，不愧是万年仙绳勿忘我！

女魃转身盯着发呆的应龙，问："是你暗算了他？"

应龙坚决地摇摇头。

"是你？"女魃又转向轩辕。

"不是我，是你！"

"是我？怎么会是我？"

轩辕没有回答女魃，走上前捡起花韵，说："蚩尤，你的路真的走到了尽头，因为天弩的克星到了。"轩辕语出惊人，人们静静地听他讲："我曾向多位神仙求证过，你的天弩，包括你本人，是羲皇与娲皇的两件兵器，即规和矩合成转世，所以天上人间无人能敌。两位先皇还各有一件乐器，叫作琴和瑟，各有二十五弦。每次征战过后，二人弹起琴瑟你唱我和，规和矩就安静下来，慢慢进入休眠状态。后来，琴瑟合成一把五十弦琴瑟花韵，流传下来，不想今日和天弩久别重逢。"

人们将信将疑，只有蚩尤灵台颤动，似在响应。轩辕拨着已撕去绢封的五十弦琴瑟，对女魃说："好闺女，刚才是你的琴声感化了天弩，使它放弃了争斗，你帮了爹爹的大忙！"

女魃如遭五雷轰顶，哭喊道："不是这样的！不是这样的！"她乞求地望着蚩尤，"吃哥哥，你说，不是这样的！"

"好妹妹，你是无意的，也是无辜的，哥哥永远爱你。"蚩尤安慰她，但没有否认轩辕的话。

女魃两眼冒火，从轩辕手上夺过花韵，"啪"的一声摔个粉碎，头也不回地跑开。应龙扔下天鼋剑，急急追赶。

轩辕看着他们消失的背影，轻轻地摇摇头，又回过头来对蚩尤说："现在可以判定胜负了，看来天子你是当不成了，我还想听听你选择的第二条路。"

"诚如轩辕所讲，蚩尤乃天生奇才，成也在天，败也在天。既然天不用我，只求早日归天，岂有他哉！"蚩尤坦然作答，面不改色。

轩辕抬眼扫一遍部将，众口一词：杀！杀！杀！

轩辕说："那好吧。不过我的天鼋剑有好生之德，不杀束手待毙之人，你们当中有谁上来施刑？"

没有人敢于应声。刚才他们亲眼看到，蚩尤全身上下有红、白两道神光护体，刀枪不入，因此谁也不愿在众目睽睽之下出丑。

见没有人自告奋勇，轩辕说："当年天神二负的臣子危，因杀害天帝的使者窫窳而获罪，被羁押在疏属山上，终身监禁。不如让蚩尤去和危做个伴，免得寂寞。蚩尤是个奇人，世间不会再有第二个，人死不能复生，我看还是留下的好。"

刑天舞干戚[1]

刑天按照鬼臾区的指点，只身来到汾水讨要耕牛。牛痴叔均见他憨厚可爱，想留他多待些时日，于是说："我这里正在开垦荒地，所有的耕牛都在田间耕作，抽不出多余的送你。"他又指着满栏的牛说："这是一批弄来不久的野牛，正在训练，等会拉套时再赶走不迟，你就在我这里跟我学习驯牛吧。"

"好，好，好！太好啦！"叔均以为他同意了自己的提议，没想到刑天却接下去说："你就把这些野牛送我吧，等赶回家，它们就会拉套了。"

"你也会驯牛？"叔均大感兴趣。

"老虎、花豹都听我的，牛比它们老实多了。"刑天说着，伸手拽住一头野牛的尾巴，把它拖出栏，在屁股上拍了两巴掌，唱着歌谣跳起扶犁舞来。叔均惊奇地发现，这头野性未减的公牛，竟然乖乖地听他摆布。

"哎呀，小弟弟，你有这本事，还怕没有耕牛使用吗？我干脆送你一群野牛，你自己驯算了。这一批是准备送给沃民国的，你就别跟他们争了。"叔均又变了卦。

刑天说："那群野牛在哪里？我得点点够不够数。"

"在华山，比这多多了。"叔均说，"我有个野牛王朋友，叫大老黄，每年都给我送来一批幼牛，今年还没来。你到华山找到它，赶多少头都行。"

---

[1]《山海经·海外西经》："刑天与帝争神，帝断其首，葬之常羊之山。乃以乳为目，以脐为口，操干戚以舞。"

"华山？就是我的祖神奶奶安登遇见神龙的那个山吗？我早就想去看看。"按照叔均的建议，刑天在汾河两岸盘桓两日，就兴冲冲地出发了。

华山挺拔秀奇，山高路险。刑天提着大斧子劈石断木、披荆斩棘，一路登上山来。当路经一处密林时，一头野牛受惊，突然向刑天发动袭击。刑天来不及躲闪，抡斧子砍去，不想齐齐地把个牛头给剁了下来。刑天仔细一看，那牛犄角似白玉，浑身金色皮毛，身形高大，四蹄如漆，正是自己前来寻找的野牛王大老黄！他提着牛头懊悔不已。

"冒失鬼，你怎么胡乱杀生呢？麻烦了吧！"一位老人鹤发童颜，目光熠熠，头上还生有牛角状的突起，不知何时来到身后。他从怀里摸出个金色葫芦，倒出一把粉末，撒在牛颈创口上，又从刑天手中要过牛头，稳稳地安上。只见大老黄点点头，"哞"地吼叫一声，拔腿向山上跑去。

看过眼前神奇的一幕，刑天只是盯着老人发呆，一句话也说不出来。老人说："愣小子，看上我的宝葫芦啦？那就送给你玩吧！葫芦里的药叫'断不愁'，人头落地也能粘上，剩下不多了，你可不能拿自己的头乱试哟！"说着把葫芦扔给刑天，转身不见了。

刑天在一个馒头状的、光秃秃的山顶上找到了大老黄，它正在同一头矮壮敦实的公牛抵架。这样的野牛大战难得一见，刑天隐身在一块巨石后面，饶有兴趣地欣赏起来。他给年轻的挑战者起了个绰号，叫作欺山盗。原来，大老黄的牛王地位遇到了强有力的挑战，在过来的数次搏斗中屡屡落败。它的那些亲爱的母牛们，一个个弃它而去，追随在新霸主欺山盗的周围。这些日子，大老黄感受到从来没有过的孤独，脾气变得焦躁和乖戾，因此发生袭击人的事件。

面对年轻的挑战者，大老黄不失王者风范，一招一式都符合公牛比武的规矩。那欺山盗可不是什么君子，它矫捷而勇猛，狡猾而凶狠，在大老黄周围钻来钻去，专朝它的要害部位冲撞。两个时辰下来,大老黄已顾不上牛王的矜持,它暴跳如雷,左冲右撞,气喘吁吁,大汗淋漓,充分暴露了它年龄大的弱点。欺山盗抓住机会一头撞去,抵住大老黄的头狠命往后推。

身后是悬崖绝壁。大老黄只要再退一步,就会跌落万丈深渊!刑天大惊失色。他虽然很是欣赏欺山盗,却也不愿眼看着老牛王活活摔死。刑天飞身冲到欺山盗身后,拽住它的尾巴使劲往后拉。

欺山盗倒退几步,但它不愿错过除掉对手的好机会;于是排除干扰,用劲前拱,只听"喀嚓"一声响,牛尾齐根扯断。刑天"咚、咚、咚"后退三步,倒在石板上。

这一下惹恼了欺山盗,堂堂牛王岂能没有尾巴!它大吼一声,掉头扑向刑天。刑天用嘴咬着牛尾,伸手抓住牛角只一扳,把个威风八面的欺山盗摔了个四蹄朝天。欺山盗怒气冲天,爬起来又斗;刑天耍起他的拿手好戏,又把它摔个仰八叉。如此三番五次,欺山盗只是不服,叫声近似于悲号。刑天忽然明白,它之所以和自己拼命,是无法承受失去尾巴的奇耻大辱。不错,欺山盗很有骨气!

想到这里,刑天掏出金葫芦,在断尾处抹上一把断不愁,瞅机会把牛尾栽在欺山盗的屁股上。

这一下还真灵。欺山盗发觉对方完好地归还了自己的尾巴,认定他是个很讲道义的人,而且神通广大,于是乖乖地低头认输。大老黄经此一战,确实感到了力不从心,后生可畏,从此退出牛王的角逐,只身回到它的朋友叔均那里养老去了。

野牛王欺山盗跑遍了华山大小十九个山头,网罗了一大群追随者,告别栖息地,跟着刑天远走他乡。一路上,刑天扯着欺山盗的尾巴,晓行夜宿,跋山涉水,迤逦而行。一日,刑天带领牛群拐进一道峡谷,发现一队人马迎面赶来,为首的将领骑在高头大马上,面目狰狞,竟是鬼臾区。刑天大为高兴,跳上牛背高叫:"鬼大哥,刑天回来啦!"

鬼臾区见是刑天,急忙赶来,惊讶地说:"小兄弟,那个牛痴怎舍得送恁多牛给你?"

"这些都是我从华山赶来的野牛,叔均的牛我一头也没要。"刑天得意地说,"鬼大哥,你这是要到哪里去?"

"押解一名犯人到疏属山去。"鬼臾区说,"你快给我让开道。夸父正在后面和轩辕厮杀,他要劫走这个魔头,我得赶快离开这里。"

"你说的魔头什么模样?让我看看!"刑天好奇地说。

"你看!"鬼臾区鞭梢一指,几十骑人马闪开一条通道,一辆大车出现在刑天前面。

大车的木笼中囚着一人,身披重枷。

"舅舅!"刑天的头"轰"的一声胀大,声嘶力竭地喊:"舅舅!舅舅!"抡起斧子,"咔嚓"砍掉鬼臾区的马头,又切瓜剁菜一般砍翻上前阻拦的兵马,劈开囚笼,把蚩尤提溜在牛王背上,一路狂奔。野牛群炸了营,见兵抵兵,遇马撞马,把鬼臾区的队伍踏了个人仰马翻,身后丢下一片狼藉,沿峡谷奔去。

擒获蚩尤后,轩辕命力牧率兵驱散逃逸到幽、燕一带的东夷部队,授命风后统帅三军,杀回中原,收复有熊。轩辕亲率精干卫队,与嫘母、鬼臾区押送蚩尤赴疏属山。在轩辕看来,只要蚩尤就缚,天下就大局已定;他要借这个机会到崆峒山去拜见业师广成子,叩问玄机,择日登基天子。一日夜宿敦与山,黎明时分忽遭偷袭。轩辕命鬼臾区押着囚车赶路,他与嫘母领兵抵挡。

起初,夸父见蚩尤节节取胜,打败轩辕指日可待,只顾盼望东夷大军回师中原;不想战场形势急转直下,蚩尤战败的消息不断传来。夸父心焦如焚,于是亲率他的流星队奔走千里,赶来救助蚩尤,不期在敦与山遇到蚩尤的囚车。

流星队是夸父的亲兵,个个身高臂长,矫捷如猿猴。他们擅长投掷石头,既远且准,百发百中,轩辕还没有与敌人照面,部下就纷纷挂彩。夸父知道轩辕的神剑宝马不好对付,也没敢主动出击,正面同他交手。风后的大队人马距此不远,闻讯令"八少"带人飞驰来援,用新装备的昆吾金矢羽箭压住了流星队的飞石。夸父见敌人重兵围拢过来，急令战士翻山越岭逃跑。

轩辕得知蚩尤被劫走，以为是夸父安排的声东击西之计，大呼上当，命"八少"继续追击夸父，自己飞马去追赶那群野牛，把嫫母和军士远远抛在后边。

面前是一座坡势陡峭的山，登上山头，原来是一片平地，牛蹄印消失在密密的柘木林里。轩辕正不知朝哪个方向去找，忽然传来一阵山歌声：

　　天上一个红日头儿，
　　地下一群野牛头儿；
　　天上的日头儿落山了，
　　我的牛儿不回头。
　　呵呵哟，呵呵哟，
　　我的牛儿不回头……

大树背后闪出一位少年。他手提板斧，头上扣着一个大斗笠，遮盖着面目，竟像是土地里冒出个大蘑菇。轩辕勒住马头问道："小兄弟，看到一群牛跑过来吗？"

"有哇。"

"一头牛驮着一个带枷的人，往哪个方向跑去啦？"

"没有哇！那人是不是半路离群了？你找他干什么？"

"他是个大强盗，我在追捕他！"

"那你就是轩辕了？"

"不错，在下……"

轩辕的话还没说完，少年忽然怒发冲冠，斗笠落在手里，变作盾牌，硕大的脑袋上两眼暴突，咆哮如雷："你才是强盗，我正要找你算账！"不由分说，车轮大斧夹着风声朝马头砍来！宝马吉量何其机警，早已四蹄腾空，闪过一旁。

轩辕吃了一惊,问道:"你是什么人?为何与我作对?"

"小爷刑天,蚩尤是我舅舅!我早就想杀你,好叫舅舅当天子!"刑天说罢,右手抡开板斧,左手舞动盾牌,旋风一般滚来。

一听是刑天,轩辕不由心头火起,迅速拔剑出鞘,朝刑天狠下杀手。原来,降水战败后,轩辕从居余嘴里得知,是一个叫刑天的放牛娃阻挠放水,才贻误战机。从那以来,轩辕一直认为刑天是个无知无辜的村娃,阻挠放水是为救耕牛而采取的偶然举动,虽然坏了大事,并没有迁怒于他。今天才知道,这个刑天原来是蚩尤死党,存心与自己作对,岂能饶过他!

仇人相见,分外眼红,轩辕跳下马来,与刑天在森林里展开一场大战。盾牌称作干,斧子叫作戚,刑天的盾牌和赶山斧是同类兵器中的佼佼者,都是非常之物。面对咄咄逼人的天鼋剑,干、戚轮番抵挡,丝毫没有怯意。那刑天的内功武艺也是神仙调教出来的,看似胡抡乱砍,实则环环相扣,天衣无缝。轩辕使出浑身解数,竟然不能伤其毫毛。

嫫母和众将赶来,把刑天团团围住。嫫母想抛出勿忘我助轩辕一把,又怕反将轩辕套住,犹豫之间忽见刑天转到近前;嫫母拿绳索朝他脚下一扫,刑天不备,绊了个趔趄。轩辕挥剑斩下,一颗大脑袋"扑通"一声落地,滚到一旁。"好!"众将齐声喝彩。

"好,好,快拿断不愁!"这叫声发自那个落地脑壳。众人毛骨悚然,不寒而栗,大气也不敢出一声,瞪大眼睛望着面前的一幕:掉了头的刑天从葫芦里倒出一把药粉,糊在断颈上,然后四肢着地,满地寻找失掉的头颅。当刑天终于摸到那颗吱吱作声的脑袋时,轩辕大步跨到,飞起一脚,把刑天的脑袋踢向空中。

刑天愕然在地,一动不动,似乎在等候着他的头落下地来。只有风声在呜咽。刑天的肚子咕噜咕噜作响,只听"扑哧"一声,从颈腔里喷出一团紫气,直冲牛斗。紧接着,他的两乳变成眼睛,肚脐变作嘴巴,怒目圆睁,哇哇怪叫,从地上捡起盾牌和赶山斧,舞动着冲向轩辕。

众人"轰"的一下散开。轩辕也大惊失色，惊出一身冷汗来，急忙舞剑抵挡，已是手忙脚乱。连号称险道神的嫫母也乱了方寸，手脚打战。

刑天越战越勇，轩辕心惊胆战，只有招架之功。宝马吉量"咴儿，咴儿"嘶鸣，为主人助威。轩辕忽然飞身上马，吉量腾空跃起，落在对面山头上。

"哪里逃跑，还我头来！"刑天怒吼一声，就地化作一团怒气，尾追而上。两人从一个山头打到另一个山头。太行山上众鸟惊飞，群兽惶惶。轩辕使尽浑身解数，也无法摆脱刑天的纠缠。正在无奈之时，大树上一根青藤突然卷起，缠住刑天的板斧。轩辕趁机跳开。

刑天哇哇大叫："还我头来！还我头来！"

大树变成一位白胡子老人，青藤原来是他的手杖。

"你的头在这里，找他干什么？"老人用拐杖一指，一颗人头从空中落下，恰恰地扣在刑天脖子上。刑天"扑通"跌倒在地，不省人事。

轩辕下马向老人躬身施礼："谢谢老人家，请问仙乡何处？"

"我长居无事崖下，你就不要打听了。刑天四十九天之后就会复原，你可不敢再断他的头啦！"老人说罢倏忽不见。

轩辕没有加害刑天，但又怕他反叛，于是把他放逐到一个海岛上。刑天的族人居住之地，被称为刑天国，以纪念这位无畏的英雄。轩辕踢飞人头的地方，被后人唤作踢首山，或题首山。刑天人头归身的山头，叫作神头山。事后，轩辕对刑天赞叹不已，常对部下说："人有刑天精神之万一，不愧为人矣！"

天弩绝唱

刑天没有撒谎，蚩尤确实半路离群了。经过几天的挣扎，蚩尤已经从古琴瑟音韵的迷惘中逃逸出来，恢复了功力。他挣脱木枷，用力抛向远方，为的是怕轩辕发现他的行踪。木枷被一阵狂风卷上高空，飘落在南方大荒中的宋山上，落地生根，竟长出满山遍野的枫树林，成为后来东夷人逃难到此的落脚地。这是后话。

蚩尤的一只脚被天鼋剑灼伤，行走不便，刑天赶着牛群把轩辕引向大路，让蚩尤骑着牛王欺山盗向深山野林逃去。蚩尤想找个隐蔽的地方养伤，一时不知去何处是好，只好任牛王翻山越岭，穿林跳涧，随意奔走。其实，欺山盗的目的地是老巢华山。

一日，蚩尤路经一个地方，见岩石峥嵘，古木参天，泉水叮咚，十分幽静，便跳下牛背，打算在这里暂住疗伤。

"蚩尤好清闲哪！不过这里对你却是个凶地。"说话的是应龙。他去找女魃，遭到她的斥责，于是迁怒于蚩尤，找轩辕借来天鼋剑，追到这里。

蚩尤心里"咯噔"一声，想道，这个冤家又来了，看来又免不了一场恶战。他不动声色地说："既如此说，想必你知道这是什么地方了？"

"凶犁土丘。"应龙不无得意地说，"你不是九黎之长吗？说不定这里就是你蚩尤的葬身之地。"说着，挽一下手中的天鼋剑。

"看样子，又是轩辕命你在这儿截杀我了？"

"不，是我借他的宝剑来了结一段公案。"应龙说，"你拒绝陪伴女魃，已使她非常绝望，心中的积火时时发泄出来，所经之处如火如焚，赤地千里，引起民怨沸腾。我应龙本来能够代替你去抚慰她，用甘霖滋润她焦躁的心。但是我发现，只要你还活在世上，她就不会接受我。为救女魃，应龙只好杀掉蚩尤，你亮剑吧。"应龙说完，用天鼋剑一指，百步开外的一棵大树齐刷刷折断。

一提起女魃，就戳到蚩尤的痛处，但这一次他无意表白。他感觉到的，是来自情敌的公然挑衅和落井下石。蚩尤豪情大发，他要教训教训这个目空一切的家伙！同时他也明白，天鼋剑和应龙的组合，能发挥出最大量级的威力，也是他蚩尤最大的威胁，何况他还有伤在身；要逃过这一劫，击败这个劲敌，不得不起用天弩那唯一一次发射权了。

蚩尤抽出宝剑，用手指轻轻弹起寒光凛凛的剑身，忽然生出一种惜别的情绪。天弩是他的灵魂，是他的命根，是他的胆识和力量。他与它与生俱来，形同一体；把它送走了，它还会回来吗？蚩尤心中踌躇。他希望应龙不对他下毒手，他也就不会射出天弩了……

一声霹雳，把情思绵绵中的蚩尤唤醒。他抬头观看，只见应龙双手握剑，从高空冲刺而下，道道灼目的电光伴着滚滚惊雷急速逼近，势若泰山压顶！

蚩尤挥鞘作弓，搭剑为箭，就地旋转舞蹈，猛回头犀牛望月……天弩飞出，太空一物爆炸，天崩地裂般的响声隆隆不绝于耳，漫天流星横飞，从头顶掠过。

蚩尤倒在血泊中。

天弩射偏了，没能射中应龙。天鼋剑以凌厉之势戳在蚩尤身上，切断了他的肩和髀，就是一条胳臂和一条腿。羲和的太阳圈和常羲的月光镜在灾难降临时闪现神光，也仅仅保住了蚩尤的性命。

蚩尤是有意射偏的，也是不得已射偏的。就在他控弦引弓、蓄势待发的一刹那，一颗红红的日头突然闯入视线，朝着大地径直奔来！他什么也来不及想，本能地放过应龙，移矢太空不速之客，完成了他唯一的一次发射，也成就了天弩的绝唱。一代神鬼皆惊的神兵天弩从此消失了。

　　夸父摆脱了风后的追击,在崇山峻岭中潜行。每到三更半夜时分,他都要登上高山之巅,睁开眉间那只突目,观察星象变化,寻找蚩尤将星所处的位置。这天,夸父发现一颗赤星入侵蚩尤将星所处分野,受其所逼,蚩尤将星光芒微弱,忽明忽暗,似有大难临头。这时,忽见一颗大如太阳的流星划破夜空,照直飞来!

　　夸父大惊失色。听他的爷爷老夸父讲,太古时候曾经发生过太阳落地的事,使人类遭到毁灭,比上一次的洪水浩劫还要残酷。因此,老夸父终其一生都在观察太阳各种出没、异动情况,直到逐日而死。小夸父天生的第三只眼突出眉间,能够对星空进行纵深观测。他继承了爷爷老夸父的衣钵,又从师大桡学习了观星术,在天文研究方面有很深的造诣。依他的判断,这颗太阳是一位宇宙旅行者,因失去控制而发疯,向地上撞来。一幅山河破碎、万物毁灭的景象在夸父脑际闪现。人间的大劫难就这样来到了吗?

　　天弩射出后,蚩尤当时就被天鼋剑击昏,什么也不知道了。而那壮观的景象,却被夸父看了个清楚:蚩尤的将星突然发出耀眼的白光,疾如闪电,射向星空,迎头撞上那颗飞向大地的天外来客!

　　夸父被强大的声浪冲倒,灼热的飓风扫过后背。作为天文学家,他几次想爬起来看看这难得的天象奇观,都差点儿被飓风卷走,只好牢牢地贴在山岩上。当他终于爬起身来时,上空已经恢复了平静;纵目望去,发现大大小小的流星,好似成群结队的萤火虫,消失在天际。

　　夸父展臂朝天,欢呼人间逃过一劫。

　　蚩尤的将星不见了!蚩尤?……

　　他发疯地狂奔。

　　蚩尤倒在血泊中,奄奄一息。他的血溶入溪水,辗转注入盐泽,把方圆几百里的湖水变成殷红色,被后世人称为蚩尤血。

　　夸父抱起蚩尤还在流血的残体逃离恐怖的凶犁土丘,留下断臂和断腿；不远处还趴着一人，不知是敌是友，也就顾不上许多了。脱离危险后，夸父把蚩尤放在石板上，撕下自己的衣襟为他包扎伤口。

"他是我的犯人，把他交给我，你可以走人了。"夸父刚刚收拾完，抱起蚩尤要走，忽听背后有人发话。

来者是应龙。应龙没有受伤，只是被震昏了。他醒来后，发现不见了蚩尤，连天鼋剑也找寻不到，心下着急，于是顺着血迹一路追赶过来。应龙并不知道发生了什么事，只是从现场情况得出自己的判断：蚩尤受伤，失去肩髀；有人把他救走，也拿去了天鼋剑。其实，天鼋剑也是天上的一件灵物，是专门下来帮助轩辕对付天弩的；天弩消失后，它也回去交差了。

夸父不认识应龙。一个陌生人竟然如此无理地向他下达命令，令夸父嗤之以鼻。夸父虽然不像他的祖父那样神通广大，却也深得老夸父的栽培，技艺非凡。当年，老夸父从种火山上捡到一粒神奇的种子，叫掌中芥。把它放在掌心一吹即发芽，再一吹长一尺，三吹而叶长三尺，然后移种在土地上。这种草叫蹑空草，人食后可以站立空中，足不着地。夸父本来就如猿猴般的敏捷，吃了蹑空草，竟练成了追风摘云、跨河跳涧的轻功。他有一件兵器，叫作千变流星锤，是当年老夸父从建木上砍下一根软藤，又在两端绑了两枚女娲石制成的神异兵器。凭着过人的本事，夸父威震诸侯，连称天子的雄心都有，眼前这小子怎么不长眼呢？

"他既是你的犯人，你肯定不会把他当爷来供养。那还是留给我吧，我是他的朋友。"夸父把蚩尤重新放好，用身子挡住，面对眼前的不速之客挑衅似的说。

应龙从来没受过如此奚落，立时勃然大怒，只听骨节咯咯叭叭响，他的手臂突然加长，五指成爪，向夸父抓来。夸父素以猿臂闻名，不等五爪近身，双掌齐出，硬碰硬封住门户。不过他感受到了一股强大的推力，是靠了背后的岩石才站稳脚跟的。夸父迅速掷出流星锤，噼里啪啦一阵好打。应龙赤手空拳，眼看招架不住，摇身变作飞龙，尖牙利爪好似刀矛，头上双角犹如剑戟，和夸父好一场大战！

夸父历来目中无人，但对蚩尤尊敬有加。蚩尤曾经亲手天葬了他的爷爷老夸父，这种大恩是无以言报的。在蚩尤遭难之时，夸父拼死也要保护他；即使蚩尤已经死了，夸父也下定决心守护到底，亲自为他送葬，以报答他的葬祖之恩。因此，面对天神般的飞龙，夸父毫不惧怯，正气浩然。千变流星锤的青藤可长可短，两块女娲补天石可大可小，被夸父舞作千变万化的滚球。

丢了天鼋剑，如果再抓不到蚩尤，哪怕是他的尸体，应龙就无法向轩辕交差，这一仗对他来说也是志在必得。但对手的流星锤风雨不透，天空地面滚来滚去，着实不好对付。好应龙，只见他突然拔地而起，直上青云，从盐泽吸进一肚子咸水，张口喷出，陶瓮大的冰雹连珠炮似的抛下。

夸父感到有一股股强大的冲力砸向头顶，接连不断，无休无止。他累了，在空中立脚不住，一步步退到山巅，脚踏实地，勉力支撑。这时，一个小山似的冰球从高空飞来，把夸父推进万丈深渊。[1]

夸父死了，应龙长出一口气。他急忙去找蚩尤，却发现蚩尤不见了；他又匆匆赶回凶犁土丘，去捡蚩尤的断肢，不料肩和髀也不翼而飞了。

十巫中的巫彭，后来在东海云台山做了隐士。他在九黎国与蚩尤相识，两人结下深厚的友谊。在北上攻伐轩辕之前，蚩尤曾去看望巫彭，并请他出山，做随军巫师。巫彭正在潜心修炼长寿术，最忌讳刀光剑影、征战杀伐，自然不会答应；他还送给蚩尤十个字，让他作为鉴戒。那十个字是：远不过燕山，长不过半年。遗憾的是蚩尤被胜利冲昏了头脑，把巫彭的告诫丢在脑后，招致兵败逐鹿之野，杀身凶犁土丘。说来也奇怪，自那时起，类似这种孤军深入、劳师袭远而惨败的战例，在历史上比比皆是，早就成了兵家禁忌，但从

---

[1]《山海经·大荒东经》："大荒东北隅中，有山名曰凶犁土丘。应龙处南极，杀蚩尤与夸父，不得复上。故下数旱。旱而为应龙之状，乃得大雨。"

来就没有阻挡住冒险家的脚步。由此看来，我们对远古时的兵圣蚩尤，就没有必要求全责备了。

巫彭牵挂着蚩尤，经常夜观天象，了解他的去向。后来发现蚩尤将星趋暗，心知不妙，于是辨明方位，急急地向他靠拢。途中，巫彭看到了天弩射日的壮观景象，他为朋友的英雄之举感到骄傲。当他赶到现场时，大雨已把血迹冲刷干净，只见到一只肩和一只髀。残肢上长着六根脚趾，蚩尤的这个身体特征是朋友们都知道的，巫彭以此断定伤者就是蚩尤。

飞虎营的弟兄们大都潜回本部族，他们不知道蚩尤或伤或死的消息，还在日夜盼望着蚩尤早日归来，重整旗鼓，再聚英豪。巫彭没有惊动东夷各部族，他把蚩尤的肩和髀埋葬在大野泽畔，便凄楚地回到云台山。

一日，巫彭正在观日台默坐，忽见巫咸驾云飞来。巫彭迎上去说："师兄，是什么风把你给吹来啦？听说你在轩辕那里用事。"

"咱们欠的那笔旧债人家讨上门来了。"巫咸开门见山地说，"她的要求很棘手，跟别人说不方便，先找你商量个办法。"

"你说的是……"巫彭一下子摸不着头脑。

"希有，就是那个鬼车姑娘，她要求我们医治蚩尤。"

精卫填海

巫彭想起来了。当年十巫请希有去偷女魃，她提出的回报条件，就是叫十巫帮她办一件事。让巫彭又惊又喜的是，蚩尤终于有了下落，而且得到仙人的护佑。他迫不及待地问："蚩尤在哪里？他现在怎么样？"

"在一个树巢上藏身，命悬一线。"巫咸说，"轩辕正在派人打探他的下落。我们十兄妹散布在四面八方，召集起来很费时日，容易走漏风声。而且麻烦的是，蚩尤的一肩一髀不知下落，无法把他复原成肢体健全的人。"

"我知道肩髀在哪里。"巫彭说，"不过蚩尤不是常人，就是把十巫的药都用齐全，也未必管用。你可记得，当年我们就没能救得活窫窳。"

"还得找应龙讨还不死药。"巫彭的话提醒了巫咸，"只是应龙已经坐大，比当初更难对付，蚩尤就是他伤害的。"

"对，就得找他讨还血债。我们欠别人的债要还，应龙欠我们的债怎能不追讨呢？"巫彭听说是应龙害了蚩尤，忽然激愤起来，"看来应龙不会轻易就范，我们的人又不好召集，不如请人帮忙。"

"为还旧债，这不又欠下新债啦？"

"旧债总不能赖着不还，新债还可以慢慢偿还，走一步算一步吧，世间的人都是这样。"

"以我们十巫的信用，是会有人乐意帮忙的，只是能够制服应龙的人很难找。"巫咸同意了巫彭的提议，拍着脑袋寻找对象。

"我看鬼母能行。"巫彭说，"此人亦正亦邪，神出鬼没，专事采血行当，很少失手被擒过。"

"鬼母？你说的是吸血鬼母？她在哪里？"

"我在东海岛国间走动，听人传说，鬼母的常住地是鬼藏山。"巫彭答道，"怎么，你认识她？"

"早年有过一面之交。"巫咸不愿多谈，说，"只好找她试试了，不过她的要价有时会很高。"

巫咸一个人去鬼藏山走了一趟，回来说："鬼母总算不忘故人，答应帮忙，不过提出要点儿回扣。要就要吧，反正羊毛出在羊身上。咱们只管把人救活，就算践了约，不保证恢复蚩尤的功力。"

应龙在凶犁土丘徘徊了三天三夜，最后还是决定面见轩辕，听从发落。一见面，还没等应龙说话，轩辕就先开了口："大桡在千里之外观看了你和蚩尤的最后一战，都告诉我了。应龙可称为天下第一杀手，天鼋剑在你手里也发挥到了极致。不过，公道地说，最终的赢家不是应龙，不是天鼋剑，而是蚩尤和他的天弩。你的一击只是切掉了蚩尤的肩胛，而蚩尤的最后一射，却是射掉了一颗撞向大地的太阳。看来，当时不杀蚩尤是对了，不然我们如今也都成了他的随葬品。这是天数哇！应龙丢了天鼋剑，还没有抓到蚩尤，也应该是天数，你没有必要自责。"

轩辕对众将说，蚩尤是乱世之贼首，救世之功臣，只要他还在逃，轩辕就食不甘味、寝不安席。他下令严加追查，活要见人，死要见尸。轩辕还特别关照应龙，如果自己有事，就可以忙去了；要是闲着没事儿干，就去帮忙找蚩尤，要手下留情，抓活的来见他。

没人指责他犯了什么错，但应龙产生了沉重的负罪感。他本来可以当个自在神仙，却鬼使神差地迷失红尘，蹚了这档子浑水。轩辕的讲话里明显地透露着轻慢，一个堂堂英雄如今落得人不人、鬼不鬼。这一切都是为了女魃。女魃能理解我吗？如果她能理解我，应龙此生无怨无悔，管他别人怎么讲！

应龙来到云梦山，向远方瞭望。他渴望见女魃一面，对她一吐孤独的心声。眼前愁云缭绕、雾霭漫漫，应龙心神恍惚，渐渐地目光迷离。

女魃来了，她影影绰绰地闯进应龙怀里，把脸贴在他的胸脯上。应龙紧紧地拥着暗恋已久的她，享受着从未有过的满足。应龙没有同女性亲密接触的经验，没想到有如此美妙的感觉。他全身放松，脑子里一片空白，一阵阵快感袭来，轻飘飘地，似飞到云山上舞蹈，在太空里遨游……

应龙携女魃上天堂，游人间，实现了梦寐以求的愿望。一日，他们来到丈夫山，那是女魃修行炼日大法的所在。女魃趴在他的怀里长时间地啜泣，应龙全身瘫软，浸沉在水火交融的回忆里。忽然，阵阵热浪扑面而来,好像又有十个太阳逼到面前!应龙睁开眼朝对面的山丘上一看,只见女魃正大步走来。她浑身冒火,头发焦黄,一片秃顶亮闪闪地发光。她身后还有一大群追随者,高约三尺,眼睛长在头顶上,袒身露体,行走如飞,有名叫作旱魃,所经之处,烈焰蒸腾。应龙大惊失色,怎么又出来个女魃?这时,怀里的女人冷笑着抬起头来,只见她眼冒绿光,脸似刀条,嘴里叼着一根吸管,正血淋淋地从自己的胸脯中拔出来!应龙惊出一身冷汗,忽然醒来,原来是一场噩梦。

  吸血的鬼脸不见了,秃顶的女魃也不见了,却有一位貌若天仙的女郎站在面前。应龙发现,他还攥着她的手腕。她的美比西王国的仙女又平添了几分妖冶,使应龙有一种震撼的感觉,梦中的恐怖一扫而光。

  "你难道是梦中的吸血鬼?"

  "错了,应叫吸血鬼母。这种叫法也是别人的尊称,我自己起的大号叫采血天使,不过称呼的人很少。"鬼母嘻嘻一笑,又多了几分妩媚。

  "这么美的女人竟然从事吸血这种损人利己的行当,太不可思议了。"应龙摇摇头,大有无限惋惜之意。

  "是的,美女损人利己的确不够体面,但和损人不利己的英雄比起来,还不算太坏。"鬼母睨视应龙一眼,嘴角露出一丝讪笑。

  应龙感到鬼母是在说自己,回一句说:"你可知算计应龙是不容易的,被抓住会有杀身之祸,落到那种地步,可就是损人又损己了。照你的逻辑,这应该比损人不利己更坏。"应龙说着,又用力攥了攥鬼母的手腕。

  "不错,我没有低估应龙的神通。"鬼母一本正经地说,"不过,我这次主要不是为自己,而是为了救一位大家尊敬的人,这属于高尚行为,值得冒一次险。你要知道,我鬼母有时也会把道义看得很重。"

  "他是谁?"

"蚩尤。"

"蚩尤？他现在怎么样？"

"只有你的血能够使他起死回生。"

应龙垂下眼睛，手也松开了。鬼母没有逃跑，大义凛然地注视着他。

应龙的眼睛突然放亮，张嘴在胳膊上咬了一口，把流血的伤口送到鬼母面前，说："吸吧，吸个够。"

鬼母伸手捂住他的伤口，只一抹，便平复如初。她咯咯笑道："我猜想应龙也该是个义气汉子、血性男儿，今日一见，果然不差！血已经在你感觉最舒服的时候采过了，谢谢你的慷慨，请多保重，采血天使去也！"说罢，化作一阵清风不见了。

应龙感到浑身乏力，想离开这伤心的地方，找个清净之所隐居修炼。因失血过多，他已经无力升天，只好驾起云头，飞向山高水深的大荒之南。

在夸父苦斗应龙时，希有抱走了蚩尤。原来，西王母接到天庭紧急通知，说从外空间飞来一个庞大的发光体，有可能和大地相撞。众仙女随王母上天庭去躲灾，只有希有放心不下蚩尤，光华夫人瑶姬惦记着妹妹女娲，两人坚持留守人间，结伴向东方游来。当她们望见一道白光击碎一颗太阳时，判断出蚩尤所在的方位，并把他救到女娲的树巢里。女娲不在，由瑶姬照料奄奄一息的蚩尤，希有四处求医问药。

当鬼母来到树巢时，巫彭已经拿来蚩尤的断肢，并用续弦胶粘在他的躯体上。鬼母俯在蚩尤的胸脯上，身上的血静静地流入他的体内。半晌，鬼母爬起来，脸色微黄。

"放多了，放多了，不光应龙的血，把我自己的血也搭进去不少。"鬼母半开玩笑半认真地说，"不能只让我一个人亏本，在座的都得赔我献点儿血。"希有第一个响应，瑶姬、巫彭和巫咸也紧随其后，让自己的血流入蚩尤体内。按巫咸的说法，应龙的血是救命的，而他们这些仙家的血液有助蚩尤恢复功力,并可长生不老。

做完这一切,鬼母对巫咸说:"没我的事了,我该回去了。"

"你要的回扣怎么算?还是当面说清的好。"巫咸拉住她说。

"我把它留给应龙了,他也总算够意思。咱们之间谁也不欠谁,两清。"鬼母说完,告辞走了。

蚩尤的身体变暖,慢慢地有了呼吸。巫咸说:"好了,他活过来了。但完全康复需要一百天,恢复功力需要三年时间。我和巫彭分头找其他弟兄凑些药来,能使他的痊愈速度加快。"

蚩尤醒过来了,还没有睁开眼,就嗅到一股熟悉的体香,他吃力地说:"女娃,女娃,你……"

希有向瑶姬示意,瑶姬轻轻地抓住他的手。

"是姑姑,鬼车姐……"蚩尤睁开眼,一兴奋,又昏过去。希有抓住他的另一只手,发现脉搏跳得很有力,知道生命无虞,只是过度虚弱。

瑶姬提议把妹妹女娃找来照顾蚩尤。她本人在巫山有个衣冠冢,那里的人把她当作神女供奉,年年祭祀;她得去给人家按时降些雨,要暂时离开一段时间,于是和希有依依惜别。

巫咸和巫彭先后返回,他们给蚩尤带来一些药物,也带来了外面的消息:轩辕又回到有熊国,正在抓紧搜捕蚩尤和他的弟兄;一旦抓住蚩尤或证明他已经死亡,就宣布登天子位。"风声很紧,这里不是久留之地。要找一个轩辕的势力达不到的地方养病,才能顺利度过危险期。"巫咸由衷地对希有说,"如果蚩尤在康复期间又被加害,我们再也没有回天之术,十巫欠您的人情债也只能不了了之了。"

"轩辕志在天下,四海之内哪里有蚩尤的安身之地呢?"希有忧心忡忡地说。

"海内不安全,不如送蚩尤到海外去,他在那里有不少朋友。"巫彭忽然想起什么,说,"这几天正好是东海大蟹靠岸的日子,机不可失。"

蚩尤仍然处于昏迷状态，希有吃力地用双手托着他登上云头，好不容易来到东海岸，却找不到大蟹的踪影。原来大蟹没有来，它也永远不会再来了。这位横行大洋的巨蟹家族的最后一名成员，在途中遭到陨石风暴的袭击，葬身海底，成了天弩射日的牺牲品。

希有焦急地在海边徘徊。她忽然发现，洋面上一个岛屿快速向大陆靠拢过来，一只黑熊直立山崖，朝着她号叫。岱屿岛？东王国！希有欣喜若狂，抱起蚩尤一跃而起，落在东王国的土地上。三只巨龟掉转头，拉着岛国向大洋彼岸驶去。

希有护送蚩尤走了，从此再也没有返回西王国。

当初，在苍梧的神茶树下，轩辕回答俞罔的问话时说，蚩尤正在参加婞子的比武招亲活动。只这么一句话，大大地刺伤了女娲的自尊心。她怕自己的出现会妨碍蚩尤的感情生活；她担心蚩尤有了新欢，会冷落自己，或者根本就忘记了自己……总之，她没有勇气去找蚩尤，还像上次一样，把自己封闭起来，苦苦地等待着，盼望蚩尤突然找到树巢来。

蚩尤没有来。精卫鸟从老家带信来，她的母亲病了。女娲跟随俞罔多年，深得家传，回去不久就医好了母亲的病。瑶姬到来时，女娲正在给母亲喂药，听她说道："蚩尤醒来后，第一句话就叫你的名字……"女娲的手轻微地抖动一下，但还是平静地把药喂完。

女娲指着两剂药对瑶姬说："母亲把这些吃完，就可以停药了，有劳姐姐了。"她给母亲扑通跪下，说："娘，女儿要走了，您多保重！"

女娲的坐骑是岐伯送的一头怪兽，形状像马，身上披着老虎的斑纹，白脑袋，红尾巴，叫起来像唱歌一样好听，名叫鹿蜀。鹿蜀跑起来快似奔鹿，一天一夜就赶到了树巢。巫咸还在那里等待什么，没有离开。他把蚩尤的去向告诉了女娲。

女娲沿漳河岸向海边飞奔。半路上，她心急如火，嫌鹿蜀跑得慢，便纵身跃入漳河，箭一般顺流而下。

女娃没有找到巫咸所说的大蟹,却发现一个小岛飘向海天相接处。她断定,蚩尤就在那个远去的小岛上。她不顾一切地劈波斩浪,朝小岛追去,退潮的水流把她引向茫茫大海。

女娃一去没有回头。第二天涨潮时,一只精卫鸟飞来了,它从西山取回树枝碎石,又冒雨飞向大海。

精卫鸟取西山木石抛入东海,日复一日,年复一年,永不休止,这种现象怪异而反常。人们说,女娃淹死在东海里。她恨这海,死后变成精卫鸟,立下移西山填平东海的宏伟志愿,终日劳作不息。[1]

精卫不畏艰难、矢志不移的精神,同刑天宁死不屈、勇猛无畏的英雄气概,激励着一代又一代人。

蚩尤平叛[2]

轩辕战胜蚩尤,准备登天子位,只因没有找到蚩尤的下落,迟迟没有举行大典。一天,巫咸来到有熊,向轩辕报告说,蚩尤伤势严重,已经被人救往东海之外去了。巫咸的行动向来神秘兮兮的,平时不知去向,需要他时就出现了。对他的行踪,他的消息来源,轩辕从来不追问。

"这样也好。"轩辕说,"比死了好,也比活着关押起来好。"

风后说:"蚩尤的追随者还在盼望着他重新出现,企图东山再

---

[1]《山海经·北山经》:"又北二百里,曰发鸠之山,其上多柘木。有鸟焉,其状如乌,文首、白喙、赤足,名曰精卫,其鸣自詨,是炎帝之少女名曰女娃。女娃游于东海,溺而不返,故为精卫。常衔西山之木石,以堙于东海。"

[2]《史记·五帝本纪》注引《龙鱼河图》:"蚩尤没后,天下复骚乱,黄帝遂画蚩尤形象以威天下。天下咸谓蚩尤不死,八方万帮皆为弭服。"

起。既然蚩尤远走他乡，生死未卜，不如宣布他已经死亡，让这些人死了这份心。"

轩辕宣布蚩尤已死，并用王者之礼隆重安葬，尊为兵圣。当然，下葬的不是蚩尤，而是形貌酷似蚩尤的方卯。方卯尸体不腐，面容如生，连眉寰眼，虬髯如戟，不是蚩尤是谁？不由诸侯们不信。轩辕随即在釜山大会诸侯，合符契圭瑞，继任天子之位。

轩辕氏在黄土地上崛起，登基时天空有黄龙现身，还有一条蚯蚓钻出地面，大可五六围，长有十余丈，人们都认为是祥瑞之象。因为前任天子炎帝为火，轩辕以黄土地代替火，号称黄帝。黄帝封风后为三公之首，力牧为相，叔均为田祖，句龙为后土，仓颉为史官，大桡为天官，巧垂为百工，鬼臾区、大鸿、常先为大将，等等，大小有功将士皆有封赏。黄帝有二十五子，除骆明战死外，已有十四位长大成人，参与过战事，均赐予姓氏，分封到各地为诸侯。

满朝文武皆大欢喜，弹冠相庆，高高兴兴去上任，只有叔均对黄帝嚷道："你的宝贝女儿魃精神失常，带着一群旱魃满世界乱跑，所经之处赤地千里，禾苗焦枯，这地没法种下去了！你得派人把她撵走，不然，田祖这个差我可不敢当。"黄帝准奏，命儿子"八少"把他们的姐姐护送到赤水以北的荒原上。

风后历来妙算如神，这一次却估计错了。蚩尤生死的消息没有公布以前，时局还算平稳；当蚩尤的死讯传开后，天下兵戈又起，各地诸侯兴兵作乱的警报雪片似的飞来。

力牧主张分兵平叛。风后说："大大小小的反叛者遍布各地，再多的兵力也分派不过来。纵观反叛的原因，大致分为两类。一是蚩尤的支持者，欲为蚩尤报仇而起兵，目前威胁最大的还是来自东夷。据可靠消息，黎奔已经潜回九黎国，竖起为九黎之长蚩尤报仇的大旗；原来蚩尤飞虎营的成员，又从本部落网罗了一批死党，投奔九黎。再一类是炎帝族团的一些诸侯、部族，原来就存心争夺炎帝继承权，因畏惧蚩尤而缩手；如今见蚩尤已死，便无所忌惮。我的意见，要立即集中兵力攻打黎奔，防止他坐大成势，其余的乱军请蚩尤去荡平。"

"请蚩尤？"力牧张大了嘴巴看着风后，以为她在说鬼话。只听黄帝说道："这个主意不错。力牧马上发兵围剿黎奔，请蚩尤帮忙平叛的事，就交给风后先生去操办吧。对东夷要剿、抚并施，以抚为主。我看，应该让女节回少昊国去认儿子，同时把诏书带去，封少昊青为少昊国王，并监管东夷各国，不再另派监督大臣。昌意的封地在西蜀江水，暂缓迁居，先到九淖去娶妻认子，可答应正式诏封淖子为九淖国女王。"

少昊青被方雷、方相接去养伤，监护在济水环绕的小岛上，少昊国群龙无首。听到蚩尤殉难、轩辕登基的消息后，倍伐带领一帮子弟和亲属去投奔黎奔。这时，东夷各国蚩尤的拥护者陆续来到九黎，黎奔又组织起一支颇具规模的队伍。但是今非昔比，大多数战士甲胄不整，弄不到赤金兵刃，重又拿起木棒石斧作兵器。相反，力牧大军装备精良，将士训练有素，盔甲鲜明，刀枪林立，所向披靡。

黎奔不敌力牧，边打边向南方撤退，护送东夷乡亲逃离家园。一日，他们来到大江北岸，但见浪涛汹涌，水流湍急，拦住去路；后面追兵又近，众人叫苦不迭，哭声一片。黎奔让人群溯江而上，他与众弟兄严阵以待，誓死背水一战。此时，忽听一个清脆的声音传来："乡亲们，不要慌，都跟我来！"一个红衣姑娘走出江水，站在波涛上。只见她从口中吐出一颗珠子，擎在手中，发出柔和的荧光，转身款款走去。

"一闪霞！玄珠？"黎奔差点儿叫出声来。只听"哗啦啦"一连串的声响，江水断开，上流堆起一堵水墙，越积越高，犹如千仞绝壁，脚下现出平地来，一条大道通向对岸。人们欢呼雀跃，跟随前面的救星跨越大江，踏上江南的大地。这批东夷难民得到吴权的帮助，后来，一部分走向百越，大部沿大江和沅、湘迁徙。少昊之子倍伐带领族中子弟定居在缙渊。

当力牧追到江边时，水墙轰然倒下，巨浪滔天，淹没穿江大道。

北国将士面面相觑，只好返回。此后，黄帝再也没有向江南用兵。

风后建议黄帝给每一个方国和部落加封头衔，派使者团逐一送达诏书。风后给使者团派了一个卫队。这个卫队，是她苦心经营的一条借尸还魂妙计。

风后从所有部队中挑选了八十一名武士，个个头戴牛角赤金盔，身披重甲，配备长矛大戟，刀剑弓矢，一如蚩尤的飞虎营。由他们组成一个方队，簇拥着蚩尤——这个蚩尤不是真的，而是巧垂精心制作的一个木人。你看他横眉怒目，举手投足，模样和做派竟和真的蚩尤毫无区别！

这个方队护送黄帝使团在万国间一路穿行，不进城，不接见，遇到反叛者即行消灭，其威力绝不亚于真正的飞虎营。所到之处，诸侯们见蚩尤还活着，飞虎营依然威风八面，个个战战兢兢，乖乖地接受了黄帝封号，俯首称臣。蚩尤活着的消息不胫而走，各地反叛者闻风丧胆，悄悄地收起刀枪，偃旗息鼓。

昌意高高兴兴地来到九淖，却吃了个闭门羹。原来西岳从北方跑了回来，对元老院的妥协政策提出质问，并公然指责淖子不该下达召回令。他说，东夷大军本来可以从容地、有秩序地转移，只因女王下达了召回令，九淖军团内部发生骚乱，致使东夷全军失去约制，导致失败，蚩尤大帅战死。

"九淖是东夷联盟的倡导国，没想到又自毁盟誓，出卖弟兄，失信于邻国。这种耻辱，是我们部族不堪承受的，无异于亡国亡族。尊敬的淖子女王，只此一举，你已经沦为九淖的历史罪人了。"西岳气愤已极，把憋在肚子里的话一股脑儿地发泄出来，"我知道，你一门心思都放在儿子身上。你以为，蚩尤大帅是在为自己争天子吗？不！我了解他。他是在为东夷争天下，在为他喜爱的人——不妨说，就是为少昊挚和淖子你争天下，当然，最终还是为了让颛顼登上天子大位。对于蚩尤自己，仙界才是他的归宿。"

面对西岳失去理智的严厉谴责，人们都捏着一把汗，等着女王大发雷霆。不料，淖子却一声没吭，关上宫门，从此再不露面。

昌意就是在这个时候来到阳丘求见淖子的。他在宫门外站了三天三夜，最后淖子传出话来说："我是女王，若要娶我为妻，除非让黄帝封你为太子，成为他的合法继承人；若想认颛顼为子，得让黄帝认颛顼为长孙，并承诺年长后继承天子位。"

淖子开出的价码太高，昌意不敢答应，回去报告给黄帝。

轩辕儿子众多，培养谁为继承人，确实动过脑筋。昌意是正妻嫘祖亲生，又屡建奇功，应是首选对象；但最近从海外归来个少昊青，是爱妻方雷氏所生，身世神异，治国有方，似乎更适合担当重任。

黄帝犹豫不决，问于风后。风后推说这是轩辕家族内的事，自己是外人，不好表态。又请巫咸卜筮，巫咸说："这是易断之事，不卜为好。"黄帝说："请讲。"

"陛下打算几时退位？"巫咸问。见轩辕不语，又自问自答地说下去："如果陛下现在就厌烦了政事，想早些让位，就立少昊为太子；因为他正当年富力强，且有治国经验。若是您放心不下天下事，以陛下的预期寿命，还可执政多年，眼下莫如立昌意；因为他有个很有希望的儿子，到时昌意岁数大了，可让他的儿子继位。请陛下斟酌。"

黄帝委派巫咸为特使，赴九淖下诏：封淖子为太子妃，随昌意赴西蜀江水上任；封帝孙颛顼为九淖国王，并协助少昊青监管东夷诸侯；鉴于颛顼只有十岁，特诏封西岳为九淖辅国大臣，总理国事。此诏既下，九淖举国欢庆，特别是起用西岳之举，使许多东夷氏族头领消除了恐惧和戒心。各地诸侯无不称颂黄帝的英明睿智，大度超然，纷纷上表效忠。巫咸还私下告诉淖子，黄帝寿可百岁，他的儿子们都难活过他；等黄帝退位时，定是颛顼继承无疑。淖子也从对颛顼的安排上看出了黄帝的良苦用心，于是接受诏封，踏上西去的路途。

海内初定。但族落之间纠纷不断，争斗杀伐时有发生。黄帝马不停蹄地奔走巡视各地，东至海滨登丸山，西上空桐登鸡头山，北逐荤粥于瀚海以外，南临大江登熊、湘二山。一路上，用兵车围作行营，风餐露宿，总无宁日。轩辕以安天下为己任，所经之处，抑豪强，抚贫弱，根据各地的环境、气候条件，因时制宜，因地制宜，推广种植黍、稷、菽、麦、稻等作物，发展百工生产。同时，黄帝遵循天地四时的运行规律，推演阴阳五行的变化玄机，创制礼仪规则，用以训导诸侯百官，教化万民。他劳心劳力，坚持不懈，赢得人民敬仰，天下归心。

从西蜀传来噩耗：淖子让昌意陪自己同饮了一碗女儿茶，双双死在江水畔。那时，一些部族刚刚实行女到男家，母族和姑娘都有一种恐惧感，于是母亲为出嫁的女儿备下具有剧毒的女儿茶，一旦遭到男方暴力威胁，不堪忍受，便可伺机毒倒对方，逃跑回家。

轩辕黯然神伤，感到对不起嫘祖，对左右说："昌意没有做天子的命，把福荫都留给颛顼了。淖子舐犊情深，望子成龙，大概天下母亲都是如此，无可非议。只是淖子心计忒重了些，也忒毒了些。"

淖子的死讯传到阳丘，西岳评论说："这才是九淖巾帼、东夷侠女！淖子为颛顼争得天子继承权，又用一死洗刷了她的过失，可以无愧地去见死去的东夷弟兄在天之灵了。"

尾　声

巫咸和风后相继告辞，理由都是要去归隐，继续中断了的神仙功业。黄帝很理解他们，只好依依惜别。巫咸曾在后世朝廷中走动过，那或者是他的徒子徒孙冒充他的名讳出世做官，都无从考证；也有人说，他又召集起十巫自主研发不死药。可以肯定的是，巫咸已经成了神巫的代名词，被尊为巫者之祖。至于这位功不可没的战略家、军事家风后，的确如一阵清风一样遁去，再也没有消息。后人怀念她，给她建祠立冢，世代祭祀，香火不绝；还有一部以她的名义编撰的兵书流传于世，多以为是好事者伪托，不甚受到推崇。

黄帝的舅舅左彻，一直默默无闻地给他当管家；如今虽然年事已高，依然身板硬朗，精神矍铄，竟如神仙中人物一样。一日，见凤凰来仪，麒麟现身，彩霞西映，紫气东来。左彻向黄帝提议："古时有德之王，如无怀氏、伏羲氏、神农氏，都曾去封禅泰山。如今陛下功盖先王，德泽万国，应效法先世圣贤，赴泰山行封禅盛事，以报答天地之功，为子民祈祷福祉。"

黄帝采纳左彻建议，率百官赶赴泰山。少昊青迎到国境上，把黄帝接到寿丘洗尘。他命臣下准备好玉泥丝封、秸席蒲团之类的一应用品，还遵循古制，用草把车轮包裹起来，以免碾伤泰山的土石草木。在向黄帝报告了东夷国情民风、治理状况之后，又提出请求说："臣以为侄儿颛顼虽然年纪不大，能力却胜我十倍，把整个东夷交给他一人治理，也绰绰有余。西方蓐收神多次邀我帮他治理西方少昊国，臣想近日成行。"

黄帝点头答应，说："多见见世面是好事情。以后有机会，还可以让颛顼到西方走走，这事由你安排。"

泰山巍峨壮观，雄伟而凝重。晋谒的队伍在山腰寄下车马行装，徒步攀登。山路陡峭，成"之"字状，高悬在峭壁上；脚下峡谷幽幽，古木苍苍，似有龙蛰虎伏，令人生畏。正午时分，黄帝一行路经一处险要，只见两壁对峙，天成一线，犹如一道天门，不由得使人产生一步登天的感觉。忽然间，只听"嗖嗖"声响，飞来几支羽箭，把旌旗射落山崖。众人大惊失色。黄帝伸手抄住一支，发现箭杆上刻着三个字：少昊般。

原来，少昊般驾着木鸢从昆吾起飞，没有找到木车马，却遭遇一场大风，连着三天三夜在空中飘荡，最后被泰山上的大树挂住，摔折了腿，被一位老妪救起。痊愈后，听说东夷兵败，蚩尤下落不明，少昊般便在泰山隐居下来，专心研制机巧。今日发现轩辕前来封禅，不禁恼怒起来，箭射他的旗帜示以警告。

黄帝观察一番，见没有动静，正要下令前进，忽听隆隆声响，天门顿时关闭，当头出现五个斗大的字：泰山石敢当！众人一片惊叫，跌坐在地，好一会儿爬不起来。

这里还需要交代一下：石敢当被破山剑崩上半空，碧霞刚好赶到，将他救往泰山。此时的石敢当已经没有了魂魄，是泰山神肩吾——就是他那个一直没有露面的师傅——施神术使他还魂，肉身成神，与碧霞仙子相携作鸳鸯游。石敢当的刚烈脾气被碧霞磨下去不少，但那股怨气依然埋在心底，今日始得爆发出来。

黄帝出行时，即使不带大队人马，也经常让卫队带上木人蚩尤；遇到武力抗拒或械斗，就把它推向前去，往往能镇住场面，不动干戈而屈人之兵。如今，面对蚩尤余党的发难，黄帝又祭出这个法宝，命人簇拥着木人蚩尤向天门攀登。石敢当一时没有细辨，还以为是蚩尤真的到了，慌忙打开天门。这个蚩尤的一举一动，都被峡谷对面的少昊般看了个清楚：哪里是什么蚩尤？分明是一个活灵活现的木偶！少昊般放出木鸢，飞掠过来，把假蚩尤抓走。天门又"砰"的一声，关了个严丝合缝。

黄帝无计可施，带人回到山腰。傍晚时分，他独自立在山岩上朝天祈祷，希望再有九天玄女那样的神仙降临，指点迷津。

神仙来了，不是玄女，而是西王母。她的身后跟随着一个人，着实让黄帝吃了一惊，谁也不会料到，竟是一个货真价实的蚩尤！

看着黄帝吃惊的样子，王母幸灾乐祸地说："没想到你轩辕也有失态的时候。不要怕，他不是蚩尤，是你的外孙。"

"外孙？我哪来的外孙？"黄帝疑惑地打量着他。不错，就是蚩尤，越看越像！

"他是女魃的儿子，我给他起名叫蚩尤，沿用他父亲的名字。"王母推一推蚩尤说，"这就是轩辕黄帝，你的外公。"

蚩尤扑在黄帝怀里。黄帝百感交集，泪如雨下。

"山不转水转，闹腾一圈，这不又成一家人了？他自幼就被送到昆仑山闭关学艺、修炼，如今回来了，也无家可归了。我的西王国又不能收留大男人，只好投奔你这个外公了。"西王母说，"还有一个消息。风伯、雨师是我的朋友，因违规行风布雨，触犯天条；经我说情，天帝让他们二人下来帮你登山封禅，将功赎罪。"说罢，西王母不等黄帝开口，升空飞去。

第二天，一切安排妥当，黄帝下令启程。蚩尤威风八面，役使一群虎狼前面开道，紧接着是风伯、雨师，沿途清尘洒扫，黄帝和百官居中，鬼神殿后，凤凰翩翩起舞，腾蛇俯伏在地，浩浩荡荡，朝天门攀登上来。石敢当再三辨认，见果然是个真蚩尤，"咣当"一声打开天门。黄帝的队伍鱼贯而入，登上顶峰。

黄帝在泰山之巅筑土为坛，祭祀上天，报天之功，叫作封泰山；又到泰山下的一座叫作亭亭的小山上祭奠大地，报地之功，叫作禅亭亭。封禅毕，完成了一件大事，黄帝非但没有感到轻松，反而压力更大了，因为在封禅时他向天地许下了宏愿：永保天下太平，万国和合，让所有的人食有粟、住有屋，安居乐业。这岂是容易做到的？

在返回的路上，黄帝颁布了封禅后的第一道命令：收缴天下赤金兵器，全部铄毁，铸成三只宝鼎，分别用于祭天、祭地、祭祖先神灵。黄帝请舅舅左彻前往荆山主持铸鼎。多年后，宝鼎铸成，一条神龙降下，黄帝跨上神龙白日飞升。他的臣下七十余人，也扯着龙须攀附上天。这是后话。

旷野上矗立起一座小山似的土冢，土冢四周，环列着一群彪形大汉。他们身披蓑衣，头顶牛角帽，手持羽箭和长弓大弩，边舞蹈边发出高一声低一声的歌吟。男人的外围，是一圈又一圈的女人。她们头上戴着花环，手里举着绘有"朝霞丽日图"的小红旗，手舞足蹈，抑扬顿挫的歌声，似是呼唤亡魂的哀号。土冢顶上冒出团团赤气，在上空形成一道云，如紫色的彩帛迎风飘摆。

黄帝和他的部下驻足观看。当地有莘氏族长报称，当年巫彭把蚩尤的肩髀埋在这里，后来的一天晚上，只听鬼哭神号闹腾一夜，第二天一座坟冢就突兀而起。每年的今日，邹氏和屠氏都在这里举行祭奠仪式，有赤气从冢里冒出，人称蚩尤旗。见蚩尤旗升起，周遭民众都赶来祭拜，有求必应。

大桡说："臣夜观天象，见有金、水、火三星同时出现。蚩尤靠赤金起家，这紫气应该是他的征兆。那么，水、火二星在哪里呢？"

他的话音未落，一阵沙尘热浪从北面滚来，灼人脸面，铄石流金，只见一位黑衣女子披发跣足，眉间喷火，匆匆赶来。

"火星来了。"大桡及时提醒大家。

"这不是女魃吗？原来她跑到这地儿来了。"叔均对黄帝讲，"这些年来，女魃每年都从赤水跑回来一次，任谁也阻挡不住，过后又自己回去。我还纳闷儿，是什么事儿令她如此牵肠挂肚呢？"

黄帝心里明白，女魃是来看望蚩尤的，她有永远无法释怀的内疚和苦痛。轩辕成功了，他女儿的下场却落得如此凄惨，他不明白这是为什么。老天也有不公啊！

喧嚣声打断黄帝的沉思，人们从四面八方赶来。前面的人敲着鼓，吹起号，还舞动着飞龙；后面有更多的人挥动锄头，疏浚渠道。起初黄帝还以为是来欢迎自己的，不料他们都向女魃围拢去，还高一阵低一阵地呼叫着、请求着："神哪，请您回北方去吧！"

面对闹哄哄的人群，女魃不理不睬，只是凝望着空中的紫云出神，似有无穷无尽的话要对它说，最终却一句也没有说出口，直到紫云渐渐消失。旁观的黄帝已经感觉到了女儿心灵的战栗，但他无法为她分担痛苦。

"来啦！来啦！天要下雨啦！"欢呼声响起一片，人们起劲地舞动长龙，一条条龙像要飞起来一般。南风骤起，云山层层叠叠地涌来；一道闪电划破云层，紧接着响起隆隆雷声。黄帝看那闪电，分明是应龙的身影；听那雷声，无异乎应龙的呻吟。

那闪电的确是应龙。民间的舞龙能够感应他的神经，告诉他女魃出动的信息。他从南方大老远赶来，就是像往常一样，想用雨水熄灭女魃心中的烦躁和郁闷，使她减轻痛苦；还有，他还想告诉女魃，他用自己的血救活了蚩尤，已经无力升天，孤苦伶仃地在南方多雨处栖身，恳求她的原谅。

女魃走了。她不愿见他，不想听他诉说，不肯原谅他。

倾盆大雨从天而降，人们在雨中舞蹈、嬉闹，庆祝舞龙求雨活动的成功。

只有黄帝知道，那不是雨，而是应龙苦涩的泪、悔恨的泪。

物换星移，沧海桑田。那场恢宏激荡、波澜壮阔的场景，早已化作点点帆影，渐去渐远；唯有这北来的旱风、南来的雨水，年复一年地奔波不辍，无言地诉说着远古那些痴情儿女、热血英雄的传奇故事。

附录

浅析炎黄身世之谜

太史公司马迁在《史记·五帝本纪》中给上古"五帝"逐一写了传记,从黄帝、颛顼,到帝喾、帝尧、帝舜,不仅姓名和帝号言之凿凿,而且家谱都续好了,竟是乃祖乃孙一脉相承,俨然一部毋庸置疑的信史。令人遗憾的是,对黄帝的身世,太史公却交代得太过简略,只是说:"黄帝者,少典之子,姓公孙,名曰轩辕。"只此而已。短短十几个字,给了后人一个五千年没有解开的谜。少典是干什么的?黄帝不是姓"姬"吗,怎么又出了个"公孙"?对于文中涉及的重要人物神农炎帝,更是一带而过,对其人其事竟未透露一字,行文太过简约,给后人带来了无休止的争论和考证之烦。

《国语·晋语》上说:"昔少典氏娶于有蟜氏,生黄帝、炎帝。黄帝以姬水成,炎帝以姜水成。成而异德,故黄帝为姬,炎帝为姜。"先秦古籍中对此说也多有附会,且说得更明白:"黄帝、炎帝,一母同胞也。""黄帝者,炎帝之兄也。"竟把炎黄二帝说成是哥俩,并让"三皇"之一的炎帝认后出的黄帝作兄长。

在《史记》出版以后的注疏和其他著述中,我们可以得到有关黄帝身世的如下信息:唐代张守节的《史记正义》中说,少典并非是人名,而是一个诸侯国的国号。黄帝是少典国君的次子,任有熊国国君,称为有熊氏,也称缙云氏、帝鸿氏和帝轩氏。黄帝的母亲叫附宝。一天，附宝在一个叫作祁地的野外，望见北斗星四周电光闪闪，照亮夜空，受到感应而怀孕。附宝怀孕二十四个月后，在寿丘生下黄帝。晋代学者皇甫谧在他撰写的《帝王世纪》中说："黄帝生于寿丘，长于姬水，因以为姓。居轩辕之丘，因以为名，又以为号。"《帝王世纪》对炎帝的身世也有交代："神农氏，姜姓也。母曰任姒，有蟜氏女，登为少典妃，游华阳，有神龙首，感生炎帝，人身牛首，长于姜水。有圣德，以火德王，故号炎帝。初都陈，又徙鲁。"

　　以上的说法，把后人搞得晕头转向，只好将炎帝和黄帝当作神来看，一般的人是不可能有这样的履历的。但是，几千年白纸黑字传下来的经典，不能一刀砍掉了之，我们只能认真分析，从中找出合理的内核；不然，还能到哪里去找回五千年的记忆呢？

　　让我们先看一看以上引文涉及的地名，了解一下炎黄的活动范围。《史记正义》上说，黄帝的出生地寿丘，就在山东曲阜东北六里远的地方；而炎黄分家后各立门户的姜水和姬水，普遍认为位于陕西宝鸡市的岐山一带。至于黄帝当国君的有熊国，据皇甫谧讲，就在河南新郑；炎帝立国的陈，公认在河南周口市淮阳。轩辕之丘，应该在涿鹿，那里是炎黄、黄蚩大战发生地。还有，炎帝的母亲任姒受孕的地点华阳，可以肯定是在华山一带；但黄帝的母亲附宝受孕的地点祁，就很难指认了。

　　中国历代王朝都不轻易更改地名，给后人留下了一份宝贵遗产。我们可以沿着黄帝族迁徙时可能走过的路线图，查找黄帝的母亲的老家祁。近代学者分析，黄帝族是游牧部落，他们离开姬水后，可能从陕、甘一带北上，经过延安、黄陵（黄帝的葬地桥山在此）东进到黄河峡谷，南下，然后沿汾水经晋中平原北上，进入桑干河流域，又经大同平原到达涿鹿平原。太原以南有一个祁县，就位于这个路线图上，也许就是附宝与天神野合受孕的地方。其他如甘肃的祁连山，湖北祁门，就偏离更远了。

上文显示，炎黄的足迹贯穿中国的西部、中部和东部。拿黄帝讲，他的母亲在山西祁野受孕，跑到山东寿丘分娩生下黄帝；孩童时的黄帝又千里迢迢奔赴位于陕西的姬水去牧羊，后来就在河南当上了有熊国君。这可能吗？虽是个游牧部落，也很难在一个人的一生之内实现如此跨越式的迁徙。从古人的记述中，我们还可以找出一些明显互相矛盾的地方，就不一一列举了。

这是不是说，古书上写的都是毫无依据的呢？非也。

经过研究考证，学术界普遍认为，炎帝不是一个人，而是延续了若干代的农耕部落集团；黄帝也不是一个人，而是与炎帝部落同时产生的游牧部落，后来崛起替代炎帝称帝中原。我们如果把古人提供的资料重新排列组合，就会有些眉目了。

炎帝族和黄帝族的祖先，大概是少典氏的两个女儿或儿子。是女儿的可能性较大，因为当时处于母系氏族社会。两姐妹中，一位到姜水居住，改姓姜，繁衍出一个农业部落；另一位迁到姬水，以姬为姓，繁衍出一个游牧部落。我们也可以认为，姜姓和姬姓的分居，是中国社会发展史上农业和畜牧业分离的开始。这样看，"昔少典氏娶有蟜氏，生炎帝、黄帝……"那句话的一半就可以解释了。当时还处于"只知其母不知其父"的时代，硬要包办少典氏和有蟜氏的婚姻恐怕为时过早。春秋时的史官可能感到祖先们未婚而孕有些不雅，于是把后来出现的有蟜氏提到了前面。

神农氏的母亲有蟜氏任姒，应该出现在神农氏开始替代烈山氏当炎帝的时候，这时炎帝部落已经辗转到了渭河下游的华山一带。大概又经过七八代之后，另一位有蟜氏姑娘在山西中部祁这个地方怀孕生下轩辕，他就是后来在涿鹿筑城"轩辕之丘"，并战胜炎帝、蚩尤的第一任黄帝。因为神农和轩辕都是重要人物，母以子贵，所以才把他们的母亲写到族谱上。

关于炎帝"初都陈、又徙鲁"的记载，也并非空穴来风。炎帝集团战败后，当时身居末代炎帝之位的某部落首领，或许是神农氏，或许是祝融氏，只是失去了炎帝部落集团盟主的地位，而他的族落，即所谓的国依然存在，人们仍然会称他为炎帝。至于黄帝"生于寿丘"，又在有熊国当国君的说法，正好为下面一项公案的解释提供了线索。

除了太史公的"五帝"组合外，还有一种颇有市场的"五帝"谱系。皇甫谧等人主张把黄帝放在"三皇"系列里，替代女性领袖女娲，而起用少昊作为"五帝"之首。这样，"五帝"的排列就成了少昊、颛顼、帝喾、尧、舜。在《五帝本纪》中提都没提的少昊，在其他书籍里倒是被炒作得很红火，说少昊是黄帝的儿子，接替黄帝做了第二任黄帝。少昊还在另一种东、西、南、北、中"五帝"系统里被称为西方之帝、金秋之帝。

少昊本是东夷集团之属，和蚩尤是一伙的，黄帝怎会选他做接班人呢？汉代桓宽的著作《盐铁论》中说："轩辕战涿鹿，杀两昊、蚩尤而为帝。"这里的"两昊"，就是指太昊和少昊两国的首领。为安抚东夷，黄帝实行了"以夷制夷"的策略，封一位名叫少昊青的人做东夷首领。也有人说，这位少昊青，就是黄帝的儿子青阳，后来接任黄帝大位。

现在我们有理由这样认为：在黄帝和颛顼之间，确曾有过一个叫少昊青的人接替了轩辕的帝位，不过他没有自己的号，而是继续沿用了黄帝的称号，所以包括太史公在内的后代史学家就取消了他的入籍资格。不言而喻，这位东夷出身的少昊青，"生于寿丘"，后来又到有熊国当国君，是顺理成章的，现在曲阜还存有少昊墓。至于"姓公孙"的说法，可能是沿用了母亲的姓氏。

炎黄时期战事扫描

发生在远古的炎黄、黄蚩大战，像一声春雷，催生了中华民族的诞生。它的意义不在于当时究竟统一了多少个部落，开辟了多大的疆土，而在于从此树立起一个千古不泯的、大一统的民族情结。在以后的五千年沧桑岁月里，不知有多少英雄人物，为中华民族的统一而呼号，而奔走，而战斗。

司马迁在《史记·五帝本纪》里对当时的战事有一段概括而精彩的描写，不妨摘录如下："轩辕之时，神农氏世衰。诸侯相侵伐，暴虐百姓，而神农氏弗能征。于是轩辕乃习用干戈，以征不享，诸侯咸来宾从。而蚩尤最为暴，莫能伐。炎帝欲侵陵诸侯，诸侯咸归轩辕。轩辕乃修德振兵，治五气，蓺五种，抚万民，度四方，教熊罴貔貅䝙虎，以与炎帝战于阪泉之野。三战，然后得其志。蚩尤作乱，不用帝命。于是黄帝乃征师诸侯，与蚩尤战于涿鹿之野，遂禽杀蚩尤。而诸侯咸尊轩辕为天子，代神农氏，是为黄帝。"

在这段文字里，我们先澄清一个经常被弄模糊的问题：神农氏和炎帝指的并不是一个人或一个氏族部落。既然"神农氏世衰"，他就不会有能力"侵陵诸侯"，更不可能从河南长途奔袭到河北的北部去和轩辕打仗。那么，在阪泉同黄帝打仗的"炎帝"究竟指的是谁呢？有人说是共工氏，我认为是祝融氏。曾有古代学者分析说，炎黄之战，是水火之战。也就是说，是频繁使用水攻和火攻的战争。《山海经·大荒北经》上说，黄帝的干将应龙采用蓄水的办法对付蚩尤，表明黄帝是擅长水战的一方；而炎帝一方惯于火攻术的部落，非祝融氏莫属。我们可以认为，"神农氏世衰"，是指神农氏部落衰败了，并不是整个炎帝族团衰败了。这时炎帝集团的实际盟主，可能已经不是神农氏，而是祝融氏，也可能是共工氏、夸父氏，他们都可被称为炎帝。

另一个需要辨明的问题是，神农氏不仅是农耕族团的盟主，也受到半耕半牧、半耕半渔猎等氏族部落的尊崇。神农氏虽然衰微，但仍然是天子，即天下公认的、天授的领袖。也正因为他的衰微，才引起群雄逐鹿，争夺天下共主地位。这里面有祝融氏、共工氏、夸父氏，还有东夷的蚩尤和来自游牧部落的轩辕。太史公交代得明白，轩辕在战败炎帝、擒杀蚩尤之后，是代替神农氏为天子的，说明祝融氏也好，共工氏也好，虽然也被称作炎帝，但还不是真命天子。

以上两个问题好像还没有引起人们太多的关注，但太史公对两次大战的顺序安排，却遭到了激烈的反对。有一种意见认为，黄帝同蚩尤的战争在前，炎帝和黄帝的战争在后。这种说法的影响几乎可同太史公的主张抗衡，在有关著述里随处可见。

黄帝与蚩尤大战在前的意见，源自《逸周书·尝麦》里的一段晦涩难懂、好像还缺字短句的话，其大意是说：蚩尤与炎帝争帝位，在涿鹿打起仗来。炎帝战败，走投无路，向黄帝求救。于是黄帝出兵打败蚩尤，将其杀死在冀州中部一个叫绝辔之野的地方。后来才有炎帝和黄帝的战争。支持司马迁的学者论证说，蚩尤是炎帝族后裔，炎帝战败后，他是为了给炎帝复仇才起兵讨伐黄帝的；所谓蚩尤四处追打炎帝的说法纯系子虚乌有。两派各持己见，到现在也没有妥协的意思。

根据《逸周书》提供的信息，我认为在炎黄、黄蚩两次大战之前，在蚩尤和炎帝之间确实发生过一次大战，不过炎帝集团的参与者不是神农氏，而是炎帝集团的重要成员共工氏。

共工氏是一个古老的姜姓氏族部落，据说在神农氏之前就开始兴旺，"任智刑以强，霸而不王"。《左传·昭公十七年》

引郯子的话说,"黄帝以云纪,炎帝以火纪,共工以水纪,大昊以龙纪",竟把共工同黄帝、炎帝、大昊(伏羲)三大巨头并列,可见共工氏势力之大。

我最早是从毛泽东的诗词里知道的共工氏,他老人家后来称共工是英雄。诗词注解说,共工怒触不周山的典故出自《淮南子·天文训》:"昔者共工与颛顼争为帝,怒而触不周之山,天柱折,地维绝。天倾西北,故日月星辰移焉;地不满东南,古水潦尘埃归焉。"其实,共工不只与颛顼打过仗,在其他典籍里,还有他与蚩尤、祝融及高辛等交战的记录,内容和《淮南子》大同小异。

我们所以说蚩尤曾经大败共工,追得他无处藏身,只好去投奔黄帝,还有别的依据。《左传·昭公二十九年》记载:"共工氏有子曰句龙,为后土。"后土这位土地神是谁封的呢?是黄帝。《礼记·月令》云:"中央土,其日戊己,其帝黄帝,其神后土。"说明后土,也就是句龙,后来成了黄帝的得力佐臣。

我们还可以查到共工氏后来投奔黄帝的蛛丝马迹。如今史学界认为,曾经治水失败的鲧,其实就是共工。"鲧"字的发音,是"共工"二字拼音的急读。再说,他们都是与水打交道的一族。

共工是什么时候又被称为"鲧"的呢?《山海经·海内经》说:"黄帝生骆明,骆明生白马,白马是为鲧。"《山海经》里的所谓"生",是表明所属关系,说明句龙投奔的是黄帝属下的骆明部。

共工氏后来一直声名显赫。尧舜时因治水不力和反对舜当接班人,共工和鲧都遭到罢官流放,而共工氏的后代四岳却辅助大禹,即鲧的儿子,治水成功。还有,周朝的开国元勋姜子牙,就是四岳的后代。看来,"霸而不王"的共工氏,在中华民族的融合过程中有过非凡的表现,应该把它写进五千年前那场伟大的战争史诗里。

炎黄时期地略粗辨

对于炎黄时期的地略,最受关注的莫过于"阪泉之野"和"涿鹿之野"。根据太史公司马迁在《史记·五帝本纪》中的记载,阪泉之野是炎黄大战的地方,涿鹿之野则是黄帝与蚩尤交战的主战场。古今学者普遍认为,阪泉就在涿鹿,两次大战本来发生在同一个地方。也有个别学者论证说,两次大战原本就是一次大战,我们这里姑且不论。

阪泉或涿鹿在什么地方?也就是说,揭开中华五千年文明史序幕的舞台究竟在哪里?这可是个重大课题,自古以来就争论不休。

关于远古那两次大战的古战场所在地,就眼下手头查到的资料看,就有六处之多了。综合古今专家的意见,现在位于河北省的涿鹿平原,应该是涿鹿之野、阪泉之野的首选之地。为验证古说,太史公曾亲自去调查过。一眼叫作黄帝泉的泉水至今仍在汩汩涌淌,流传在当地的许多传说,也增加了不少说服力,令众多的古史专家深信不疑。我到涿鹿去旅游,当走到横穿涿鹿平原的桑干河时,忽然冒出个念头,桑干河的"桑"字,是否也和蚕神嫘祖有关呢?她可是黄帝的正妻,应该在涿鹿生活工作过。但我是史学的门外汉,偶尔冒出的想法也算不得数,还是等着看专家们的考证报告吧。

第二种说法眼下也在宣传。北京地区的官厅水库一带,有两个村庄,叫上阪泉村和下阪泉村。有学者提出,这儿就是炎黄决战的阪泉之野。我粗略估计了一下,阪泉村和涿鹿平原虽然分属两个省市，但距离却不过几十公里，这对于一场旷日持久的战争来讲，实在不好区分彼此；如果考虑到五千年的岁月地貌变迁，这点儿差距可以忽略不计。

第三种意见说，位于河北省中部的涿州就是涿鹿之野所在地。唐代司马真《史记索隐》说："或曰，黄帝斩蚩尤于中冀，因名其地曰'绝辔之野'。"涿州也有个"涿"字，又靠近"中冀"，此说也不无道理。至于"阪泉"二字，凡有泉水的山坡皆可谓之，在太行山山麓可以找出多处来。

第四种意见说阪泉在山西运城盐湖附近。北宋沈括的读书笔记《梦溪笔谈·辨证一》云："解州盐泽方百二十里。久雨，四山之水悉注其中，未尝溢，大旱未尝涸。卤色正赤，在阪泉之下，俚俗谓之蚩尤血。"

第五种说法，认为涿鹿的前身叫彭城，就是今天的徐州市；第六说是炎黄、黄蚩大战发生在中原。

我认为，两次大战应该发生在涿鹿，那里是农耕和游牧交汇的地方。有一条规律，越靠近自己的国门，民众发挥出的反抗能量越大。黄帝正是利用天时、地利、人和才战胜了两个势力强大的对手。炎黄大战可能在阪泉最终结束了战斗；而蚩尤则是在"九战九胜"之后，首次在涿鹿吃了败仗，在撤退的路上又于"中冀"被围歼，他本人最后在《山海经》所说的"凶犁土丘"遇难。"凶犁土丘"也许就在运城一带。历史上许多战事都不是只经过一次大战就解决得干净利索的。此外，黄帝肯定在中原一带及其周边打过仗，那是他打败蚩尤，进入中原以后的事。

蚩尤的根据地应该在冀鲁豫交界一带。《路史》引《启筮》说："蚩尤登九淖以伐空桑，黄帝杀之于青丘。"九淖在哪里？当时能找到这个"淖"字的地方，就是颛顼的母亲淖子。颛顼是继黄帝之后的"五帝"之一，他的坟就在濮阳市黄县境内。2005年我去时，刚召开过祭奠大会。墓冢很大，上面长满了树，有明代立下的石碑。离颛顼墓不远的地方，还有一座同样大小的帝喾墓。帝喾也是"五帝"之一，名列颛顼之后排在第三位。《山海经·海外北经》云："务隅之山，帝颛顼葬于阳，九嫔葬于阴。"大概指的就是此地了。

《山海经·海内经》记载："黄帝妻嫘祖，生昌意。昌意降处若水，生寒流。寒流……取淖子阿女，生帝颛顼。"在这里，淖子是昌意的儿媳妇，颛顼是他的孙子。另一种记述把寒流排除在外，说颛顼是昌意的儿子，他的母亲也叫女枢。

我第一次理解淖子的含义是在内蒙古。在高高低低、线条流畅的丘地草原上，间或透出一汪汪镜面般的湖水，十分诱人，当地人称其为淖子。我忽然明白了，如今一马平川的华北大平原，远古时并不是这样平展展的，而是丘和淖子的组合。后来，黄河携带大量泥沙扫过这片不断受到海浸的地带，才硬是把它淤平了。怪不得春秋战国时代这里的城市多以丘名之。

在夏朝时，濮阳叫作帝丘，可能是因为颛顼大帝居住在这里而命名的。在颛顼未登帝位之前，也就是在蚩尤、淖子时代，这里叫什么？我认为叫阳丘或高阳丘。因为颛顼的帝号叫高阳，《史记索引》引张晏的话说，颛顼是以他的出生地高阳作为帝号的，所以阳丘应是他的氏族祖居地。

后来，《诗经》里出现过一个叫顿丘的城市，在淇水东岸，应该就是这个地方。

寿丘在曲阜，是少昊国国都，如今那里还有少昊墓。共工氏应在河南境内太行山的东麓和南麓，由西向东的河流经常给居住在下游的祝融、颛顼等部落造成水患，从而引发战争。《山海经·北山经》云："共水出焉，南注于虖池。"卫辉市境内有个古共国，应是共工氏聚居的地方。那一带还有一条河，叫洪水河，在京珠高速公路上可以看到，可能和共工氏有关。"洪"字是从"共"字来的，传说共工氏"振滔洪水"，因此成了洪水的代名词。

主要参考书目

《山海经》
《史记》 司马迁
《诗经》
《尚书》
《楚辞》 屈原
《淮南子》
《庄子》 庄周
《吕氏春秋》
《孟子》 孟轲
《左传》 左丘明
《国语》
《吴越春秋·越王无余外传》 赵晔
《水经注》 郦道元
《中国古史的传说时代》 徐旭生
《中国神话传说词典》 袁珂 编撰
《古史辨》《中国上古史研究讲义》 顾颉刚 编撰
《古代社会》 [美]摩尔根
《吕思勉读史札记》 吕思勉
《中国古代社会发展史论》 田昌五
《中国古代文明起源》 李学勤 主编